巨浪下的小学

by Richard Lloyd Parry

Ghosts of the Tsunami

Death and Life
in Japan's Disaster Zone

[英] 理查德 · 劳埃德 · 帕里——著　　尹楠——译

文匯出版社

新经典文化股份有限公司
www.readinglife.com
出　品

献 给 斯 特 拉 和 基 特

2011 年 3 月 11 日，两场灾难降临在日本东北部。第二场灾难发生在晚上，福岛第一核电站核反应堆熔毁，紧接着其冷却系统也出现问题。随着三个核反应堆爆炸而泄漏出来的放射性沉降物弥漫整个郊野，20 多万人因此离乡背井。但幸好疏散及时，无人因辐射死亡。现在还无法确定福岛核爆炸的长期影响——或许永远也无从知晓。

引发核灾难的地震和海啸则对人类生活造成了更直接的影响。海水退去后，已有超过 1.8 万人被碾碎、葬身火海或淹死。[1]这是自 1945 年长崎原子弹爆炸后，日本死亡人数最多的一次灾难。

这本书讲述的是第一场灾难——海啸的故事。

目录

Contents

第三部分　大川小学发生了什么

第四部分　看不见的怪物

日本

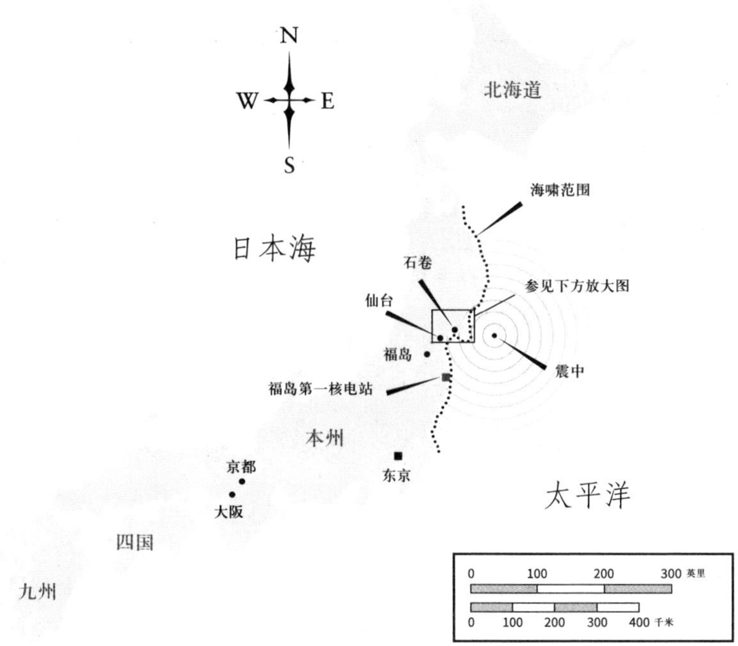

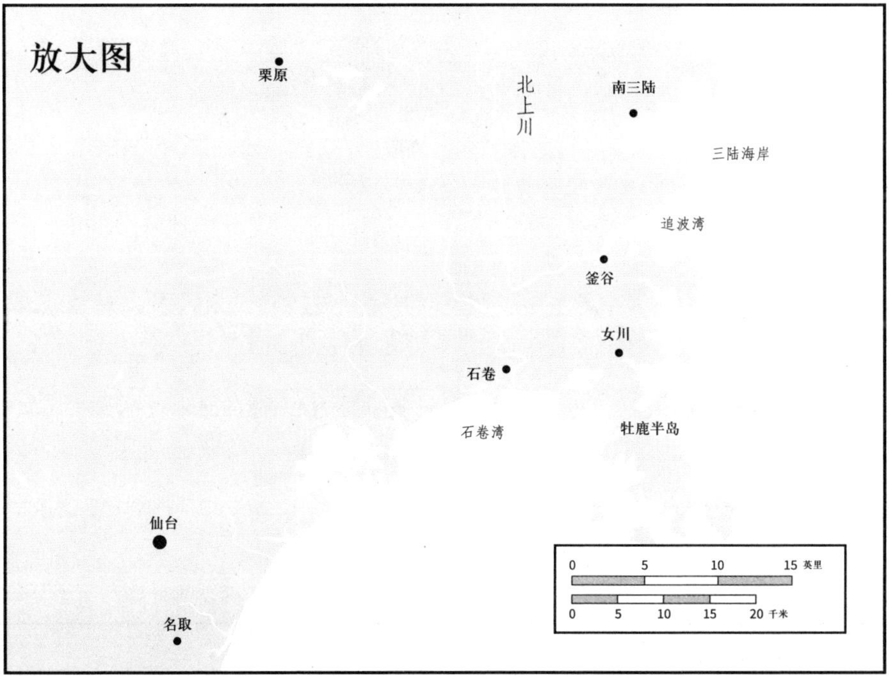

注：本书地图均来自原书。

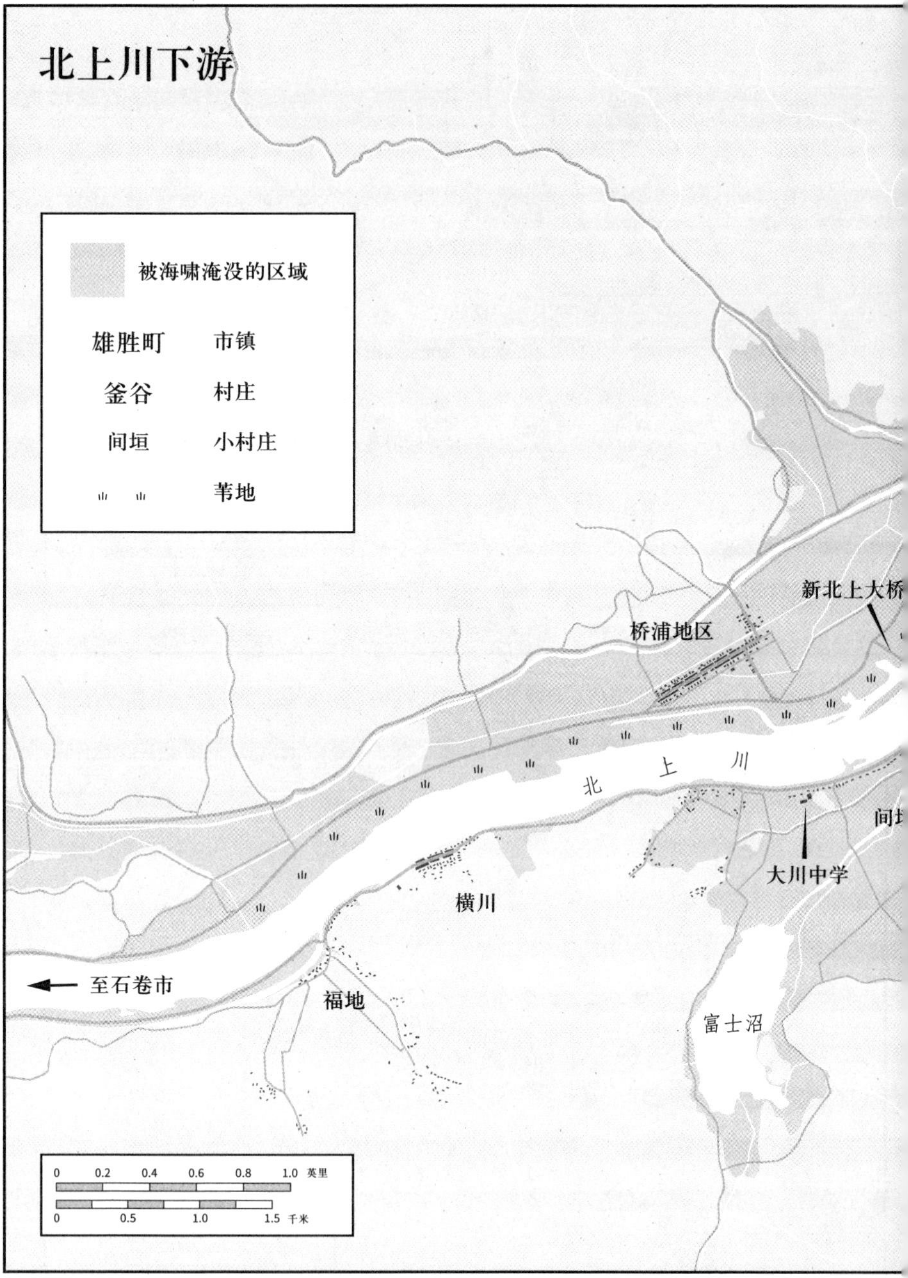
北上川下游
被海啸淹没的区域
雄胜町
市镇
釜谷
村庄
间垣
小村庄
苇地
新北上大桥
桥浦地区
北上川
间垣
大川中学
横川
至石巻市
福地
富士沼
0 0.2 0.4 0.6 0.8 1.0 英里
0 0.5 1.0 1.5 千米

石卷市
北上町综合办事处
至南三陆
铃木光子的家
追波湾
松林
尾崎
长面
长面浦
釜谷
大川小学
山丘
千叶正彦的家
N
W
E
S
入釜谷
名振
雄胜町
海底隧道
雄胜町
至女川

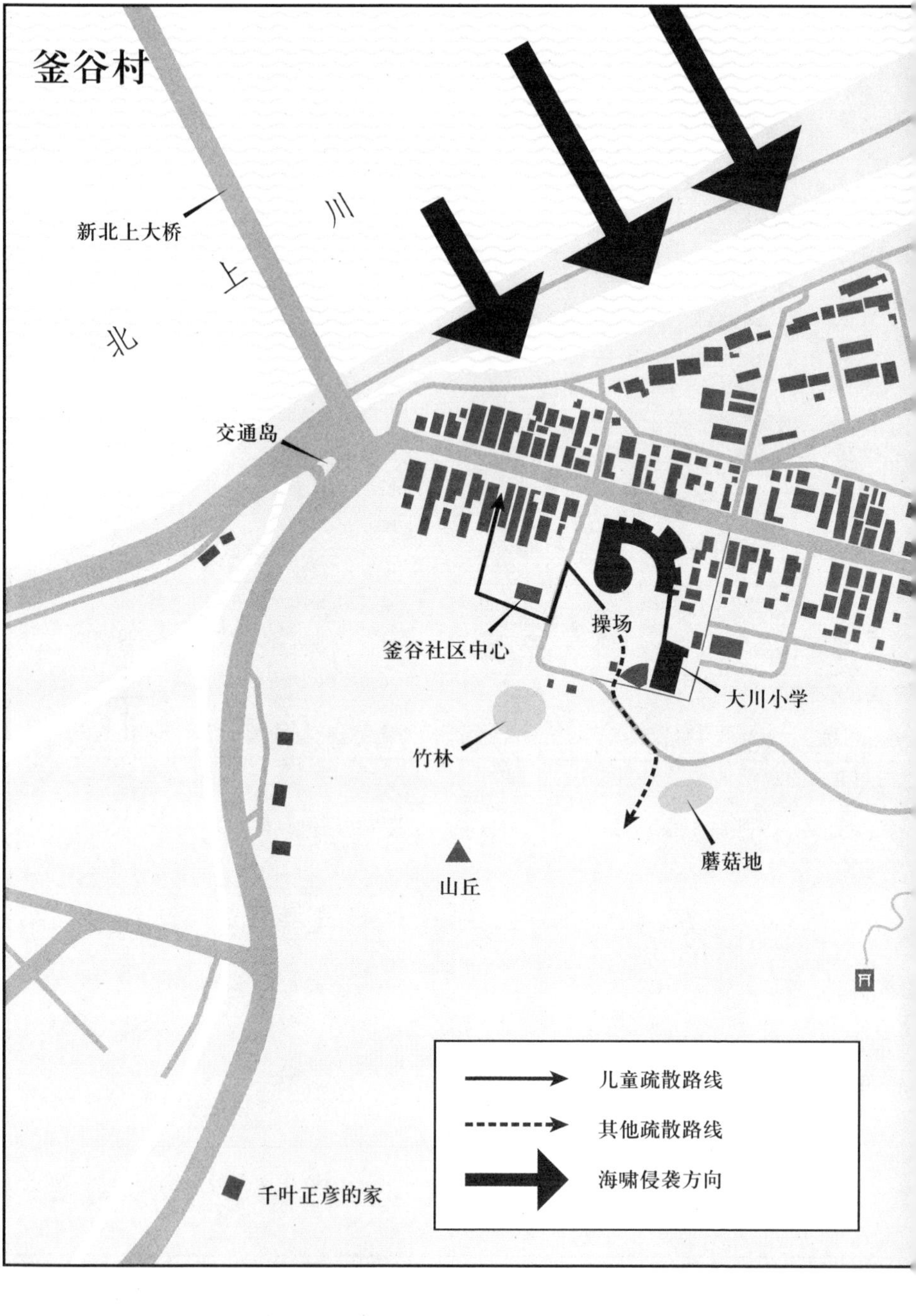
釜谷村
新北上大桥
北
上
川
交通岛
釜谷社区中心
操场
大川小学
竹林
蘑菇地
山丘
儿童疏散路线
其他疏散路线
海啸侵袭方向
千叶正彦的家

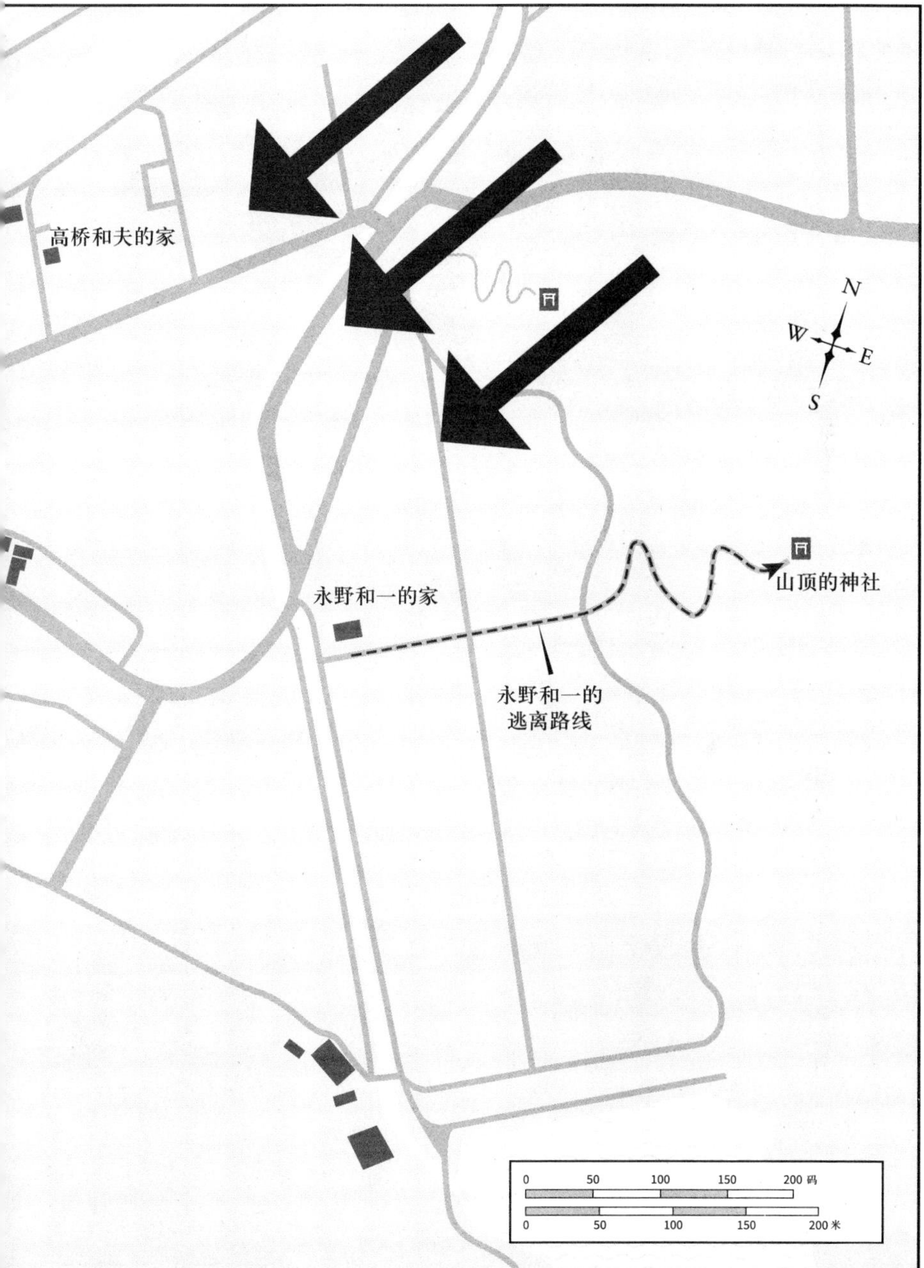
高桥和夫的家
永野和一的家
永野和一的
逃离路线
山顶的神社
N
W
E
S
0
50
100
150
200 码
0
50
100
150
200 米

我用我的痛苦赢得的这肉身，
用我的乳汁喂养的这陨星，
这使我心房的血液停滞
或把一股寒意刺入我骨髓中，
使我的头发竖起的爱是什么？[1]

——叶芝

[1] 译文选自《叶芝抒情诗全集》中《圣母》一诗，傅浩译，中国工人出版社1994年版。——译者注

序言　固态蒸汽

2011 年 3 月 11 日是一个晴冷的周五，那天我第一次看到儿子的脸。当时我在东京市中心的一家诊所，注视着一个小屏幕上的图像。在我身旁，F 裸露着部分身体躺在检查床上。她椭圆形的肚子上涂满透明凝胶，医生正拿着一支发光的塑料棒压在上面。屏幕上的图像随着棒头的移动而变化、跳转。

我们知道要找什么，但看到那么一小团东西时，仍然惊讶不已：熟悉的头重脚轻的轮廓，心脏和若隐若现的心室，脑袋，脊柱，每一根手指，还有那么多动作——手臂划动，蜷起腿，头不时点一下。接着，画面一转，一张发育良好却又有点怪异的脸突然出现在眼前，还十分有模有样地打了个可爱的呵欠。我们的第二个孩子——一个男孩，虽然我们对此还不确定——还在那儿，还好好地活着。

诊所外面有点冷，寒风阵阵，但天气仍算晴朗，宽阔的大街上满是中午出门购物的人，还有从附近办公楼出来吃午饭的上班族。我们推着蹒跚学步的女儿来到一家咖啡馆，把即将到来的弟弟或妹妹的模糊照片拿给她看，那是从扫描仪屏幕上打印出来的。

两小时后，我正坐在位于10楼的办公室桌前。海啸开始时我在做什么？写邮件？看报纸？望着窗外？灾难开始前几个小时发生的事中，我能记起来的，就只剩下在诊所屏幕前的那段时间，这已足以让那一天变得难以忘怀，在他尚未出生时，看着他的脸所带来的感动。

我已经在日本生活16年，我很了解，或者说我自以为很了解地震。我经历过足够多的地震——从1995年在东京定居开始，仅在首都地区，我经历过的有震感的地震就多达17 257次，前两天才刚感受过一次。当时我只是坐等震动结束，留心观察震级和烈度的监测数据，同时还得意扬扬地在线实时播报，现在回想起来，这一切让我羞愧不已：

> @dicklp
>
> 星期三 2011年3月9日 11:51:51
>
> 地震了！
>
> 星期三 2011年3月9日 11:53:14
>
> 震中，宫城县。北部太平洋沿岸发出海啸警报。东京

有轻微震感。

星期三 2011 年 3 月 9 日 12:01:04

震感更强了……

星期三 2011 年 3 月 9 日 12:16:56

@LiverpolitanNYC，这里一切都好，谢谢。晃动得比较厉害，实际影响没那么大。

星期三 2011 年 3 月 9 日 16:09:39

今日日本地震灾情最新情况：据报道，岩手县有 10 厘米高的海啸。跟我的洗碗水深度差不多嘛。

第二天，日本东北部太平洋同一海域又发生一次强震。同样地，远在东京也有震感，但这次即使是在震中附近区域，也无任何伤亡或严重损失。日本共同通讯社报道称：“加上周四早上的地震，日本自周三以来发生的有感地震次数已超过 30 次。”其中多次为强震，而不是仅能被科学仪器探测到的地下震动。地震学家警告，“地壳运动”预计将减弱，但下周左右将发生“强烈余震”。

在相近时间内发生的一系列地震被称为“群震”，它们是更强烈的地震甚至是火山喷发的先兆。虽然多数地震灾害有这种先兆，但也不都是如此。大多数群震只是一啸而过，没有造成什么破坏。几年前我报道过这一现象，当时的群震显示，富士山有喷发迹象。后来虽然仍有一系列较弱的地震，但预测的灾情并没有出现，本周也没有理由特别担心或惊恐。

当天日本也没有发生其他什么引起国际关注的大事。针对政治献金丑闻，日本首相菅直人拒绝了一些呼吁其辞职的半真半假的请求，东京都知事预计将宣布是否谋求连任。“茨城机场迎来运营周年纪念”，一家新闻社把这条新闻做成了头条。另一家的头条则是：东京证券交易所迎来首家零食生产商。下午 2:48，一条独占一行的紧急简讯突然出现：“突发新闻：强震袭击日本。”

大约一分钟前我就有点感觉。一开始还是那种熟悉的温和震感，办公室地板上传来平缓但明显的震动，然后是左右摇晃。随后，又传来特别的声音——乙烯基塑料制成的遮光帘相互激烈碰撞，发出玻璃般清脆的叮当声。两天前也出现了相同情况，但一会儿就停了。因此，即使窗户玻璃开始咯咯作响，我仍然安坐在办公椅上。

@dicklp

2011 年 3 月 11 日 星期五 14:47:52

东京又一次地震……

2011 年 3 月 11 日 星期五 14:47:59

强震……

2011 年 3 月 11 日 星期五 14:48:51

16 年来我所经历过的最强的……

等到文件柜的滑动抽屉个个大张其口，我坐不住了，也无法继续打字。从 10 楼的窗户望出去，可以看到 100 码[1]外的楼顶上有根刷着红白条纹的电信桅杆。我告诉自己：等那根桅杆开始晃动，我就撤。刚这么想完，我就注意到一座更近的建筑物有些异常——我所在大楼的另一侧发生明显弯折。我迅速弯腰钻进了办公桌下的狭小空间。

后来我看新闻报道才知道震动持续了 6 分钟，可是在震动持续的当下，时间的流逝方式非常陌生。叮当作响的百叶窗，哐啷直响的玻璃窗，剧烈的摇晃和震动营造了梦境般的虚幻氛围。当我从“恐惧的洞穴”中爬出来时，完全不知道自己在里面躲了多久。震动本身并没有那么令人害怕，但它会越来越强烈，而且不知道何时会结束，这才令人胆战心惊。现在，书架上的书都滑了下来。隔板上的一块白色写字板也掉了下来。我所在的这栋 12 层大楼原本十分普通，看上去不新不旧，也没有特别坚固或脆弱，但此刻它的内部正发出阵阵低沉的呻吟。这是一种几乎没人听过的声音——一种流露出极度痛楚的令人揪心的声音，仿佛濒死的怪兽发出的死亡哀号。这个声音持续

[1] 1 码相当于 0.9 米。——编者注

了很久，足够让我想象地震如果继续加强，将会发生些什么：书架和文件柜倾倒，窗户玻璃爆裂，天花板掉到地板上，地板塌陷，倒塌和碾压产生轰响。

不知什么时候，地震开始减弱。建筑物的呻吟逐渐变成喃喃低语。我的心跳也慢了下来。我发现自己的平衡感有点紊乱，整个人感觉就像刚下船的乘客，难以分清晃动是否已经完全停止。5分钟后，百叶窗上的绳子仍在轻微摇晃。

大楼内部的广播响起，灾难应急控制室发出一则通知——东京每座大型建筑物里都有这么一个控制室——向我们保证这栋楼十分安全，我们应该待在大楼里。

@dicklp

2011年3月11日 星期五 14:59:44

我没事。这是一次令人心惊胆战的强震。还有余震。东京湾附近起火了。

在日本，没有理由不为地震做好准备，所以在我这间小小的办公室里，我们也已经根据建议，采取恰当的预防措施。办公室里没有放置较重的相框，书架和文件柜也都固定在了墙上。因此，除了一些掉到地上的书以及物件整体上的移位，办公室内一切井然有序，连最重的物品电视机都寸步未移。我的日本同事打开电视，所有频道都已在播放相同的画面：一张日本地图，其太平洋海岸标示着不同颜色的色块，红色表示极有可能发生海啸，震中地区用一个十字标示了出来，位于地图的右上角——本州岛的东北部。过去几天，这片被称为 Tohoku[1] 的区域群震频发。

我一直在拨打 F 的电话，但一次也没拨通。问题不在于基础设施遭到破坏，而是因为日本东部的每个人都在使用手机。我用座机拨通了保姆的电话，她在帮我们照顾 19 个月大的女儿。她们俩仍躲在餐厅的桌子下，惊魂未定，但好在没有受伤。当我最终拨通 F 的电话时，得知她也在办公室，正在清理相框掉落在地上的玻璃碎片。我们的通话时断时续，因为就在主震过后几分钟，我们各自所在市区又开始经历余震。

因为电梯暂停使用，我走下 9 层楼梯去查看附近商店和办公区的情况。表面上几乎看不到什么明显破坏。一家老式理发店门前的条纹彩柱略有倾斜，一扇橱窗的平板玻璃上有裂缝，一面石膏墙穿了个孔。街道上挤满了从办公室疏散出来的上班族，很多人头上戴着日本公司为应对灾难准备的白色塑料安全帽。在拥挤的城市建筑物上空，远远地可以看到东面有一道黑烟，那是一家炼油厂起火了。后来，一些报道让人觉得地震仿佛让东京经历了一场歇斯底里症大发作，大家都体验了一番与死神擦肩而过的震撼。但这些报道都在夸大其词。日本的现代工程学和严格的建筑法规，经过几个世纪的地震破坏后已发展成熟，在这次灾难中也经受住了考验。一阵短暂的警报过后，

---

[1] 发音为“Tour-Hock-oo”，最后一个音节发音短促。（若无特别说明，书中脚注均为作者原注。）

是长达数小时的通信中断、各种不便和百无聊赖。但是大家普遍的表现是无奈接受现实，而非惊慌失措。

一家老式瓷器商店的主人连一个盘子都没有损失，这家店里一个花瓶可都要卖5000英镑。我们跟几位身着和服的年长女士聊了几句，地震发生时，她们正在附近的歌舞伎剧场观看一场演出。“他们刚开始表演最后一幕，观众都尖叫起来，”其中一人说，“但演员继续表演，没有丝毫犹豫。我以为震动很快会平息下来，可它一直持续不断，所有人都起身向大门涌去。”著名歌舞伎演员尾上菊五郎和中村吉右卫门等头牌明星则在观众逃离时深深鞠躬，为中断表演致歉。

2011年3月11日 星期五 16:26:40

东京中心区很平静，没什么破坏。我在银座附近走了30分钟，只发现一扇窗户和几面墙有裂缝。

2011年3月11日 星期五 16:28:56

好像只有千叶县的一家炼油厂着火。

2011年3月11日 星期五 16:40:31

日本11座核电站关闭。震后无相关险情报道。

2011年3月11日 星期五 17:47:25

我已经记不清余震次数，15次或更多。据日本电视台报道，最近一次余震源头与第一次主震震中位置不同。

2011年3月11日 星期五 18:20:10

无法拨通东京地区电话的人请使用Skype，东京的网络似乎还通畅。

回到办公室，我们再次打开电视。日本财力雄厚的广播公司都已调动飞机、直升机和各种人力展开报道。国外电视台也在滚动播报地震灾情，有线新闻制作人都被这种可怕事件激发出了干劲，而且几乎毫不掩饰对新闻的渴望。我开始为我们报纸的网站整理报道，试图从有线电视、卫星电视、互联网、传真和电话的图片、声音和文字中理出头绪。但事实仍然模糊不清，令人沮丧。地震来了，又走了，人类的反应显然十分到位：首相办公室组织成立了灾难应急小组，机场、铁路和高速公路都已关闭。目前为止造成了哪些实际损失呢？有几起火灾报道，包括炼油厂那一起。可是就在地震发生的最初几个小时里，地震学家甚至无法就震级达成一致，震中所在地东北沿岸更是悄无声息。

伤亡人数极难确定。晚上6:30，电视新闻报道称有23人死亡。但到了晚上9点，这一数字上升到61人，午夜过后，各大通讯社报道仍称死亡人数为64人。显然，随着通信逐渐恢复，具体数字还将继续上升。这种情况通常会催生一种非理性的悲观情绪，人们会倾向于相信最糟糕的可能性，而最终结果很可能没有那么坏。

@dicklp

2011 年 3 月 11 日 星期五 17:58:43

截至目前，东京尚无人员死亡的相关报道。我预测东京可能会有二十几人不幸遇难，而日本东北地区可能有数百人遇难，但不会更多。不会出现大规模伤亡。

现在已经有几段航拍视频记录下海啸来临的那一刻，但反复在我脑海中浮现的画面，是从仙台市南部的名取市上空拍摄的。摄影师从陆地而不是海面开始取景，一开始展现了暗沉冬日下的稻田景象，接着可以看到有什么东西正向大地袭来，那看起来就像有生命的东西，像一只长着棕色鼻子的饿兽在大地上狂奔。它的头是一堆支离破碎的浮沫，地面上所有汽车都在它的背上浮动。它移动的时候似乎还冒着烟，躯体不像水或泥，更像一种固态蒸汽。接着，可以在画面中看到一艘大船在陆地航行，距离大海有数百码远，更令人难以置信的是，地面上那些铺着蓝色瓦片的房子表面上看虽然还很完整，屋顶却跳动着橙色的火焰，一幢幢房子都在洪水泛滥的陆地上转圈。这个怪物把道路变成河流，又将其吞没，然后又去更多的田地和道路肆虐，朝着村庄和车流密集的高速公路呼啸而去。一个司机在它前面加速，拼命逃跑，直至汽车和车上的人被海浪吞没。

这是已知在日本发生的最大一次地震，也是地震学历史上严重程度排到第四的一次强震。它的猛烈冲击使地轴偏移 6.5

英寸，[1]也让日本向美洲大陆移动了 13 英尺。❶而在随之而来的海啸中，有 1.8 万人失去生命。海啸最高时达到 120 英尺，导致近 50 万人流离失所。福岛第一核电站的三个核反应堆熔化，放射性物质泄漏，污染了整片区域，这是自切尔诺贝利核事故以来最严重的核泄漏事故。地震和海啸造成的损失高达 2100 亿美元，[2]是迄今为止造成损失最惨重的自然灾害。

这也是日本自二战以来遭遇的最严重危机。它终结了一任首相的政治生涯，也促成了另一任首相的登场。海啸造成的破坏扰乱了世界上一些巨头企业的生产。核灾难则导致供电中断数周，影响了数百万人的生活。也因为如此，日本剩余的全部 50 个核反应堆都被关闭。[3]同时，数十万人走上街头进行反核游行，福岛核泄漏事件还让德国、意大利和瑞士等国政府纷纷放弃兴建核电站。

核电站附近的土地在未来几十年里都将受到污染。被海啸摧毁的村镇可能再也不能恢复原貌。在远离灾难现场的人群中，痛苦和焦虑仍以无法想象的方式悄然扩散。有农民因为突然无法出售自家的农产品而自杀。[4]无辜的电力公司工人发现自己成了责备和歧视的对象。恐惧生根发芽，对于看不见的毒物的恐惧在空中飘荡，在水中流淌，甚至有传言说母乳也有毒。外派来日本工作的人更是极度恐慌，他们的家庭、公司和大使馆甚至撤离到距离东京 140 英里❷以外的地方去了。

---

❶ 1 英寸相当于 2.5 厘米，1 英尺相当于 30 厘米。——编者注

❷ 1 英里相当于 1.6 千米。——编者注

那天晚上，我坐在10楼的办公室里，无法得知外界传来的种种消息是否属实。但第二天早上，事实已显而易见，那时我正开车从东京前往沿岸受灾地区。我将在日本东北地区停留几周，沿着这片被洪水淹没的狭长地带展开探寻，有些地方纵深达3英里。我探访了一家医院，那里的病房晚上都用蜡烛照明。就在距离医院100码的地方，熊熊燃烧的工业油罐火光冲天，给这片区域增添了一种末世气氛。我看到有的镇子先被洪水吞没，后又遭火焚；汽车被巨浪掀起，然后重重跌落到高层建筑物的屋顶；钢铁远洋船舶竟停泊在城市街道上。

我小心翼翼地进入核电站附近幽灵般的禁区，那里的奶牛活活渴死在地里，成群的宠物狗住在废弃的村庄里，正逐渐变成野狗。我穿着防护服，戴着面具和手套，孤身走进受损的电站。我采访幸存者、被疏散人员、政治家和专家，每天报道日本当局迟缓且收效甚微的救援行动。我为报纸撰写大量文章，发了数百条声嘶力竭的推文，接受广播电台和电视台的采访。所有这些经历仿佛一场混乱不堪的梦。

那些在战区和灾区工作的人，过了一段时间后，就会习得一种从事件中抽离出来的本领。这是一种职业需要：如果轻易就被这种死亡和痛苦的景象压垮，那没有哪个医生、救援人员或记者能干好自己的工作。获得这种本领的诀窍在于收起同情心，不要把每个人的悲剧当成自己的悲剧，而我已经掌握这一窍门。我知道发生了什么，我也知道一切是多么骇人听闻，但关键是我自己不能被吓倒。

“一切都在转瞬间……一些只存在于想象中的事情突如其来，而我们能做的仍然只是想象，”菲利普·古雷维奇[1]写道，“这也是我感兴趣的地方：想象真实的特殊必要性。”[5]构成灾难的事件是如此多样，其影响力也如此巨大，我从未觉得自己是在进行公正的报道。它就像是一个形状怪异的巨大包袱，没有任何边角或可抓握之处：无论我尝试多少种不同的方法，都不可能把它从地上提起来。随后的几周里，我心中涌动着惊愕、怜悯和悲伤的情绪。但在麻木的抽离过程后，我就完全忽略了这种不安。

很久以后，在海啸发生之后的那个夏天，我才听说海岸边一个小社区里发生的意外悲剧。那个社区叫大川，位于日本一个被遗忘的地方，那里群山环绕，稻田遍地，靠近一条大河的河口。我来到这个面目模糊的地方，停留了几周。在后来的几年里，我遇到了很多幸存者，听说了很多有关海啸的故事，但只有大川让我回去了一遍又一遍。正是在那里，在那所学校中，我才真正学会了如何去想象。

❶ 菲利普·古雷维奇（Philip Gourevitch），美国作家，代表作为《向您告知，明天我们一家就要被杀》，书中讲述了 1994 年的卢旺达大屠杀。——编者注

Part 01

第一部分

巨浪下的小学

毁灭的味道从四面八方涌来，那天早上，长达 400 英里的海岸所呈现的景象，让人想起 1945 年 8 月的广岛和长崎，只不过水代替了火，淤泥代替了灰烬，鱼和淤泥的腥臭代替了烧焦的木头和滚滚浓烟。

我出门了，等会儿回来

我第一次在山脚下的大木屋里见到紫桃佐代美的时候，她回忆起那天晚上她的小女儿千圣突然从床上坐起来，哭着说：“学校消失了。”

“她当时正在睡觉，”佐代美告诉我，“突然哭着醒来。我问她：‘怎么了？你说‘消失了’是什么意思？’她答道：‘大地震。’她当时大喊大叫。她不时会梦游，偶尔喃喃自语一些奇怪的事情。有时候她还会突然从床上起来，走来走去，完全不知道自己在干什么，我不得不领她回到床上。但她以前从来没有这么害怕过。”

这并不是说 11 岁的千圣特别害怕地震。那场噩梦几周后，就在 2011 年 3 月 9 日这一天发生了地震，她就读的大川小学的混凝土围墙被震得剧烈晃动，当时我远在 220 英里外的东京，也感受到了震动。震动持续不断，千圣和其他孩子已经爬到课桌底下，然后戴上塑料安全帽，跟着老师来到操场，他们排成整齐的队伍，老师逐个点名并做记录。大大小小的地震在日本很常见，她当晚回家甚至没有提起这件事。

紫桃佐代美40多岁，留着一头卷发，圆圆的脸庞上架着一副眼镜，举止大方，乐于倾诉。日本传统的克制精神和礼貌有时候会让采访难以进行，但佐代美是个热情洋溢的讲述者，言谈间还散发着一种意想不到的饶舌的幽默感。我在她家度过了好几个漫长的早晨，我们一起谈笑、品尝蛋糕点心，还一起喝茶。她自顾自地就能说上一个小时，间或伸展手臂、皱眉、微笑或摇头晃脑，就好像被自己的回忆吓了一跳。有些人因为失去而变得无所适从，佐代美谈到自己的不幸时，也流露出与其他人一样强烈的痛苦。但怒气和愤慨让她生出一种尖刻的自信，使她不至于过分痛苦。

紫桃一家关系紧密。佐代美的大儿子健矢已经15岁，大女儿朋佳也已经13岁，但一家人还是一起睡在楼上的大房间里，孩子就睡在父母旁边的床垫上。3月11日的那个周五，佐代美像往常一样6:15就起床了。那天是儿子中学毕业典礼的日子，[1]她满脑子都是相关的日常琐事。“我通常会在所有人都起来后再叫醒千圣，”她说，“我会让她坐在我腿上，拍拍她的背，并像考拉一样抱着她，她则依偎在我怀里。这是我每天早上都爱做的事。我会抱着她说：‘醒醒，起床啦。’然后开始新的一天。这是我们的秘密时刻。但那天早上她自己就醒了。”

千圣那天早上心情不好，后来还十分孩子气地跟哥哥姐姐为了一点琐事拌起嘴来。佐代美仍然记得那天早上在厨房给自己准备早餐时，听到烤面包机在面包烤好时发出叮的一声响。校车会在6:56到达街角附近的停靠点，千圣总是提前3分钟离开家。“她背着书包从我身旁走过，我这才发现自己还没跟她说话，”佐代美回忆道，“于是我说：‘小千，我的宝贝，等一下。怎么了？今天不太高兴？’她说‘没什么’，但听起来有点沮丧。有时候，我会在她出门前给她一个拥抱。那天早上，为了让她振作起来，我跟她击了掌，但她仍然垂着头离开了家。”

在日本，出门时要遵循一套不变的礼仪规则。离家的人通常会说一句Itte kimasu，字面意思是“我出门了，等会儿回来”。这时待在家的人会回应一句Itte rasshai，大意是“出门了呀，早点回来”。外国人学日语时经常学的“再见”(Sayonara）一词，大多数情况下意味着最后告别，暗含漫长或永远分离的意思。而Itte kimasu则蕴含不一样的情感表达：一种归来的承诺。

北上川河道最低处从东边的潟湖一直延伸到西边的山地，居住在这附近的大川小学的学生和家长交换着相同的道别语，话语中流露出不同程度的快意与不舍。

Itte kimasu.

Itte rasshai!

佐代美告诉我，千圣早在出生前，命运就已被涂上一层宿命般的神奇色彩。千圣是佐代美在33岁生日那天怀上的，并于1999年平安夜出生，即使是在基督教徒极少的日本，这一天也寓意丰富。佐代美当天下午开始阵痛，不到一个小时就生完回到自己床上，开始吃圣诞蛋糕。第二天一大早，即圣诞节的清晨，地面已被皑皑白雪覆盖。一周后，全世界都在庆祝第三个千年的到来。年幼的千圣从没提过什么特别要求，就像她没怎么折腾就来到这个世界一样。“她总是跟我待在一起，”佐代美说，“她会待在我胸前的婴儿背带里。我做饭时，就把她背在身后。开车出门时，她就坐在我身旁的儿童座椅里，或是在我乘车时坐在我腿上。她就好像长在我身上一样。她还总是跟我睡在一间房里，就睡在我右手边，直到那一天为止。”

福地村由一个个小村庄聚集而成，它们零星分布在一片广阔的三角形稻田周围。村子周围两边是低矮的山丘，山上覆盖着茂密的松林。紫桃一家就住在山丘最低的坡地上。北边则是宽阔的北上川，这是日本北部最长、最宽的河流，向东流向6英里外的太平洋。在离紫桃家数分钟路程的范围内，在不同的季节，你可以徒步、玩平底雪橇、滑冰、打猎、在淡水或咸水中钓鱼和游泳。千圣喜欢玩洋娃娃，还喜欢跟姐姐一起画画，但她最喜欢的是跟朋友水穗、爱香还有隔壁家老奶奶养的小狗小猫一起嬉戏追闹。

她妈妈说她拥有第六感。“不等你开口，她就会做你想做的事，”佐代美说，“她拥有那种预感天赋。我丈夫是个细木工。千圣第一次看他在家做木工活时，就一直站在一旁看着。她能预知他下一步需要什么工具或材料。她说着‘给你，爸爸’，就把东西递过去。他就会夸奖说：‘她知道得真多啊！真是个不一般的姑娘。’”

她的朋友过去还开玩笑地叫她“监控摄像机”，因为她会注意到容易被其他 11 岁孩子忽视的事情。有一次，在其他女孩子还没注意到的时候，她就发现班里一群男孩子窃笑着聚在一起，密谋什么恶作剧。她不仅知道谁对谁有暧昧的小心思，也知道双方是否都有意思。大川小学并不大，只有大约 100 个孩子，千圣所在的五年级这个班只有 15 个学生。班里的氛围温暖亲近，这种亲密甚至略带压迫感，大家不会容忍任何不合群的人。千圣讨厌这样。

“毫无疑问，”佐代美坦言，“她讨厌老师。她说过，学校就是老师说谎的地方。但她从没拒绝去上学。她说：‘如果我不去上学，有麻烦的就是你。’她知道自己不得不做一些不情愿的事。”

佐代美还表示：“让她怀着这样的心情去上学，我感觉非常糟糕。但我不想成为阻止孩子接受教育的母亲。她并没有遭受欺凌或遇到任何类似情况。但或许有些孩子待在家里会更好，他们更喜欢跟妈妈而不是朋友待在一起。每一个跟你聊天的人都说：‘至少当一切发生时，我的孩子待在她喜欢的学校，和她喜欢的朋友在一起，还有她喜欢的老师。’家长当然想要相信这一点。但如果他们问孩子‘你真的喜欢那所学校吗？你真的喜欢那些老师吗？’，恐怕并非所有孩子都会给出肯定的回答。”

许多人提起那一天时，都觉得那不过是寻常的一天，紫桃佐代美却记得那个周五的一丝不寻常之处。

吃过早饭，她开车前往当地中学参加儿子健矢的毕业典礼。她驾车穿过田间小路，右转上了沿河的高速公路，然后经过面积更大一点的横川村。就在村里的神社外，冒出一座小山丘，迫使道路向水面靠近，阻挡了望向较低处的视线。顺着这段路朝远处望去，可以看到一片辽阔的壮观景象：宽阔的河流、芦苇丛生的河床，两岸只留下收割后残茎遍地的大片褐色稻田，还有翠绿的远山上一望无际的蓝天。远处隐约还能看见新北上大桥，桥长600码，将南面的大川与北上川北岸地区连接起来。[2]

毕业典礼结束后，佐代美和健矢开车前往更下游的另一个村子，参加在那里举行的初中毕业生小型庆祝活动。村子名叫釜谷，大川小学也坐落在那里。二三十个少年和他们的妈妈聚在一个礼堂里，这个礼堂正好在千圣教室对面。可能无缘再见的朋友交换着礼物，互相道别。一张桌子上还摆着各家做的可口美食。佐代美以为活动会持续到下午3点左右，但下午2点开始大家就渐渐散去。健矢也想回家。不过佐代美先要想想该拿千圣怎么办。

大川小学下午2:30放学，不过孩子总要拖延10到15分钟才开始离校，他们要收拾东西，老师也要分发通知或叮嘱一些事情。他们应该等千圣半小时吗？还是现在回家，让她像平常一样搭校车呢？佐代美的车就停在学校门口，她站在车旁思考这个小问题。后来，她回忆起当时有一种强烈的恐怖感袭来——那时正值“旧世界”最后的一个小时。“那一天直到中午都是好天气，”她回忆道，“活动接近尾声的时候，天已经变得阴沉沉的，但没有一丝风，树上的叶子纹丝不动。我感觉不到一点生机。那种感觉就像电影突然中断，时间突然静止。空气中弥漫着一种令人不快的气息，与平常不一样。我不喜欢听不见学校里孩子动静的感觉——哪怕他们在上课，也总能听到一点点声响。正常情况下，我可能已经走进学校，对校工说：‘我来接我的女儿。’可是学校当时感觉好像……被隔绝了一样。”

我请佐代美解释一下这种奇怪的感觉。她说：“住在乡下的人都是与自然共存的。大家与动物、植物和自然环境中的一切共同生活。起风时，我听见树的声音，能从风声中听出风的情况。快要下雪前，我从空气中就能感觉到雪的味道。我凭直觉就能感觉到周围的气场。那种空气和氛围非常重要，几乎比人还重要。我觉得千圣也是拥有这种直觉的人。”

“后来健矢问：‘我们回家吗？’我也觉得是时候回家了。也许，正是某种直觉告诉我必须离开那儿。应该就是这样。但我给自己的理由却是：‘如果我们现在回家，他就有更多时间见朋友了。’于是，我们就回家了。”

当地震来袭，佐代美正在楼上换衣服。她和健矢回家时，大女儿朋佳已经在家，还没吃午饭。佐代美开火煮上面就去了自己的房间。下午 2:46 震动开始时，她朝楼下大叫着让孩子关火，然后到屋外去。不过，佐代美最担心的不是他们，而是住在一楼的上了年纪的父母。佐代美的母亲身体羸弱，行动迟缓，父亲有点糊涂又非常固执。她跑下楼，发现父亲正准备收起擦得锃亮的黑色祖先牌位，它们正在佛坛上摇摇欲坠。佐代美放弃跟他理论，跌跌撞撞跑到屋外，看到家里的其他人都待在一棵大树旁。

“震动十分强烈，我没办法站直，”她回忆道，“即使在外面蹲着，也差点摔倒。我看了看车库的金属百叶窗——它们抖得像筛子一样。电线和电线杆都在剧烈摇摆。整个世界仿佛都要崩塌，就像末日电影里的特效。我很惊讶房子竟然没塌。我试图让孩子躲进车里，但我甚至无法打开车门。即使紧紧抓着车，我也害怕它随时会翻。于是我让孩子‘离车远点’，我们能做的只有蹲伏在地上。”

她还记得各种声音呼啸而来，同时又有些声音消失不见。尽管离森林很近，却没有鸟鸣，也没有任何扑棱翅膀的声音。千圣最喜欢的邻居家的温顺小狗却哑着嗓子狂吠，另一只猫则冲向山林，瞬时消失不见。“感觉好像持续了很长时间，或许有 5 分钟，”佐代美说，“甚至在震动停止后，仍然有震感。电线杆和电线也仍在晃动，所以很难判断究竟是大地在震动，还是我自己在颤动。孩子都吓坏了，健矢一边四处打量一边大叫：‘外公！外公怎么样了？’”

老人家最后没有带走祖先牌位，而是两手空空跟跄着跑出了屋子。

电线杆、电线和百叶窗又开始震动，这只是一系列余震的开始。佐代美把父母和孩子都带到车里，开车来到稻田里的一处地方，福地的大部分居民都已经聚集在那儿。地上已经为孩子和老人摆上椅子，铺好了垫子，邻居大声议论着刚发生的事情。从这里看去，几乎看不到什么明显的实质性破坏。至少在佐代美目之所及范围内，只有一些屋顶上的瓦片被震得移位，没有一栋房子倒塌或严重损坏。除了惊魂未定和一丝残存的警惕，没有人恐慌或歇斯底里。一切似乎就这么有条不紊地回归正常，像水面涟漪散去后重新映出天空的模样。

佐代美给丈夫发了条短信，告诉他家里的情况，也收到了丈夫的回复。隆洋工作的建筑工地被震得一塌糊涂，但他并没有受伤。她环顾四周，朋友和邻居正在互相安慰，人们自发组织起来帮助老人、孩子和体弱的人。她突然想起，千圣乘坐的校车随时可能回来。托邻居照顾好父母和孩子后，她开车来到几百码外的河边，等着校车出现。

* * *

河边的主路上已经停着六七辆车，司机站在车旁讨论地震的情况。据说木材堆置场的木材都滚到了前面的路上，使得道路危险重重。这些人没有亲眼看见这些路障，但也都没有动身前往查证的意思。大家都很平静，没人流露出急躁或惊恐的情绪。可就在这静滞的氛围中，佐代美嗅到了焦虑和紧张的味道。她再次给丈夫发短信。地震停止后，虽然无法打电话，短信通讯倒是畅通无阻。可是现在，所有通讯都中断了。

接下来的一小时里，佐代美开着车在河畔公路和稻田之间来回奔波，既要等校车出现，又要不时回去查看家人的情况。就在这一来一往之间，一种令人安心的感觉——让人认为能够战胜灾难的平常心——迅速消失了。

与河道相连的一条水渠吸引了佐代美的注意力，这些分散的溪流是稻田灌溉系统的一部分。水渠的水位随着水稻作物的周期变化涨落，但从来没有完全干涸。可是现在，水渠里的水几乎完全消失，都可以看见渠底泛着灰光的淤泥。待她再看去时，情况又不一样了：水渠被河里涌来的水填满，不明的黑色碎片在汹涌的水面竞速。转瞬间，毗邻的田地被洪水淹没。眼前的景象令人错愕不已，佐代美掏出手机记录下这一幕。这段短视频记录的时间是下午 3:58……这时收音机里传来一段新闻：“……海啸袭击女川，大量房屋遭受没顶之灾，汽车被冲走。请保持高度警惕……”

佐代美对“海啸”一词并不陌生，如果海底发生强震，随之而来的通常就是海啸警报。当海啸来袭，电视上会播报海浪大小，30 英寸、15 英寸、4 英寸——未经训练的普通人很难准确目测，通常只能用港口的测量仪器来测量。但这次广播里用了大海啸（ō-tsunami）来形容女川发生的灾难——浪高20英尺的“超级海啸”，女川是南面的一个渔港，距离这儿只有一小时车程。“我知道20英尺很大，但知道和感觉到是两回事，”佐代美说，“可听到它能冲走汽车时，我就明白了。我试图冷静下来。除此之外什么也做不了。”

黄昏时分，佐代美又回到大路上等女儿。

一个半小时前，她就站在大川小学门口，现在开车沿着河畔公路回去接千圣也是再自然不过的事。学校就在下游4英里的地方，可是没有车从那个方向开过来。司机在水闸附近走动着，纷纷议论路况危险，可是谁也不愿解释究竟为何危险。天空开始飘起雨夹雪。河水汹涌澎湃，像着了魔一样。水面卷起一股股浪花，如运动员鼓胀的肌肉一般，表面还依稀可见形状不规则的巨大物体。佐代美一直在河边徘徊，关注路上的动静，直到天黑才离开。

回到家，她发现房子完好无损，只有一些物品掉落或受损，不过家里没电没气也没水。她临时用剩饭剩菜做了一顿饭，强迫自己不要担心千圣。福地的很多家庭都在等孩子从小学回来，没人表现出过度担心。千圣的老师接受过应急训练。福地的木头房子在地震中都安然无恙，更何况用钢筋混凝土修建的学校，那可比这些木屋结实多了。佐代美自己就曾在这所学校读书，最令她感到心安的是，学校就在一座700英尺高的小山丘前面。操场后就有一条小路沿山坡一路向上，一直延伸到“超级海啸”也无法到达的高度。因为没有电，福地的人没法看电视或上网，还没人看到那侵吞一切的巨浪，而全世界的电视台早已播放一遍又一遍。但他们可以收听当地广播，广播一直提醒大家保持警惕，并且不断公布官方伤亡数据：数百人确认死亡。突然一则清楚无误的消息传来，那天晚上苦苦等候的人都还记得这则消息：200 名在大川小学避难的村民和儿童被困，正在等待救援。

一直不愿承认自己有多担心的佐代美听到这则消息后如释重负。“一位妈妈还说，他们可能正待在体育馆楼上开睡衣派对，”佐代美回忆道，“我们互相倾诉，‘可怜的千圣，她一定又饿又冷。’最后，我们都没有刚才那么担心了。”

晚上，在四处开裂、拥挤不堪的路上一番奔波后，隆洋终于回到家，而佐代美对他说的第一句话就是：“千圣还没回来。”

全家人都在车里过夜，以防又有余震。大家一个挨一个地挤在直直的座椅上，都没怎么睡着。佐代美脑子里一直回响着一个声音，无法入睡：“千圣不在这儿，千圣不在这儿，千圣不在这儿。”

天冷得要命，外面漆黑一片。那天晚上，人们惊讶地发现，头顶上的天空异常清澈，星星格外明亮。他们身处一片没有电也没有电视和电话的地方，这地方好像突然冒出来，然后被折叠装进一个时间口袋中，脱离了 21 世纪。佐代美在黎明时分醒来，冻得浑身僵硬。燃气和水已经恢复供应，至少能泡茶做饭了。这时，大川小学学生的妈妈之间开始兴奋地传递一则消息：一架直升机正飞去解救被困的孩子。隆洋和村子里的其他男人忙着收拾出一块地方，以便直升机着陆。千圣终于要回家了。

孩子在哪儿？

今野大辅是柔道队的中坚分子，也是六年级班的班长，他是个温和宽厚的男孩，那天他也不想去学校。离毕业只有一周时间了，他的妈妈今野仁美把他推出了门。那是一个寒冷的早晨，正值天气变幻莫测的冬春之交。但当时并没有出现什么不祥之兆，母子俩也不是那种会受超自然灾难预兆困扰的人。从照片上可以看到，大辅长着一张乐呵呵的圆脸，总是露出谦逊的微笑。“他热爱柔道，”仁美说，“在朋友面前他总是板着一张脸。可回家对着我，他就会开始抱怨被摔得很疼。那个时候，好像他们男生在学校被班主任骂了，这是他那天不肯去学校的唯一原因。”

“我出门了，等会儿回来。”大辅不情愿地说。

“出门了呀，早点回来。”仁美回应道。

今野家住在间垣村，距离上游福地的佐代美家大约3英里。校车也会经过这里，但是大川小学离得很近，间垣的孩子通常都走路过去。大辅和一群同学沿着河无精打采地走去学校。河堤在这一处还没有被抬升，宽阔的马路把岸边的房子与奔流不息的河水分隔开来。

仁美的丈夫已经去上班了。儿子上学后，她很快也出门了，家里还有公公、婆婆和两个十几岁的女儿。她开车向南，远离河道，沿着一条通向山林的路往上开去，转过几个急弯后，开进一条大约一英里长的隧道，出来就到了渔港雄胜町。8点的时候，仁美已经坐在一家小诊所的电脑前，等候当天第一位病人的到来，她是这家诊所的前台。

那是一个很寻常的早晨。午餐时，仁美在前台吃完了自带的便当。她今年40岁，是个温暖、沉着的女人，在和蔼谦卑的外表下藏着一颗坚毅的心，非常适合接待诊所那些上了年纪、有点糊涂的病人。除了处理预约、付款和账目事宜，仁美还负责看管一台用电流按摩肌肉的精密仪器。地震的剧烈震动开始时，她刚为两位年长的女病人接通仪器电流。

她想要站起来，但完全做不到。候诊室里的病人吓得大喊大叫。仁美身后是一个个高高的烧瓶，金属仪器正放在里面消毒。瓶子里的沸水猛烈地向四周喷溅，地板上很快积起一摊又一摊水，水面还冒着蒸汽。

震动平息下来时，仁美拔掉连在病人身上的电极，交还医疗保险卡，两位病人匆忙离开了。

仁美给留在间垣家中的大女儿麻里发了条短信，很快收到回复：我们都很好。不要担心。

仁美拖干从消毒烧瓶里溅出来的水，跟医生商量起该怎么办。雄胜町位于一个狭窄海湾的顶部，就在大海旁边。两天前也发生了一次强震，但没有这次强烈，当时很多人已经从镇上撤离，只是所幸没有发生海啸。正当他们回忆当时的情形时，一个男人走进诊所，他是一家制药公司的销售代表，他说已经发布疏散警报，所有人都要撤离到更高的地方。仁美拿起外套和包，向自己的车走去。“我记得当时整个镇子异常安静，”她回忆道，“我能听到诊所后面水龙头滴水的声音，正常情况下你根本不会注意到这种声音。”后来她意识到，这就是海啸来临前的可怕时刻，这时候海水会先后撤，暴露出海床和港口陆地，紧接着全力回冲。正是由于缺少了熟悉的浪涛拍岸的声音，室内的微小杂音才会异常引人注意。

仁美开车回到山路上，即使是在移动的汽车里，她也能感觉到余震。她没有多想就开进了隧道，然后立即开始考虑隧道顶是否足够坚固，担心隧道上面难以想象的土石体量。她把车驶进远处一个紧急停车带，那里聚集了一些被疏散人员，她停下来休息了一会儿，考虑接下来该怎么办。之后，她重新开车上路，途中遇到一个认识的男人挥手示意她停车。

“如果我是你，我不会走这条路。”那个男人对她说，并指了指通往仁美在间垣的家的方向。

“为什么不？”仁美问。可那个男人只是低声咕哝了几句，没办法听清他说了些什么。

天空已经开始飘雪。“那时还不晚，还没到 4 点，”仁美回忆道，“我正发短信，并尝试给家里打电话，但都无法接通。天非常暗，头顶的一片异常阴暗。我再次开车上路，但有个认识的人拦住我，并对我说：‘不要继续走了。’”

沿着这条路再走几百码，就能到一个视野极佳的位置，从那儿可以清楚看到间垣和周围的村子。那个男人没有对自己的警告做出任何解释，仁美也没有追问。相反，她退回到紧急停车带，在车里度过了寒冷难熬的一晚。

天快亮的时候，她又重新上路，很快，左边的山丘就退去，可以看到下面宽阔的北上川河谷，每天下午她下班开车回家时，都能看到这片景象。河两岸是大片平地，边缘处陡然抬升，隐入林木茂盛的山丘之中。仁美居住的间垣村位于河的左岸，村子里一片广阔的稻田一直延伸到富士沼，山脚下零星点缀着其他小村子，村庄里打扫一新的红蓝色屋顶闪闪发光。这是日本乡村的典型景象：经人类驯化、用于耕耘的丰美大自然。但是现在她无法相信眼前所见的一切。

山上山下一片汪洋。目之所及全是水：建筑物和稻田都消失不见。从晨光中看去，水色乌黑，水面上只露出堆满暗色残渣的陆地和岛屿，仔细看去才发现全是断裂的黑色树干。低地都已被河水淹没，而河流早已被大海吞噬。在这片新地貌中，富士沼不再只是一个湖，成了一个开放海湾的入口；河也不再是河，成了宽阔的海港。向下望去，仁美看不见大川小学，巨大的山脊遮挡住了视线。河畔公路、房屋以及仁美的家和家人所在的间垣都被冲走了。

在上游的福地，直升机会来的消息让大家团结协作起来。佐代美的丈夫隆洋一大早就帮着清理出一块地，让直升机可以安全降落。佐代美和其他妈妈则制作了一大堆饭团，送去当地社区中心，被疏散人员都被送到那里休息。佐代美留下了两个饭团，放进自己的口袋，这样一来，即使千圣是最后一批被救回来的，也不至于挨饿。

直升机预计上午 11 点到。沿河而居的各家各户都聚集到福地：兄弟、姐妹、父母和祖父母，大家都穿着抓绒衣和羽绒服抵御严寒，提着袋子或背着帆布背包，里面装着为即将回来的孩子准备的热水、巧克力和防寒服。

大家都站在那里，抬头望天，彼此几乎都没有说话。一整个早上，直升机来了又走。蓝色的是警察局的，另有一两架是日本自卫队的军用飞机。一架也没有在福地降落。

“我们等了 4 个小时，”佐代美说，“出现的直升机不止几架，而是很多架。我们等啊等，结果没有一架靠近我们。我的内心涌起非常绝望的情绪。”

村子里的男人又聚在一起商量起来，最后决定派一队人顺流而下赶去学校，看看究竟发生了什么。

路上横七竖八地躺着从木材堆置场滚出来的木材，他们开车绕过这些障碍，路过横川村，那里看起来一切正常：公路两旁有一座神道教神社、一座佛教寺庙和两排住宅，看上去都没怎么损坏。然后他们开上了延伸出来的山脊坡道，再也看不见下面的河水。直到他们穿过这段路，才意识到这个不起眼的障碍却是生与死的分隔线。

表面来看，这场灾难并没有波及横川。高大的堤防和弯曲的河道使其免受洪水侵害。可是在山的那一边，海啸逆流而上，吞噬了堤防，以致命的力量陡然上升。虽然所处位置与仁美相反，可当男人朝车窗外看去时，眼前的景象却跟她看到的一样：高速公路和堤防都被吞没，桥梁垮塌，桑田变沧海。

仁美在晨曦中向山下开去，一路悄无声息。路上只有她一辆车，世界仿佛刚刚形成，而她是第一个闯入者。随着太阳角度的变化，辽阔的水面泛起黑色和银色的波光。但到了山脚下，仁美发现陆地并没有被全部淹没。

在山谷的最深处，一个名叫入釜谷的小村子幸免于难。那里的村公所已经成为难民中心。仁美看到一群人围在那里转来转去。屋顶覆盖着白雪。人们裹着外套和抓绒衣抵御清晨的严寒。她踉跄着走下汽车，一边大声呼喊孩子的名字，一边在人群中跌跌撞撞地寻找熟悉的面孔。好像每个人都在寻找着什么人，可没有一个人来自间垣村。突然，她认出了一个大川小学的男孩只野哲也——大辅柔道队的一名小队员，这让她既惊喜又有一丝安慰。哲也的衣服很脏。他的右眼发青，肿得睁不开。

“哲也！啊，哲也，你还好吗？发生了什么事，哲也？大辅怎么样了？”

“当时我们在逃跑，”哲也回答，“我们正跑着，阿辅摔倒了。我抓着他的衣领想把他拉起来，可是他起不来。”

“后来他怎么样了？他怎么样了，哲也？”

男孩只是摇了摇头。

这时，仁美注意到另一个五年级的男孩高桥广平，同样衣衫褴褛，脏污不堪。

“广平，大辅在哪里？”

“阿辅当时跟我在一起，”他说，“他就跑在我后面。我们还一起泡在水里。他就在我后面。”

“然后发生了什么，广平？”

“他浮了起来。”

她在外围看到了第三张来自同一小学的熟悉面孔：一个名叫远藤纯二的老师，一个肯定能提供一点答案的人。

“远藤老师！远藤老师，我是今野仁美，大辅的妈妈。发生了什么？学校发生了什么？”

老师独自一人坐在那儿，双手抱膝。仁美低下身子靠近他，重复着刚才的问题。可他连头也不抬。

“远藤老师？学校发生了什么，远藤老师？”

他似乎处于一种极度游离的状态。在仁美看来，他的所有情绪好像从体内抽离了出来。

“不知道，”他最终含糊地答道，“不知道发生了什么。”

仁美努力将这些信息碎片拼凑起来。小学就在她此刻所在的山的另一边。男孩和他们的老师一定是在几小时前翻山越岭来到这里。如果他们是一起逃跑，包括大辅在内的其他人一定也选择了同一条路线，那他可能也在这座山上。仁美离开村公所，朝大路走去，她艰难地趟过一些被水淹没的路面，一边向山上走，一边呼唤儿子的名字。

“阿辅！大辅！有人看见今野大辅了吗？”

可是山上空无一人。山林太大，一片片茂密的松林把山路分隔出无数条岔路，四通八达。她下了山，驻足不前。然后，她又朝河边走去，一路沿河畔公路趟水走到自家附近。

“那里只有一个湖，”仁美回忆道，“我甚至看不到房子的地基。我到处走着，浑身都湿透了，一边喊着家里每个人的名字。我其实不太清楚自己当时在干什么。我就是觉得，如果我一直叫他们的名字，总会有人回应。其他人想阻止我。他们像看疯子一样看着我。可是我想不出还能做些别的什么事。”

佐代美的丈夫隆洋没有参与邻居在下游的行动。出于某种未被说明的原因，大家把有孩子在大川小学的父亲排除在外。但隆洋还是从回来的人那里了解了情况。他们最后是乘船来到间垣附近的一处河堤。其中一队人去了入釜谷。余下的人在碎石堆中找寻通往学校的路。

佐代美在村里四处走动时碰到一个女人，这个女人的丈夫是搜寻队的一员。“那个女人一直在哭，”她回忆道，“她拒绝直视我的眼睛。”但佐代美坚称自己没有绝望。她说：“我有一种强烈的感觉，虽然他们没有被直升机接回来，但孩子是安全的。现在没有信号，也断了电。他们可能已经被带到镇上那个大的体育中心，只是无法跟我们取得联系。”

当隆洋带着从搜寻队获得的消息回到家时，佐代美也已经在家。日本父母在讨论家庭事务时，会特别称呼彼此为孩子他爸（otō-san）和孩子他妈（okaa-san），隆洋也是以此作为开场白。

“他一进来就叫我，‘孩子他妈……’”佐代美仍然记得很清楚，“我以为会是好消息。”

“孩子他妈，没希望了，”结果隆洋这么说，“没希望了。”

“什么？”佐代美问，“什么没希望了？”

“学校已经完了，”隆洋继续说，“没希望了。”

“我只能抓住他的衬衫，”佐代美告诉我，“我抓着他胸前的衣服。‘我听不懂。’我说。然后我就站不起来了。”

隆洋复述了听来的消息：目前已经从学校找到两具孩子的尸体，肯定还会找到更多，只有极少数人活了下来，其中有两个五年级学生。

“其中一个一定是千圣。”佐代美说。

“他们都是男孩。”隆洋回应道。

“谁？”

“其中一个是广平。”

对于此刻正站在悬崖边上的佐代美而言，这个名字就像系在她腰间的一根安全带，回忆起那一刻时，她嘴角露出了微笑。因为在五年级班上，千圣和广平彼此竞争非常激烈，两人从很小的时候就如此。“运动会结束后，千圣会说‘我比广平快’或‘我轻松击败了广平’。”佐代美告诉我。如果广平还活着，那么千圣就不可能不活着。

地狱

今野仁美第二天一早终于来到学校。那是2011年3月13日，星期日。

以往，从入釜谷步行过来只需要20分钟，可是这次仁美花了一个多小时才克服洪水和各种残骸的阻碍，沿着山脚下的路小心翼翼走到学校。废墟中有被海啸掀起又丢下的大片屋顶，倒扣在地上的支离破碎的轿车和货车，以及微不足道的家庭用品：鞋、湿淋淋的衣服、炒菜锅、茶壶和勺子。大片断裂的松树横七竖八地倒在地上，场面之混乱难以用语言形容。松脂的气味与黑色淤泥的腐败臭味混合在一起，给所有没有浸泡在水里的东西染了一层味。曾经矗立在这里的房子，全部被彻底冲走，一点残渣都不剩。

仁美终于艰难跋涉到新北上大桥旁内陆道路与河畔高速公

路的连接处。这座大桥最北面 1/3 长度的桥面——跨度约 200 码——已经垮塌，消失在滔滔河水中，只剩下混凝土桩立在水中。公路从这里开始向釜谷蜿蜒而去，那是一个典型的日本村庄，低矮的混凝土建筑和屋顶上铺着瓦片的传统木屋混杂在一起。就在两天前，除了大川小学的屋顶，所有一切都还在这些建筑和周围种植的樱花树的掩映之下。

即使是今天，仁美第一个看见的也是学校，或者说是学校的轮廓。它被一堆棱角分明、相互联结的东西包裹着，那堆东西大小不一——树干、房子的托梁、船、床、自行车、棚屋和冰箱。一辆扭曲的轿车从楼上一间教室的窗户伸出一截来。100 码开外孤零零地立着一座单体混凝土建筑，那是村里的诊所，距离那儿的半中间位置还竖着一座细钢条搭建的信号塔。可是，主街上的房子、通往主街的巷道及其两旁的住宅和商店，都已不复存在。

釜谷周围是一个个小村子，更远处是一片片稻田，低矮的山丘，蜿蜒的河流，最后则是太平洋。远处河口处有一片海滩，深受冲浪爱好者和游泳爱好者欢迎，那里还有一片茂密的松林，既是防风林，也是休闲好去处。但现在，2 万棵松树被连根拔起，卷到 3 英里外的内陆，在那里散发着它们独有的味道。村庄、小村子、稻田，在陆地和大海之间，所有一切都消失不见了。

没有照片能记录这种景象，连电视台也无法记录这场灾难的全景。毁灭的味道从四面八方涌来，有时候远超目之所及的范围。“那就是地狱，”仁美描述道，“一切都消失了。就好像掉下了一颗原子弹。”很多人都用了这个比喻，一点都没有夸张。只有两种力量可以造成比海啸更严重的破坏：小行星撞击或核爆炸。那天早上，长达400英里的海岸所呈现的景象，让人想起1945年8月的广岛和长崎，只不过水代替了火，淤泥代替了灰烬，鱼和淤泥的腥臭代替了烧焦的木头和滚滚浓烟。

即使是最惨烈的空袭也还会留下被烧毁建筑的残垣断壁，以及部分公园和树林，公路和铁轨，田地和墓地。而海啸没有放过任何东西，没有什么爆炸可以与它带来的超现实破坏力相提并论。它把整片森林连根拔起，再把它们抛到数英里外的内陆。它掀起路面的碎石，像舞动缎带一样甩来甩去。它把房子从地基处扯断，把轿车、卡车、轮船和一具具尸体抛到高楼楼顶。

一个叫阿部良助的男人跟仁美差不多同一时间到达釜谷。海啸的时候，他的房子、妻子、女儿、女婿和两个外孙女就在村里。阿部当时在城里的一个建筑工地工作，回家的路也被洪水泛滥的公路和断桥阻断。他到达村子的时候，两名警察正站在村口。让他惊讶和气愤的是，这两名警察虽然一副犹豫不决的样子，但还是试图阻止他进村。他一开始还跟他们理论，后来直接放弃，只是径直从其身旁走过。

阿部、仁美和其他人都用了同一个词来形容海啸过后最初几天的景象：地狱（jigoku）。说到这个词时，他们脑中浮现的，不是传统意义上可怕的恶魔和骇人听闻的惨烈酷刑。日本绘画中有不一样的地狱——冰与水、泥与粪搅成一团的地狱，画中人物全都一丝不挂，被剥夺了所有尊严，散乱地躺在破败不堪的平原上。

“我还记得，”阿部说，“那些松树，还有淤泥和垃圾里露出来的孩子的腿和胳膊。”

阿部60岁出头，是村长，也是一个建筑公司的老板，他是个讲求实际、有行动力的男人。他开始把尸体一个个拽出来，摆在路边。一开始，他就用手硬拽，后来他又趟水回到车里，再返回时手里多了一些工具。有些地方不能用铲子，因为孩子的尸体被撤退的海浪冲到了一起，一个叠一个地紧挨着。

到了下午，已经有好几个人加入。这是一项充满未知的危险工作，因为没几处地面是牢固的。即使是在洪水退去的地方，脚下也是一层层湿滑、易崩塌的瓦砾。路面都是碎石，大部分都很锋利，表面还覆盖着污秽不堪的淤泥。男人小心翼翼地踏进这堆棱角锋利的瓦砾，拖出树干和断掉的木桩、弯曲的波纹铝板，撬开被冲毁的汽车车门。每当发现尸体，他们就会抬去桥对面的一个交通岛，今野仁美和其他守在那儿的女人则会把尸体摆放好，再用从河里提来的浑水冲洗。“当然没有什么可以盖在尸体上，”仁美说，“我们从碎石堆里拖出一些床垫，然后把他们摆在上面，再用我们能找到的床单、衣服等盖住。”她们还会小心地从尸体身上取下标有姓名和班级的方形书包——日本所有小学生都会背这样的书包——就像处理这些孩子的尸体那样小心。

没有恐慌，甚至也没有什么紧迫感。不可能找到任何活着的人了，大家对此心照不宣。“没有人只顾着找自己的朋友或孙子，”阿部先生回忆道，“不管埋着的是谁，我们只是尽力拽出每一个人。所有男人都是一边流泪，一边干活。”

朋友、对手、邻居、同学、点头之交、亲人、老情人——全都从这摊淤泥里被拽出来。

第一天结束时，阿部挖出 10 个孩子的尸体。他们大多数失去了衣服和名牌，但他认出了其中的很多人。

当天下午，有人对阿部说看见了他的妻子文子。他急匆匆地赶到入釜谷，她就在那儿，和他的女儿一起，两个人都没有受伤。“何止松了口气，”他说，“我简直不敢相信她们还活着。”可是，他的女婿和两个外孙女仍下落不明。

他在村里待了 3 个月，一直在淤泥里搜寻尸体。突然有一天，有人把他叫到一个地方，只见那儿摆放着一具具等待清洗的尸体。其中就有他 10 岁的外孙女菜樱。阿部一个人把她抬出来。她身上裹着厚厚的淤泥，阿部一开始没有认出她。

一周后，他们找到了菜樱 9 岁的妹妹舞，又过了一周，找到了她们的爸爸。“姐姐就跟平时一样，”阿部告诉我，“很安详，看上去就像是睡着了一样。可是一周后——唉，那种情况下，过个 7 天就能发生很大变化。”说完他流下泪来。

海啸未能波及距离此处 9 英里的内陆地区，那儿有一座室内体育中心，此时已经成为紧急救援中心。各家各户一家老小都睡在篮球场里，身上盖着借来的毛毯和方形折叠纸板。紫桃佐代美的大姐主动到这儿来寻找外甥女，想把她带回家。她是个精力充沛且令人敬畏的女人，她自己的家人都安全地生活在内陆。灾难造成了极端的混乱，但人不会凭空消失。找一个人能有多难呢？

大川小学。

五年级。

紫桃千圣。

但是在挤进体育中心的人群后，佐代美的大姐没有了自信。她发现有好几百人跟她一样，焦急地在一张张桌子、一个个避难所隔间和一块又一块布告牌之间搜寻。

几个小时过去了，她一无所获，有人建议她去另一个地方看看，孩子或许在那儿。想到这种可能性，大姐不由感到一阵恐惧，她没有勇气一个人去。她叫上另一个姐妹，一起开车去了那儿，那里的查询名单短得多，但只允许直系亲属进入。

于是，她又回去找到千圣的父亲隆洋，把自己的发现告诉了他。

隆洋很快找到佐代美。她正待在厨房制作最后一批饭团。隆洋对她说："孩子他妈，你准备一下吧。我们找到千圣了。"

佐代美告诉我："听到他的话，我当时就想动身出发。但我突然意识到可能需要为她准备点吃的，还要带些衣服给她穿，还有很多其他需要准备的东西，于是我又赶紧把这些东西都收拾齐整。”

可隆洋说：“你不需要准备这些。只要跟着来就好。”

佐代美对我讲述这件事的时候，已经过去两年了。她还记得自己上了车，却完全不知道要被带去哪儿，只是坚信即将与女儿团圆。

让她略感讶异的是，车子没有在收容避难者的体育中心停下来，而是沿着山路开到一个她非常熟悉的地方——佐代美和姐妹上过的高中，如无意外，千圣也将在这儿读中学。“他们在那里设置了接待处，”她回忆道，“隆洋和我的姐夫站在那儿，好像在看什么文件。他们让我待在车里。”

佐代美偷偷溜下车，跑进了学校，走进体育馆。

“30年来我第一次到那儿去，”她继续说，“里面放着桌子和椅子。他们用塑料板把体育馆的一部分隔开来。于是，我探头往里看，只见地上铺着蓝色的防水帆布，上面摆放着一具具尸体，都用毛毯盖着。”

这时一个男人向佐代美走来，手里还拿着一双鞋。“那人问：‘搞错了吗？’没有。他手里拎着的是千圣的鞋。我看到鞋里写着她的名字，是我亲手写上去的。”

这时隆洋走进体育馆。他抱着一具尸体，并揭开了盖着的毛毯。

“别过来。”他对佐代美说。

“但我能看见。”她对我说。

她继续说：“他揭开了一条毛毯，接着点了点头，并对那儿的负责人说了些什么。看到这一幕时我心里想：‘你点什么头？别点头。别点头。’他们不让我进去，但我还是冲了过去。千圣就在那儿。她裹在淤泥里，全身赤裸。看上去非常平静，就像睡着了一样。我抱着她，把她扶起来，一遍遍叫着她的名字，可是她不答应。我试着给她按摩，想要她恢复呼吸。可是一点用也没有。我擦掉她脸颊上的淤泥，又清理出她嘴里的脏东西。她的鼻子里也有淤泥，耳朵也是。可是我们只有两条小毛巾。我不停地擦啊擦，毛巾很快成了黑乎乎的两团。没有其他东西，于是我只能用我的衣服继续擦。她的眼睛半睁着——她睡觉时通常也这样，睡得非常沉时就会这样。但现在她的眼睛里有淤泥，而我既没有毛巾也没有水，我就用舌头舔她的眼睛，想要清除掉那些淤泥，可是我怎么也舔不干净，淤泥一直往外冒。”[1]

今野仁美和丈夫浩行在接下来的一周才找到对方。她也是在那时放弃了希望。她已经在学校待了好几天，每天早上她都在清洗和辨认尸体，下午则在入釜谷的村公所里为其他避难者做饭打扫。她不知道要做些别的什么，因为她仍然在寻找她的孩子麻里、理加、大辅，以及公公和婆婆。仁美对发生的一切并没有心存幻想，她知道最糟糕的结果是什么样，看看周围就一目了然。但她仍然像其他身处同一境地的人那样坚持着，心中只有一个简单的信念：不论其他人发生什么事，她自己的家人不可能全部死去。但这事实上十分荒谬。这种感觉让人无法忍受，令人痛彻心扉，又如深渊般难以理解——同时也很傻。“我们都很好。不要担心。”地震刚结束时麻里这样写道。“我当时就想：‘他们一定还活着。他们一定还活着。’”仁美对我说，“我不能放弃。当通讯恢复时，我就开始发短信，一遍又一遍地打电话。”

仁美乘船前往大体育中心，并在那里找到了浩行。

这样的重逢通常会被想象成释放情绪的喜悦时刻。可是这种情绪实在太浓烈，又掺杂了太多绝望。过去几天里，浩行已经相信自己失去了父母、儿女和妻子。当他看到仁美时，只是把已有的认知调整为：原来是失去了母亲、父亲和三个孩子。“我们当然很高兴见到对方，”仁美回忆道，“但是我们主要还是想着孩子。不找到他们，我就没法放松。”

仁美的丈夫没有像她一样逃避死亡。浩行参加了釜谷的搜寻行动，在富士沼附近寻找尸体，他的家乡间垣的很多东西都被冲到了这里。有一天，他们在湖畔发现了今野一家的顶部——二楼和屋顶，整个顶部齐整整地被巨浪卷到湖畔。一组人严阵以待，准备破开瓦片覆盖的屋顶。今野夫妇以为自己的所有恐惧都会变成现实，以为会在屋里找到家人的尸体。破开屋顶，大家看到榻榻米地垫还在屋里，除此之外几乎没发现其他任何东西。不过，他们还找到了理加的粉色凯蒂猫钱包和另一样非常珍贵的东西：一本放满了孩子小时候照片的旧相册。

海啸发生一周后，大辅的尸体最先被找到，接着是浩行的父亲。理加的尸体则是月底才找到，她死时距离自己的17岁生日只有4天。今野老太太和18岁的麻里则是在4月初被人发现。

大辅是在学校后面的山脚下被找到的，那儿距离交通岛不远，人们同时还发现了其他孩子的尸体。今野家的两个女儿和她们的祖父母在不同的地方被找到，从尸体上能看出他们生前发生的事情。今野老先生口袋里揣着车钥匙，他的妻子拿着一袋衣服，两个女孩则带着零食和手机充电器。他们当时正准备撤离，海啸袭来时他们或许正要坐进车里。他们当时也许还担心着大辅或仁美的安全，在逃跑前可能还等着这两人中的一个或两个回家。

仁美去高中体育馆看了大辅，发现他没有受伤。"他看起来就像正在睡觉，"她说，"如果我叫他的名字，他好像就会醒来一样。我还记得他的脸当时的模样。"但当她第二天再去时，情况却发生了很大变化，大辅的眼睛像流泪一样流着血。她把血擦干净，可过了一晚上又会如此，此后大辅的眼睛每晚都会血泪模糊。仁美明白这是因为儿子的身体内部发生了变化，但她也忍不住把这当成他的灵魂无处安放的象征，同时也是他极度渴望活下去的体现。

当时甚至很难找到一副棺材，海岸附近的火葬场几天来已经忙成一团。人们从几百英里外开车过来举行葬礼。仁美和浩行此刻急需干冰，一开始只是为了大辅一个人，接着是为两个人，最后则是为了五个人准备。一名殡仪员解释说一具尸体需要四片干冰——两片放在手臂下，两片放在腿下。但春天暖意渐浓，每片干冰只能维持几天。浩行开着车在附近转了好几个小时，最终在邻镇找到干冰——可当他下次再去时，就没有货了。在陆续发现五具尸体并将其火葬的这个月里，仁美和浩行每天就忙着想办法保护孩子和父母的尸体，防止其腐烂。

除了失去家人，今野夫妇还失去了家和家中的所有东西。忙着准备干冰和葬礼的仁美和浩行一开始跟上了年纪的浩行奶奶住在一起，然后搬进属于姑父和姑母的一幢空房子。对于他们以及学校的其他家长而言，最初几周感觉到的，更多是一种麻木的混乱，而不是无力的悲伤，徒劳地挣扎着在一团乱麻中保持清醒。

海啸过去大约一个月后，仁美接到了佐藤和隆打来的电话，她只知道这个男人是雄树的爸爸。

佐藤雄树是大辅最好的朋友和恶作剧玩伴。两个男孩每天一起上学，一起练习柔道，一起在北上川钓鱼。雄树也死于 3 月 11 日。

此时，大川小学的惨痛损失已清楚无误。学校一共有 108 个学生。海啸发生时有 78 个孩子在学校，其中 74 个孩子以及 11 个老师中的 10 个都不幸遇难。地震过后很多家长来学校接孩子，并把他们带到安全的地方。通过这种方法获救的孩子有浮津天音，她与大辅和雄树都是六年级班的学生。佐藤先生最近与天音聊了聊，他现在情绪激动，打电话来就是想跟仁美分享从儿子幸存的同学那儿听到的故事。

佐藤询问了天音在被妈妈从学校接走前的情况，也就是地震发生后到海啸到来前的那段时间。他的宝贝儿子 12 岁就死了，此刻他只想知道雄树生前最后一刻发生的所有事情。他当时看起来怎么样？他说了些什么？他害怕吗？

天音回忆说，当天教学楼晃动得特别厉害，但没有严重损毁，她还描述了孩子和老师撤离教学楼的情形，就跟两天前那次程度较轻的地震时一样。学生都按班级排好队。天音跟雄树、大辅和其他六年级的学生站在一起。

大家的名字很快核对完毕，孩子被告知就待在排队的地方。学校里马上响起警报和通知，督促大家撤离到更高的地方去。当时操场上很冷，但没有人走回教室或其他地方。大风吹来阵阵寒意，孩子开始有些焦躁不安。此时附近出现了一辆装有扬声器的面包车，扬声器里传出警报，告诉大家一场“超级海啸”正从海上袭来。

天音回忆起班长大辅和好伙伴雄树是如何向班主任佐佐木孝提出疏散建议的。

老师，我们到山上去吧。

我们应该爬到山上去，老师。

如果我们待在这儿，地面可能会裂开，把我们吞进去。

如果我们待在这儿，可能会死掉！

老师只是让他们安静下来，并告诉他们待在原地。

天音的妈妈很快就来到学校，开车带着她匆忙离开了。这家人虽然失去了房子，但天音成了六年级班仅存的五个孩子之一。

佐藤先生的这通电话让仁美不由自主地浑身战栗起来。在这之前，她没有时间也没有力气去想这些——但此时听到的这个故事，就像一盏探照灯，照亮了一直在她因悲伤而模糊不清的脑海里若隐若现浮动的一些问题。从发生地震到海啸来袭的这段时间，学校里究竟发生了什么？为什么尽管她的儿子提了建议，大家却没有撤离到学校后面的山上？如果连他这种小孩子都能有这种预见，为什么他的老师没有？为什么他们和大辅以及其他人都会死掉？

Part 02

第二部分

搜索范围

一个女人说："我们相信他们第二天就能回来，所有人都这么认为。所有人都相信学校，所有人都相信他们一定会很安全，因为他们在学校。"

富饶的自然

大川小学所在地在地球仪和地图册上，不过是一片未标记的空白。环绕着日本巨型核心城市东京和大阪的两大平原上，则密密麻麻地镶嵌着各种公路、铁路和地名，不过越往本州岛北部延伸，这些标记就越少，直至逐渐消失。即使在灾难袭击这片海岸前，日本也没有任何地方比这里更接近死亡的世界。

在古代，东北地区还是个臭名昭著的苦寒之地，充满蛮族和妖怪。即使到了今天，它也是一片遥远的边缘地带，令人莫名感伤。对于城市人而言，它就是传统乡村的象征，只是一种民间记忆。

17 世纪俳句诗人松尾芭蕉在描述自己旅行经历的名作《奥之细道》中写到过东北地区，在诗人笔下，那里是孤独和与世隔绝的象征。即使在 19 世纪末期日本迅速现代化之后，东北地区也比其他地区更贫穷，有更多饥民，更为落后。北方男人心性坚毅，任劳任怨，成为帝国军队的主力。这片土地盛产粮食和水果，但大多是供应给更富裕的南方地区。收成差的年头，东北地区常常闹饥荒。过去人们常说，北方为东京提供了“三宝”：大米、战士和妓女。

今天，东北地区面积占本州岛的1/3，人口却只占1/10。那里有令人费解的地方方言、怪异的特质和古老的灵性，现代日本人甚至将其视为异类。北方还有神秘的佛教崇拜，古老的寺庙里供奉着得道高僧的尸骨。有一个由失明的女萨满师组成的团体，成员每年相约去一次被称为恐山的火山，那里历来被看作黄泉的入口。东北地区也有新干线和无线网络，以及其他21世纪的便利设施。但是移动网络信号在偏远山区和沿海地区非常微弱，在富足的表象下，东北地区留给外界的印象依旧是老样子，神秘莫测、难以理解，甚至有点令人毛骨悚然。

我了解这一地区的最大城市仙台，与日本大多数县首府一样，这是一座舒适惬意的城市。但在3月11日的电视新闻里陆续出现的其他地名——大槌、大船渡、陆前高田和气仙沼——不仅让外国人感到陌生，很多日本人也不甚了解。气仙沼和石卷市的渔港之间，有错综复杂的海岸线，其间分布着又深又窄的海湾，但地图上对这片区域没有标记任何地名。

在一张更大的地图上可以找到这片模糊不清地区的名字：三陆海岸。它有三个与众不同的地理特征：其中两个十分明显又令人叹为观止，另一个则秘而不显。第一个是北上川，东北地区最大的河流，它从山林中一路向南流向两处不同的河口，一处位于石卷市，另一处位于人口稀少的追波湾。第二个是尖突的溺湾，形态上类似峡湾。上千年来，不断上涨的海水淹没河谷，河谷被分割，从而形成这种地形。第三个则深藏于大洋下的地壳，那是太平洋板块与北美板块这两个巨大板块的交界面，[1] 正是这两大板块的剧烈摩擦催生了地震和海啸。

大川小学就坐落在这片靠近追波湾的参差不齐海岸附近。2011 年 9 月，我第一次来到这里。那场灾难已经过去半年，这期间我一次次探访海啸灾区。一开始只能驱车沿着布满碎石的公路前往，沿途通常要排几小时队，才能得到一罐限量供应的燃料。后来汽油供应恢复正常，在认真检查轨道后，新干线或者说子弹头列车北线也重新启动。9 月初正是日本的盛夏时节，空气中热气蒸腾，天空没有一朵云，一片湛蓝。新干线列车平稳顺畅地向北行驶，倏忽千里，90 分钟的路程更像一次通勤而不是旅行。但是，前往东北地区总要经历一场移形换景。春季，东北地区下雪的时间总是更长，积雪也更厚，李花和樱花开落的时间都更迟。夏季则少了一丝酷热和黏糊糊的感觉，而且转瞬迎来秋季的清冷。从东京来到这里很容易就能从空气中觉察到这种变化，皮肤和喉咙都能感受到。

我和同伴在仙台站下车，这里丝毫看不出受灾的迹象。我们租了一辆车继续向北行驶，穿过遍布银色办公大楼和百货商场的市中心后，上了高架高速公路，这条高架路也是经过几个月的结构检查后，才于近期重新开放使用。一小时后，石卷市出现在前方的沿海平原上：飞机库一样的厂房和购物中心，铝制烟囱里冒出滚滚白烟。

没有哪个城市在海啸中的受灾情况比得上石卷市。这座城市的市中心大部分都被洪水淹没，海啸中1/5的罹难人员来自这里，一个人口只有16万的小城。市里的渔港被海啸彻底摧毁，其中包括造船厂和一座大型造纸厂。但是石卷市3/4的辖区是另一个完全不同的世界，那片腹地满是陡峭山林，山下是北上川两岸广阔的农业平原，幽深的溺湾河口分布着一个个小渔村，村落之间隔着由水流经年累月冲积而成的半岛，这些半岛像爪子一样延伸至大海。

我们在城外下了高速公路，开入一片群山环绕的明媚田野。一些田地里遍地都是挂满沉甸甸稻穗的水稻，静待收割，另一些地里则搭建着种满西红柿和水果的温室。沿途是一幢幢木质的房子，屋顶铺着漂亮的瓦片。头顶上已然十分辽阔的天空，随着山林的远去变得更加开阔，我们沿着北上川河畔公路向东转去。

日本大多数河流都呈现出一幅悲惨的景象，大城市以外的河流也不例外。上游的水坝截流发电，导致河水流量骤减。沿岸的城镇和工厂将河水抽上来，又将掺杂着排泄物和化学废弃物的污水排回河中。然而北上川不一样：河面宽广，水量充沛，水流清净，充满生机。北上川上游只有一座位于北段上游的水坝，因此，每年秋天还有大量鲑鱼洄游到此产卵。宽阔的河面——在内陆地区的河段都有几百码宽——为其流经的城镇开拓出一片远山含翠的景致。沿岸茂密的芦苇河床中生活着苍鹭、天鹅和水鸭，每年收割的芦苇还供寺庙和神社使用。这条河往南在石卷市汇入大海，这个入海口附近充斥着飞轮、起重机和集装箱的喧嚣。不过，位于追波湾的入海口则有人口稠密的工业化国家难得一见的景象——在宽阔的河口地带，放眼望去只见沙滩、老鹰、岩石和潮涌。

我们在沿着北上川驶向大川的路上看到的，正是这样的景象：苍穹无际，黛色群山被一个个盛满稻米的山谷分隔开来，田野边点缀着一座座小村庄，远方的潟湖和大海若隐若现。这是一幅原始的理想画卷：农田与山林、河流与大海、自然与人类和谐共处。树木覆盖着群山，海水冲刷着岩石，无论是山林还是大海，都对猎人和渔夫敞开怀抱。河流宽阔，水流湍急，但又与桥梁和堤防相处融洽。铺着瓦片的房子不大，数量也不多，但田野、群山和河流都向它们致以敬意。自然世界以人类文明为轴运转着。

进入三陆海岸，就像进入另一个世界。这是一种微妙的变化——虽然有那么多说东北乡巴佬很可怕的笑话，但北方人并不粗野。只是与东京人精心修饰的整洁不同，他们身上有一种粗粝感——一种粗野而混杂的特质，让人不禁想到这里宜人的天气，还有他们对室内供暖等生活享受的不屑。这里每个人都有结实的靴子和厚实的袜子。在寒冷的季节，即使是在室内，他们都会穿着锦纶抓绒衣，而且常常两件叠穿。无论男女，头发都乱糟糟一团，就好像刚套了几层厚厚的毛衣，还没来得及抚平被领口搞乱的头发。某些姓氏——今野、佐藤、佐崎——反复出现，听久了会感觉自己仿佛来到了一个氏族社会，在这样的社会中姓氏总是那么几个。三陆人的皮肤苍白透亮，从寒风凛冽的室外进入温暖的室内时，他们的脸颊都闪着红润的光泽。每个人都在谈论自然的美，还有自己与自然的关系。每个人在这一地区似乎都有很深的家族渊源，一直可以追溯到几十年甚至几百年前。

我在这里遇到了一位老人，名叫熊谷贞好，他还记得二战前的往事。他的祖先是使用火枪的武士，整个家族已经在这里居住 300 多年。熊谷老先生过去是盖屋顶的好手，游走在日本各地，用北上川岸边优质的芦苇修盖寺庙屋顶。“我花了一些时间才明白这一点，”他回忆道，“但我从来没有怀疑过。从北海道到冲绳，我去过这个国家所有地方。没有哪里有我们这里这么丰富的自然资源，我们这儿有山有河，还有沼泽和大海。从未离开过这里的那些人都不知道自己有多幸运。没有哪个地方能跟这里相比。”

他在桥浦地区长大，这是北上川北岸的一个村庄，就在大川小学对面。这是一个孤立的村庄，甚至有点落后，这里的路是乡间土路，人们还在使用马车。但对一个小男孩来说，这是一个充满惊奇和冒险的地方。夏天，村里的孩子在河里和海里游泳。秋天，他们结伴上山，采集坚果和五叶木通。离大路不远的地方有一处新石器时代村落遗址：熊谷的同学曾揣着有

4000年历史的陶罐碎片去学校。熊谷的祖父曾教他狩猎——河岸边的山上有野鸭和野鸡，南边的牡鹿半岛上还有野鹿。“我们不是为了好玩才打猎，而是为了谋生，”他说，“我们打到猎物就会卖掉。”有一次，小熊谷怀着一点侥幸和恶作剧的心理，射杀了一只天鹅。“我非常骄傲，告诉所有人我做了什么。哎呀，后来警察也听说了这件事，他们来到我家，好好教训了我一番。”

正是在狩猎的时候，熊谷的祖父对这个小男孩讲述了海啸的奇异和恐怖。熊谷这辈子经历过两次海啸，而历史上记录的海啸远比他经历的久远。据公元869年的史料记载，“陆奥国”（东北地区东部）“摇晃并剧烈震动”，当时正是日本贞观十一年：

> 人们大声号哭尖叫，完全无法站立。一些人被倒塌的房屋压死；地面裂开，一些人就被活活埋进沙土里……高大的墙、城门、货栈和堤防都毁于一旦。大海张开血盆大口，咆哮声如雷鸣，狂暴的海浪一跃而起，吞没大大小小的河流，眨眼间就涌向多贺城城墙。洪水泛滥数里，让人分不清哪里是海，哪里是陆地。田地和道路都变成一片汪洋。人们没有时间驾船或往山地逃生，上千人被淹死。[2]

地质学家在仙台平原的沉积层发现了细沙层——这是每隔800至1000年就经历一次巨大海啸冲击的结果。规模较小的海啸更是频繁发生。1585、1611、1677、1687、1716、1793、1868 和 1894 年，三陆海岸都曾遭受海啸侵袭。当海啸遇到狭长的溺湾，破坏力会大增，因为这些溺湾会将海浪集中起来，像漏斗一样引导其侵袭沿岸渔村。近代破坏力最强的一次海啸是 1896 年的明治三陆海啸，因为地震发生在遥远的海域，当时他们感觉就像发生了一次微不足道的小地震，但结果有 2.2 万人死于那场灾难。1933 年，也就是熊谷贞好出生的前一年，另一场中等强度的地震引发了高达 100 英尺的海啸，导致 3000 人死亡。[3]“我的祖父活过了这两场大灾难，他向我们提起过它们，”他说，“他总是告诉我，地震发生后一定要为海啸做好准备。”这里甚至设有“海啸石”，标记上次洪水泛滥的程度，上面有前几代人郑重其事刻下的警告，让子孙后代不要在石头标记的高度下定居。那些居住在太平洋沿岸靠近东边的渔夫，他们的家都直接面向这片汪洋，他们从小就知道地震发生后要做些什么：毫不犹豫地往高处躲。可是北上町的人住在河边，而不是海边。况且要是完全没有震感又该怎么办呢？

1960 年 5 月 22 日，在智利西海岸海床附近发生了有记录以来最强的一次地震，震级达 9.5 级。[4] 80 英尺高的巨浪吞没了瓦尔迪维亚城，沿海地区上千人因此丧命。这场地震发生 22 小时后，地震的能量穿越 10 500 英里的海路，引发海啸，袭击了日本。海啸发生在日本当地时间 5 月 24 日清晨，当时东京只有少数几名地震学家知道智利发生的那场灾难，但他们都没想过那场地震会在第二天于太平洋遥远的另一端继续肆虐。三陆海岸受灾最为严重，一些地方的水位高达20英尺。那一天，142人因为一场发生在地球另一端海洋深处的灾难而失去生命。

在桥浦地区，熊谷贞好亲眼看到了从智利漂洋过海而来的海啸吞没北上川，"一团黑乎乎的东西铺天盖地压下来，"他描述道，"巨大的石头从上游翻滚而下。不是只有一个浪，而是一个接着一个。水涨得很高——有半个河堤高。我从没见过这样的景象。我当时想，这是多么不可思议的力量啊。我从没想过有一天水能没过河堤。"

2011年3月11日地震发生时，熊谷立即意识到接下来就会有海啸，这对住在河边的人来说将是巨大的威胁。警报声闹得人心惶惶，他突然想起自己的8名雇员正在北上川河口附近的一座岛上收割芦苇。他急忙开车冲到岸边，指挥他们乘船撤离。看到雇员安全撤离，他松了一口气，接着驾车回到桥浦地区。

海啸发生时，他正在户外，眼睁睁看着黑色的巨浪冲破河堤，翻滚着朝他袭来。他慌忙逃进车里，在巨浪拍下来前几秒把车开上山路。他从山上往下看，第二次见证了海啸吞噬大川和桥浦地区的场景，他的家和办公室也消失在滔天洪水中。"就好像一座黑色的大山压下来，"他回忆道，"居然山也会移动，令人难以置信。我看到一辆车的尾灯在洪水里闪烁。车里一定还有人。再晚几秒，我可能也淹在那水里了。"

大川的美很大程度上是因为这里缺乏的东西——那些被城市人不假思索接受的日常的丑陋。即使我们是在那样一个9月的午后驶进村子，我也能感觉到那种丑陋的缺席。从石卷市市郊到海边，一路上只有几个红绿灯、路标、自动贩卖机或电线杆。没有灯光闪烁的餐馆或24小时便利店，也没有广告牌或自动取款机。最重要的变化源于入耳的声音：树上传来鸟和蝉的二重唱，河水低声潺潺，海浪冲刷着堤岸，还有一种微弱到几乎听不见却又无处不在的沙沙声，我花了好几天才弄明白，那是空气穿过芦苇丛时发出的声音。

阿部良助是釜谷村的村长，在海啸发生后的几周里一直在进行搜救工作，聊起村里的生活，他比我遇见的任何人都热情。他描述的家乡和记忆中的童年就是典型的故乡(furusato)，是想象中的日本世外桃源，那里山林密布，弯弯曲曲的河流划出一片片稻田，还少不了一所小小的当地学校和家庭经营的商店。

村子里有一家相沢家开的烟草店，一街之隔就是最上一家人开的清酒店，支着特有的橙绿相间的遮阳篷。再往前走还有铃木家的豆腐店，隔壁是高桥家的美容院。釜谷村有自己的派出所（koban）或说治安岗亭，只有一名警官负责，釜谷诊所则由受人尊敬的铃木医生负责。村子正中就是一所学校，校门前种了一排樱花树。

“釜谷自然资源丰富，”阿部不紧不慢地说，“自然世界多姿多彩。现在孩子都坐公共汽车去野餐，他们无法真正领略身边的美好。我们去过很远很远的地方——长面、尾崎和福地。我们在海滩上玩棒球——每个小村庄都有一支小球队。我们还在河里玩——你可以随意游泳。我们整个夏天都在外面玩。”

大多数家庭的收入来源都不止一个：在石卷市有一份工作或至少是一份兼职，同时再依靠小小的家庭农场，从森林和河川中汲取自然的馈赠来补贴家用。山上有丰富的菌类、各色浆果和栗子。当地水稻品种被称为“一见钟情”。淡水和咸水共同滋养着这里的自然生命，使这里的芦苇细长却又非常有韧性。水中还孕育着神奇的鱼类，像是鱼鳍带棘刺、头大而扁的杜父鱼[5]和日本蚬（shijimi），后者在日本是煲汤的一种美味食材。“河川馈赠了我们太多，”阿部良助坦言，“我们还曾用橡树枝和树叶制作捕鱼器。你可以把它放在河床上，当你用抄网把它拉到船上时，里面全是鳗鱼，又大又肥。”[6]

海啸发生时，釜谷居住着393人。[7]其中超过半数的人——197人——在海啸中丧生，他们的房子也被冲毁。而生还的人之所以能活下来，是因为他们当时不在村子里，有的在外工作，有的则在上学。那天下午日落时分，留在釜谷的人里大约只有20个没有被洪水吞没，这些人并不包括死在学校的老师和学生。我们很容易就能用最煽情的语言来描述海啸的悲剧，很多时候甚至是过于轻易就说出口。但在那个9月的下午，我一边开车一边思索，在所有灾区，我没有听说过有哪个地方损失如此惨重。

一开始，从已经完全修好的公路上丝毫看不出6个月前发生过那场灾难。河边的植被已经重新长起来，碎石也早已被清理干净。但身后一英里处的田地里原本长满成熟的稻谷，现在除了淤泥什么也没有，而且到处一片狼藉：长长的草丛里倒着一辆扭曲的皮卡车，一栋没有窗和屋顶的建筑孤零零地躺在淤泥里。我的目光被我们车子的卫星导航系统屏幕吸引过去。釜谷在那上面只是一个由不同的线和矩形组成的网格，每个街区的房子都清晰可见，学校、派出所和村公所都被单独标记出来。我们开到新北上大桥的转弯处，那里全是穿着黄马甲的维修工人。在卫星导航屏幕上，代表我们车的移动点正停在生机勃勃的村庄村口。然而在现实世界里，这儿什么也没有。

我知道大川发生了什么。每个人都知道。海啸在这里露出了最狰狞的面孔，在所有有关海啸的故事中，发生在这里的最令人动容。在前往学校的路上，我一直有一点心神不宁，一想到那个地方，心就不禁畏缩起来。学校所在地本身就散发着一种安静的气氛，甚至能镇静心神：两层的教学楼掩盖在倾斜的红色屋顶下，曾经的操场周围全是混凝土堆砌的残垣断壁。楼里没有窗，受损严重，表面残留着洪水冲刷的痕迹，多处墙体摇摇欲坠，但钢筋搭建的框架仍然很牢固。抬眼望去，可以看见一座林木茂盛的陡峭山丘，山脚处用混凝土墙加固支撑。

教学楼前放着一张破旧的桌子，上面供奉着一堆东西，充当临时神龛。桌上摆放着几瓶花、香座和写有墨水字的木制灵牌。桌上还有果汁、糖果、毛绒玩具和一张镶嵌在相框里的村庄风景照，照片中的村庄沐浴在阳光下，潺潺流水、连绵群山和夏日晴空组成了一幅美好画卷。

有个人正站在神龛前擦拭花瓶，她扎着马尾辫，穿着一件厚厚的外套，脚踩一双靴子。她叫平塚直美，住在河的上游，她的女儿小晴是这所学校的学生。我来这里就是为了找她。

淤泥

直美的家在横川，她与丈夫一家四代共同居住在一幢大房子里。这幢房子最早的主人是她丈夫的祖母，老太太已经快100岁了，直美的小女儿小瑛才2岁半。地震发生时，直美正待在卧室里哄小女儿睡觉。最先传来的垂直震动让人感觉“像被放进了鸡尾酒调制器里”。强震过后，房子里横七竖八地散落着各种书、家具和碎玻璃。她6岁的儿子冬真被困在另一个房间里，房门被掉落的东西堵住了。由于墙壁和地板在余震中弯曲变形，直美花了半小时才把他救出来。

直美一家都没有受伤，只是楼下的房间乱成一团。直美的婆婆忙着照顾自己心神不宁的老母亲，在当地社区协会担任要职的公公则要出去看看外面的情况。

他是个沉默寡言的男人，如果要用一个词来形容他的家庭观和对家庭成员行为的要求，说他“传统”就算是比较客气的了。当他检查一圈回来时，直美正准备去大川小学接12岁的大女儿小晴。“我相信学校没问题，”她说，“但地震那么大，我觉得应该去接她回来。”可平塚老先生就是不同意，又不肯说明原因。“他只是说‘现在不是时候’，”直美回忆道，“但我不明白他的意思。”直美后来才意识到，老人家在村子里走了一圈，一定已经查看过河堤与河的情况。但他是个认为无须为自己的决定做出任何说明的男人，自然也不会对儿媳妇多做解释。“我觉得他自己就很害怕，虽然他没有表现出来，”她继续说，“我们不怎么交流。他是那种把话都藏在心里的人。”

直美给丈夫发了一条短信，可是直到网络瘫痪也没收到回复。因为断电，也无法看电视，连村里用来广播紧急消息的扬声器都悄无声息。而且开始下雪了。“我当时就想着小晴被困在学校，那里一定很冷，”直美接着回忆，“我庆幸自己叮嘱她多穿一件内衣。我觉得只要他们穿得够暖和，就没问题。”在得不到外界任何消息的情况下——好坏消息都没有——她能想到的就是待在屋里，照顾好家里其他安然无恙的人。

直美的表现完全符合公公对一名年轻女性和母亲角色的期待。

黄昏来临前，平塚老先生告诉家人自己要再出去看看。他打算往下游走，去附近的自家菜地，从那儿的棚屋里拿一个收音机。他出门时天还有亮光。一小时后天都黑下来了，他才回来，只见他步履蹒跚，气喘吁吁，浑身都湿透了，沾满了淤泥和树叶，庆幸自己还能活着回来。

横川实际上并没有受灾。高高的堤防和河湾牢牢地挡住了巨浪，以至于待在家的直美一直不知道发生了海啸。但是在高耸的山丘另一边，也就是距离大海 5.5 英里的地方，平塚老先生走在一条被海水冲洗过的公路上。当他沿路行走时，新的巨浪就涌过来冲毁河堤，迅速淹没柏油路。大水先是拖着他的脚，然后又向上拽住他的脚踝和膝盖，他还没来得及弄明白是怎么回事，就已经失去平衡，只能在滚滚黑流中不停扑腾。浑浊的水流使劲把他往河里拽，一旦到了那儿他就一定会被淹死，幸好一棵树紧紧缠住了他，虽然感觉很痛苦，却也安全了，洪水也迅速流走。

他跌跌撞撞地穿过河湾往家走，并没有拿到收音机。“他后来跟我们说，他差点死了，”直美还记得这一幕，“他很沮丧。虽然他没有说，但或许就是在那一刻，他才真正明白发生了什么。”

第二天早上，直美终于说服公公想办法去学校看看。横川附近的水刚退去，他们就开车来到仍被水淹没的公路尽头。那里已经聚集了一群人，其中一些似乎在哭泣。平塚老先生让直美待在车里，大步走下车去查看情况。几分钟后他走了回来，寥寥几句的回复表明他并没有打探出多少事情。直美倒不是特别担心。跟其他人一样，她听到报道说有 200 个孩子和村民被洪水困在了大川小学，正等待救援。跟其他妈妈一样，她那天清晨也早早出来迎接直升机，只是一直没有等来。但她一天的大部分时间都在为一家人的饮食和卫生操劳，她担负着照顾一家老小的重任。“孩子被余震吓坏了，”她说，“老人也全都心有余悸。而我正在休产假——我理所应当照顾我的孩子。接下来的几天里，我只记得自己在不停地做吃的。需要找食材的时候，公公和婆婆就会出门去找。我则待在家照顾孩子，还得负责一日三餐。”

周日早晨，直美的两个朋友——大川小学两个学生的父母——来家里拜访，提到要再想办法去学校，还问直美想不想一起去。她很想跟他们一起去，可是她要是走了，谁来照顾家里的两个孩子呢？她的公公想到了一个解决办法：她留在家里，他去。

他在吃午饭的时候回来了。

“发生了什么？”直美问。

“我们去了学校。”他答道。

“情况怎么样？”直美追问。

“我看到了有香的尸体。”有香今年只有12岁，是小晴的同学。“还有另外几个孩子的尸体，但没有看到小晴。我找不到小晴。我听说只有几个孩子活下来，都去了入釜谷，可是小晴不在那儿。我想没什么希望了。你还是放弃吧。”

听完这些话，直美发现自己说不出话来。“我还有很多问题要问，我想了解具体情况，”她回忆道，“可是他却说了那样的话，‘放弃’。”

平塚老先生接着说：“我们不得不接受现实。你要放弃希望。现在的重点是照顾活着的孩子。”这场对话就这样结束了。

直美告诉我：“他都说了那样的话，我意识到是真的没有希望了。那一刻我才明白小晴死了。但我不能流露出一点悲伤的情绪。平塚先生他……平塚先生是个非常严厉、克制的人。他不是那种允许自己真情流露的男人。他失去了孙女。我知道他一定也很伤心，可是他克制住了自己的感情。虽然如此，如果他发现我很伤心，就不应该说些会伤害我的话。可他还是说了。”

直美的婆婆听到了两人的对话，站在一旁默默流泪。平塚老先生斥责自己的妻子，命令她擦干眼泪。

直美的丈夫真一郎第二天才回到家。他跟妻子一样在石卷市一所高中教书，那所学校已经成为避难所，收留了上千因海啸而变得无家可归的人。他的出现动摇了他父亲的权威，直美得以出门看看。她和真一郎一起开车出发，一直开到公路被洪水阻断的地方。她在那里遇见了大川小学另一个女孩的妈妈，她告诉他们，自己刚在上游的学校体育馆里认出了女儿的尸体，她还说好像在那儿看到了小晴的尸体。

平塚夫妇又开车前往内陆的体育馆停尸房。越来越多的尸体被运到体育馆，在那里走一系列烦琐的官方流程。很多文件需要填写、归档，运来的尸体要接受医生的检查，然后正式登记，有时候要花好几天才能完成这一流程。家里还有小孩和老人在等着直美和真一郎照顾，他俩不能等那么长时间。于是，填完必要的文件，他们就离开了。

第二天，真一郎就与家人告别，回市里的学校帮忙照顾避难者。他的妻子没有质疑他的决定，实际上他的家人都不认为这一决定令人费解或不同寻常，这就如同期待一位刚经历丧女之痛的妈妈照常做饭、洗衣、打扫卫生一样，没什么值得大惊小怪的。如果真一郎因为要找女儿的尸体而不去学校，同事也不会为此责备他。但是，只要是一个有自尊心的日本老师，这么做了以后必然会心怀愧疚。这只是公务人员尽职尽责的典型。

真一郎一有机会就回家。一回家，他就会跟直美去学校体育馆。到了周末，体育馆里已经停放了200具尸体。“他们都被放在蓝色防水帆布上，”她描述道，“其中很多人我都认识。有我学生的家长，有小晴的同学。我可以说：‘我认识他，也认识他，还认识她。’可就是没有小晴。”

10天后，他们决定去大川小学看看究竟发生了什么。洪水已经退去不少，他们终于可以驾车涉水前往入釜谷。志愿消防队员已经用挖掘机挖走了各种碎片残骸，路面也已清理干净。但是校舍仍然掩埋在瓦砾堆下，黏着的淤泥上覆着一层薄薄的雪。紧挨着交通岛的村口摆放着几张蓝色硬塑料板，上面摆放着一些尸体，清洗后就要送去太平间。几个妈妈站在那里，等着自己的孩子被抬出来。

直美的目光扫过蓝色硬塑料板上的人脸，满心希望能认出小晴来。她有一头蓬松的齐肩长发和一张可爱的圆脸。直美回忆起与小晴待在一起的最后时光。当时妈妈正在照顾弟弟和妹妹，70 多岁的祖父在为祖母准备早餐，祖母则在 90 多岁的曾祖母身旁嘘寒问暖，小晴已经自己默默地穿好衣服，吃完早餐，出门搭校车了。她即将进入小学生活的最后一周，她和直美已经讨论过要在毕业典礼上穿什么衣服。大多数女孩都喜欢西装短外套配格子裙，模仿靓丽的流行乐队女明星的打扮。可是小晴选择了袴，这是一种穿在和服上的优雅的传统正式高褶裙。裙子是直美的，不过小晴几乎跟妈妈一样高了，所以裙子只需稍微改改。

一有机会，直美就会回学校去。直美觉得时间好像在以一种陌生的方式悄然流逝。家里有很多家务活等着她做，她要花很多精力才能做完这些事。她要花几小时排队加油、购买食物，然后开车回家放下这些东西，再开车去太平间，或是趟过仍然漫着黑水的公路去学校辨认尸体。突然有一天，她发现了小晴的鞋子，接着又找到了她的书包。这些发现令人心碎，又带来某种安慰。直美没有抱任何虚无缥缈的幻想。每天都会在瓦砾堆里挖掘出几具尸体，她知道迟早会找到女儿的。

4 月初，托儿所和幼儿园重新开放。直美白天不用再照顾家里两个最小的孩子，可以全身心地投入到寻找小晴的工作中。

她渐渐发现跟自己一样在入釜谷村口交通岛旁徘徊的家长越来越少。其中有一个叫永沼胜的男人，他沉默寡言且腼腆，正在寻找 7 岁的儿子琴。作为一名合格的重型车辆操作员，他有时候也会操作着挖掘机在淤泥挖掘搜寻。直美和一个名叫铃木美穗的女人变得十分亲近，美穗已经安葬了 12 岁的儿子坚登，但仍在寻找 9 岁的女儿巴那。

永沼胜寻找儿子尸体的决心尤其坚定。每天早晨直美到学校时，都能看见他在黑乎乎的淤泥里操纵着黄色的挖掘机动臂，一遍又一遍地挖寻。随着春天的到来，群山和河流逐渐恢复色彩斑斓的姿态——松树墨绿，落叶树翠绿，竹叶莹黄。但各色树叶与流水所环绕着的却是一片暗黑：这摊淤泥已经吞噬了一切珍贵的东西，并且还在继续。这淤泥有多深？它看上去就像无底深渊，粘在直美的衣服和靴子上，跟着她一起坐车来到她家。泥浆也从胜的挖掘机履带上滴落下来，他每天早晨都要开着它去找他的儿子。“看看这个地方，”直美说，“自己的孩子还埋在这堆烂泥里或漂浮在海上，父母又怎么能休息呢？”

直美是一名英语老师。当她尝试说英语时，能说一口流利的美式英语。可是她缺乏自信，我们交谈时她还是说日语。在描述灾后发生的事情时，她语速很快，思路清晰，不时做出激动的手势。但是当我问到她自己的一些情况时，她就变得犹豫不安。

她在仙台市长大，但是在冲绳上的大学，那是日本大陆最南端一片美丽的亚热带岛屿，她的父亲就出生在那里。她满怀激情和期待地前往冲绳，到了离开时却只有失望。“我身上流着冲绳人的血，可从来没在那儿生活过。”她回忆道，“我想学习古老的冲绳话和冲绳舞蹈。但是，我的愿望连一半都没有实现。”毕业后，她离开阳光充沛的南方，回到寒冷的北方出生地。

在我遇见的所有大川的妈妈中，直美是看得最清楚的一个，哪怕当时还处于极度悲伤的情绪中。许多经历过那场灾难的人都认为海啸的悲剧是无形、黑暗、难以言喻的，就像一头硕大无比的怪兽，遮天蔽日。可是，直美虽然跟其他人一样饱受打击，却觉得它闪闪发光，猛烈却异常耀眼。这种残酷无比的通透，让人无从得到安慰。它刺穿一切，而不仅仅是裹挟，它令人无处可藏。

我和直美谈话的时候，从没有去过她家。她的公公不喜欢记者，她也不想无端惹他生气。我们会在学校见面，然后在开车返回石卷市的路上找路边的餐馆坐下聊天。她告诉我，一开始是当地村民和警察一起搜寻失踪的孩子，村民清理路上的碎石，警察则监督处理尸体的全过程。接着日本自卫队的士兵来了。起初大家还满怀希望，学校周围的瓦砾被一点一点清除。可是搜寻的时间越长，难度也越大。

最初几天，到处都能发现孩子的尸体，很多尸体被冲到山谷洼地——34 具尸体堆成软塌塌的一堆。接下来每次只能挖掘出一两具尸体，数量急剧减少。到 3 月底，失踪的 74 个孩子中大约还有 30 个没找到。两周后，只有 10 个孩子仍然下落不明。4 月末，大家在一个水塘里陆续发现 4 具尸体，这个水塘的水曾经用来灌溉釜谷的稻田。在水塘里被发现的孩子中，有的被埋在水下5英尺深的淤泥里，超出了搜寻人员探测杆的探测距离。很显然，如果要彻底搜寻这片区域，就要先把这里的水排干。于是，机械泵就位，一台发电机不分昼夜地运转。随后，在山的另一边，在距离水塘2英里远的富士沼，露出了一具具尸体。

海啸并不是单个巨浪，它是一波接一波的巨浪冲击波，一波未平一波又起，上下纵横交错。被卷入这一波波巨浪中的东西，有的被高高抛起，然后几乎原位跌落，但更多的，是先在海啸内部水流和涡流毁灭性的复杂作用下被吞噬，后被抛出，再被拉回，最后又被冲向前方。最有可能发现尸体的地方全都搜索完毕，现在只在距离学校较远的地方发现了新的遗骸，每当有这样的发现，就意味着潜在的搜索范围又要再次扩大。

到了5月，一名医生从直美、真一郎和他们的孩子嘴里提取了唾液样本，以便鉴别出小晴的DNA。那个月末，一具小尸体的部分残骸在名振被冲上岸，那是太平洋海岸边的一个小渔村，距离学校4英里远，中间隔着潟湖和一座座高山。残骸情况很糟糕，无法凭肉眼辨别身份，实验室的工作人员花了3个月时间才确定它们不属于小晴，而是来自另一个失踪的女孩。

自卫队扩大了搜索范围，在上游的搜寻延伸至间垣和富士沼一带，在下游则覆盖了长面浦附近的村子。从日本各地增援而来的士兵轮流上阵，直美遇见了很多不同的指挥官，可他们都是一头短发，穿着相同的制服，她发现很难把他们区分开来。海啸过去3个月后，自卫队的士兵陆续撤离。

原本有10台推土机和几百人参与搜索行动，后来只剩下一队警察继续搜索，永沼胜也还在坚持挖掘，直美和美穗也照旧每天去学校。这个时候，他们能做的事情所剩无几。每当胜操纵的铁臂挖出什么东西，她们就会围过去检查一番。他们挖出过床垫、摩托车和衣柜，就是再也没有发现尸体残骸。他们还整理了学校前面的神龛，换掉枯萎的花。有时候会有另一台挖掘机加入，它们齐头并进，长长的黄色动臂挥上挖下，看上去就像在跳舞一样。

直美的脑子里渐渐冒出一个想法。她征询胜的意见。“为什么不试试呢？”他这么答道。6月底，她参加了在仙台附近一家培训中心举办的为期一周的培训课。其他报名上课的都是男性，但他们看到直美一点也不好奇，而她也觉得没必要为自己解释什么。一周的课程很快结束，离开时她获得了一张操作挖掘设备的许可证，成为日本少数几名拥有这一资格的女性之一。她立即借了一台挖掘机开始工作，在淤泥里筛寻，希望能找到小晴。

她的公公强烈反对她的行为，认为操作重型机械对一个女人来说十分危险，她本应该待在家里，照顾孩子、丈夫和公婆。直美耐心听他说完，但完全没有放在心上。

老人和孩子

下川原孝去世两周后，我才听说他不幸遇难的消息，但令我惊讶的并不是死讯本身，而是他居然已经这么大年纪了。2011 年 3 月底的一天，我正开车返回东京，途中一个朋友给我打电话，在电话那头读了一份日本报纸的内页新闻标题：著名运动员在海啸中遇难。过去的两周，我一直在日本东北部沿海受灾城镇之间来回奔波，偶然间也曾想起下川先生，以及两年半前与他一起度过的那个下午。

我之前从没听说过下川先生生活的釜石市，我们搭火车前往那里，火车行驶得非常缓慢，中途停靠的站点也几乎只有一个站台和一条荒凉的公路。我们前去拜访的时候是 12 月，正是日本一年中最冷的时节，那天下午也非常冷，但下川先生的家十分温暖舒适。他的儿媳奉上绿茶和饼干，他本人则向我们展示了他的世界纪录证书，随后我们开车去他训练的公共运动场，他在场地里做了一些拉伸运动，慢跑了一会儿，还练习了投掷标枪和铅球，我们则在一旁拍照。

返回先生家又喝了一会儿茶后，我们起身告辞，再次搭乘慢车回家。这次拜访十分有趣，但一个简单的事实使这升华为一段难忘的经历：下川先生当时已经102岁了。

对于大多数这个年纪的人来说，能举起一支标枪就可以算是一项成就了，可是下川先生还能比任何同龄人都掷得远。他参加的比赛级别是M-100级，参赛选手的年纪都已超过100岁。他创纪录的一掷——2008年在日本老将田径锦标赛上掷出的12.75米——打破了世界百岁年龄段标枪纪录，此前这一纪录一直由一位美国老人保持。那次短暂的会面后，我常常会想起下川先生，想知道他近况如何。

他的生活信念远不止是活下去这么简单，他还要活得精彩。海啸前一年，他已经104岁。报道其死讯的那篇文章写道，在2010年的日本老将田径锦标赛上，他差一点就打破自己保持的世界纪录。这场海啸中一共有18 500人遇难，每个人的死都是一个悲剧。可是，像下川先生这样，在如此高龄还能获得如此巨大的成功，身体也依旧健硕灵活，还经历过两次世界大战，结果却被海啸这样无常的意外夺去生命，细思起来更令人体味出一种难言的苦涩，让人啼笑皆非。

一个月后，我重返釜石市，试图寻找这场灾难中最年长受害者之一的一些讯息。[1]我在两年半前拜访过的家里发现了一些东西，那是一幢结实的两层楼房，仍然矗立在离海400码的地方。下川先生的孙子穰已届中年，他跟一群帮手和朋友正在整理遗物。那些东西里有他祖父的白色运动服，证明其最新成就的明信片——铅球3.79米，铁饼7.31米。还有几本相册，外观虽完好无损，却早已被浸透，照片变得皱皱巴巴，颜色也已褪去。

相册中有不少下川先生的照片，有他手握奖牌的照片、跟妻子的合影，还有同学聚会的留影。照片上，老人看上去十分开心，但并没有比我见到的时候更强健或更健康——要知道这其中很多照片都拍摄于40多年前。

这就是百岁老人最令人惊叹又最寻常不过的事实——他们真的非常非常老了。下川原孝出生8年后才发生第一次世界大战，他比同时代的所有人活得都久，连他6个孩子中的2个都比他先去世。他有8个曾孙，最小的那个比他晚出生一个多世纪，而且没人想得到下川先生能活到这把年纪。

下川先生的父母都是50多岁就去世了。他是一名高中体育老师，一直积极面对生活，当然也有生病的时候，得过肺结核和胆结石。他还曾坦白对我说，年轻时抽烟喝酒也挺厉害，后来仍然喜欢吃饭时喝一杯清酒。

“您什么时候戒的烟？”我问他。

“80岁的时候。”他答道。

我把这些讲给他的孙子听，他笑着说道：“他说谎。我跟他一起喝酒的时候，他可不只喝一杯，他还向我讨烟抽。”

无论是作为老师、地方议员还是后来的本地名人，下川先生在社区一直很活跃。可是，尽管身边时刻都有人，我还是察觉到他不为人知的苦楚：他非常寂寞，无法排解。过去35年来他一直独身。他教过的许多学生很久以前就因为年纪太大而去世。“我的兄弟姐妹都不在了，”他对我说，“我是最后一个。我年纪最大的朋友都比我小20岁。我的处境其实有点可怕，身边太多人去世——我已经参加了那么多葬礼。我不会为此流泪，可这正是我最大的悲哀，就是这种寂寞啊。”

我后来又发现另一个令人难过的事实：虽然已经102岁高龄，下川先生还是非常恐惧死亡。

有人说老人内心都是“平静的”，我之前也被这种老套的说辞迷惑，认为随着年龄的增长，生的欲望也随之消退。可是现在就出现了一个极端的反例：一个用标枪和铁饼抵挡死亡的老人。正是这种不惜一切代价坚持活下去的强烈求生欲，促使他取得如此辉煌的运动成就。他曾告诉我：“最重要的就是保持柔韧和灵活。人最僵硬的时候就是死后——你绝不会比那时候更僵硬。所以，你要睡好、吃好、保持运动。”所有这一切，让他最终的死亡更令人唏嘘不已。

因为下川先生的儿子和儿媳也同时在海啸中丧生，他的朋友和其他家人必须靠自己的力量解开一个谜团：他们在海啸几天后找到他们家的汽车，它好好地停在一座山上，丝毫没受海啸影响。这一发现立即点燃了大家的希望，因为在下川先生家附近反复搜索多次后，仍未发现这一家人的踪迹。8 天后，大家终于在距离下川先生家几百码的一个公共大厅找到了这三个人的尸体——直到那时，令人悲伤的真相才被揭开。

和其他地方一样，地震本身并没有给釜石造成严重破坏，海啸警报通过广播迅速传遍整个城市。下川先生 73 岁的儿子有足够时间带着父亲和妻子开车前往只有一层楼的公共大厅。可是那里离海只有几百码远，所处地势也比家里的房子高不了多少。但当他们意识到这一点的时候，一切都太迟了。

巨浪涌入了下川先生的家，但楼上得以幸免。可它吞噬了整个公共大厅，淹没了那些来此避难的人。只要沿路再向上走 3 分钟，就可以看到洪水被一段缓坡挡住去路。“如果他们待在车里，或沿路再向上走一点，甚至只要待在家里，爬上楼去，都会活下来。”这家人的老朋友多田庆山感叹道。然而，作为一个服从应急训练的好公民，下川先生的儿子把车子开到安全的地方停好，在对危险毫无察觉的情况下，平静地走下山，走向死亡。

下川原孝经历过 1933 年的海啸、1960 年的智利海啸以及其他无数更小的巨浪侵袭和错误警报。他跟老友多田最后一次见面聊天时，还提到即将举行的田径锦标赛，他将要参加 105 岁以上年龄组的比赛。毫无疑问，他将创造新的世界纪录——他简直就是自成一组。

人们一般都不会在如此高寿的老人葬礼上表现得太过悲

痛或惋惜，可是这次不一样。“坦白说，我仍然不觉得他们死了，”穰说，他在同一天埋葬了自己的母亲、父亲和祖父，“虽然我辨认了尸体，签署了文件，安排了火化。可是，我好像是活在一场噩梦里，真实的痛苦仍向我袭来。”

海啸对老年人来说更是一场灾难。54% 的遇难者年纪都在 65 岁或 65 岁以上，[2] 年纪越大，活下来的机会越小。但是，反过来的情况更加触目。年纪越小，越有可能逃过一劫——死于海啸的儿童人数少得令人难以置信。

2004 年，印度洋海啸袭击印度尼西亚、斯里兰卡和泰国，由于不会游泳，无法逃去安全地带，在海啸中遇难的儿童多得惊人。[3] 在日本，情况则正好相反。在 18 500 名死亡和失踪的人口中，只有 351 人是学生，不到遇难人数的 1/50。[4] 而且，其中的 4/5 是在学校以外的地方丧生：因为当天下午生病没去上学，或很快就被焦急的父母接走。换句话说，与家人待在一起比跟老师待在一起更危险。

如果你将要面对大地震，能让你避难的最安全的地方可能就是日本，而日本最安全的避难所就是学校。❶ 几十年的技术实验为这个国家造就了世界上最抗震、监管最严格的建筑。即使是面对巨大的海啸，日本的防波堤、警报系统和疏散演习也

---

❶ 任何靠近核反应堆的地方自然是最糟糕的避难场所，福岛第一核电站就是这样的地方。但是，由地震和海啸引发的人为灾害，与我提出的日本建筑总体抗震性较强的说法并不矛盾。

挽救了无数生命：2011年海啸虽然令日本损失惨重，但如果是发生在其他国家，造成的损失可能是现在的数倍。而且，没有任何地方的防灾措施比公立学校更到位。

学校建在钢筋混凝土搭建的铁框架基础上，它们通常坐落在山坡和高地上，而且都被要求制订详细的灾难应急计划，做定期演习。发生海啸的那天下午，日本的建筑和各种防灾措施在保护儿童生命方面几乎发挥了最大作用。

没有一所学校因地震倒塌或遭受严重的实质性破坏。有9所学校完全被海啸淹没，其中只在一所位于南三陆的学校中，有一名13岁的学生在跟随班级撤往高地时不幸淹死。除此之外，其他8所学校的学生都平安撤离到安全地区。

2011年3月11日，日本有75个孩子在有老师照顾的情况下仍不幸遇难。其中74个来自大川小学。后来，这些孩子的父母大多陷入深深的自责，埋怨自己没有赶去学校接孩子。可是，这场灾难绝不是他们的疏忽或懒惰造成的，他们已经按照防灾要求采取行动，在其他类似情况下，这是最有可能保证孩子安全、让他们活下去的办法。

* * *

"我几乎不知道自己在干什么，"佐藤桂回忆道，"心里堆积了很多复杂的情绪。我能做的就是一片一片地收拾生活的碎片。我们已经失去了瑞穗，我最亲爱的女儿。但我们还没有失去所有，另外两个孩子还很好，房子也完好无损。靠近海岸的人失去了家人、房子和整个社区。他们的情况比我们糟糕得多。水电恢复后，我们也基本恢复了正常生活。”

桂是石卷市一所高中的美术老师，和丈夫、公婆和三个孩子一起住在福地，他们家离紫桃佐代美家只有几百码距离。桂的女儿瑞穗和佐代美的女儿千圣都在大川小学上学，两人是好朋友，她们也在同一天火化。“直到那一刻，”桂继续说，“我才能集中精力。火化仪式后，向来健康的我却病倒了，病得起不了床。我在床上整整躺了三天。我开始不停思考，我觉得我们女儿的死因十分可疑。我知道这是一场巨大的自然灾难，一开始我觉得一定还有很多其他类似的情况，其他学校肯定也发生了同样的事情，可是为什么我从没听说过其他类似的消息？”

海啸过去几周后，河边几个村子的人陆续恢复正常生活，这时有其他家长也提出了相同的问题。

他们的怀疑主要集中在两个人的行为上。一个是远藤纯二，他是海啸中唯一生还的老师。海啸之后的那天清晨，今野仁美在入釜谷见过他，当时他完全不知所措，几乎说不出话来。另一个则是学校的校长，一个名叫柏叶照幸的男人。[5]那个周五的下午，柏叶碰巧没有去上班，而是去几英里远的内陆的另一所学校参加女儿的毕业典礼。当天大川小学究竟出了什么问题，这两个人的证词显然至关重要。一个是见证了学校当天情况的唯一幸存的成年人，另一个则是负责学校所有安全措施的校长。可在灾难发生的次日，在那个充满恐惧和混乱的早晨之后，再也没人见过远藤，或听说过他的任何消息，更不同寻常的是，连校长的行踪都无人知晓。

忙着在淤泥里挖掘的搜寻人员竟也没有在早已是一片废墟的学校见过柏叶。海啸过去6天后，他终于露面，身后跟着一群记者和摄影师。两周后，佐藤桂惊讶地在电视新闻上看到柏叶，更让她吃惊的是新闻内容——在大川小学举行的一场仪式。幸存的30个孩子正在庆祝新学年的开始——日本的小学是4月开学。大川小学在该地区另一所学校的一间教室里重获新生。桂还清楚地记得这位校长当时的致辞："让我们共同努力，为了我们死去的朋友，重建一所充满笑容的学校。"

"一开始孩子还有点紧张，"柏叶在接受电视台采访时说，"但是当我对他们说了这些话之后，他们都坚定地点了点头。"

在日本，即使是对年纪比较小的孩子来说，学校的开学仪式也具有重要意义，是全家人都会感到高兴和骄傲的重要时刻。54个家庭在学校失去了他们的孩子，但没有一个家庭收到这个开学仪式的通知，他们死去的儿子和女儿本应该也是参与者。这样做的用意再明显不过——努力尝试恢复正常生活，同时创造一个地方，让幸存的孩子恢复简单的小学生活。可是对于仍处于悲痛中的家庭来说，这无异于一记重拳打在心上。

"邀请函发给了那些幸免于难的孩子的家长，"桂对我说，"我不禁想：'我们的孩子是不在了，可我们就不是大川小学的家长了吗？’我们没有得到一句解释——学校对此一句说明都没有。这个柏叶校长只在学校出现了一两次，连手都没有弄脏。然后，我们就在电视里看见了他，说着什么‘笑容’。”

桂继续说：“孩子甚至还没有下葬，他们好像就要抛弃我们。那天晚上我气得睡不着觉。我对丈夫说：‘我们怎么能让这种事发生？’我想知道：只有我一个人这么想吗？”

解释

海啸过去 4 周后，大川小学的上级监管单位石卷市教育委员会召集失去孩子的家长开了一次“情况说明会”。会议看上去像是仓促安排的结果，之前的开学典礼引发众怒，矛头纷纷指向教育委员会，这次的说明会更像是对愤怒民意的回应。说明会在一个周六晚上举行，地点就在重新安置大川小学幸存孩子的那所内陆学校。会场不允许记者进入，但一名家长对会议做了全程视频记录。校长柏叶和其他 5 名教育局的代表，身着日本公务人员统一配发的蓝色制服坐成一排。他们对面就是遇难学生的家长和亲属，97 个家长收到了通知，在相机视频里只能看到他们的背影。屋子里没有暖气，从视频里可以看到所有人都裹着厚外套，戴着帽子和围巾。

说明会按照常规流程开始，教育委员会秘书处处长今野先生做开场发言。他以道歉开场：他失声了，因此只能做简短的开场白。“大家晚上好，”他用嘶哑的声音说，“我向这次灾难的受害者表示最深切的同情，我尤为真诚地为死者祈祷。这个月，孩子本应该满怀希望地迎接春天的到来。然而，3 月 11 日一场巨大的灾难突如其来，超级海啸瞬间夺走了平凡生活中如此微小的欢乐。失去如此多不可替代的孩子和老师的宝贵生命，春天也黯然失色。”[1]

在日本，公开会议通常都是一种场面温和的公式化仪式，发言人基本上都是重复一些陈词滥调，不会出现各方对峙或言语冲突的情况。可是，当今野把发言权交给校长柏叶，会议现场气氛迅速发生变化，预示着这不会是一场例行公事。

悲伤和愤怒让在座所有亲属几乎失去理智，很多人无法公正客观地看待柏叶照幸。柏叶今年快 60 岁，头发灰白，身材矮胖，鼻梁上架着一副眼镜，紧张或思考的时候会习惯性地抿一下嘴唇。在其他学校担任十几年副校长后，他在去年 4 月被任命为大川小学的校长。甚至在灾难发生之前，都没人清楚柏叶是什么样的人。在他上任一年后，也不是所有家长都了解他的为人。

那天下午不在学校，并不是他的错，没人能想象他内心的恐惧和痛苦。但是他犯了严重的判断错误，首先，他在灾后隔了那么长时间才前往现场查看，其次就是他露面之后的种种不当行为。他完全没有参与搜救行动，甚至连象征性的行动都没有，这让大家无法原谅。他第一次前往受灾现场时，只是回答了媒体的一些问题，并用一台昂贵的相机拍了许多照片。另一次到访时，大家只看到他在非常紧张地寻找学校的保险箱。

说明会召开的时候，家长已经积攒了一个月的愤怒和痛苦。那天晚上，他们把怒火烧向了柏叶。

“直到 3 月 11 日下午，”轮到柏叶发言时，他含糊其辞地说道，“学校里还回响着孩子的欢声笑语，但我们就这么失去了 74 个孩子和 10 位老师，我对此致以诚挚的歉意。”

“听不清！”听众席中传来一个声音。

“你没有话筒吗？”另一个人说。

柏叶继续说：“当我站在学校教学楼前，我脑子里还浮现出孩子的一张张脸。真是太可怕了。”

“你什么时候去的学校？”有人打断他的发言。

“是啊，你什么时候去的？”另一个人叫道。

“我哪天去的？”这位校长有些气恼地说，“3 月 17 号。”

“我们的女儿 11 号死的。”

柏叶垂下了头。“我道歉，”他说，“为我的反应迟钝，以及其他失误——许多失误——表示深深的歉意。”

就在这时，家长群中传来一阵骚动，大家意外发现了一个熟悉的身影——一个男人坐在最左边，穿着一身黑，头和肩膀都深深地低俯向前，让人很难看清他的脸。

“哎呀，啊，啊，”有人叫起来，“那不是远藤纯二吗！”

即使是那些后来非常不信任远藤的人也承认，在海啸发生前，他一直是一名受欢迎的成功老师。他 40 多岁，戴着一副眼镜，为人谦逊，在学校职员中职位排第三。作为教务主任，他并没有专职带哪个班级，而是教授不同年级的自然和科学课。“孩子跟他非常亲，”今野仁美告诉我，“大辅是自然小组成员，远藤先生曾向他们展示鹿角，教他们制作鱼钩，还给他们讲鳄鱼和食人鱼的故事。他们觉得他很了不起。”

他以前在相川渔村教书，离海边只有 7 英里，防灾演习就是他在相川小学的工作内容之一。大多数老师把这当成例行公事，只要求学生做一些常规的疏散演习以及更新家长的电话号码，可是远藤做得更多。相川小学的应急手册上规定，如果收到海啸警报，学生和教职员工应该撤离到三层楼高的教学楼顶层天台。远藤却认为这还不够。他重新编写应急手册，要求大家爬上学校后面陡峭的山坡，撤到山上的神社里去。[2]

相川小学建在平地上，实际海拔高度与海平面齐平，距离大海只有 200 码。那场巨大的海啸袭来时，浪高 50 多英尺，彻底摧毁了整所学校。教学楼的天台上灌满了水：当时撤退到天台上只会葬身汪洋之中。但是，在修订过的应急手册的指导下，老师和学生迅速爬上山，结果没有一个人受伤。在他之前任教的学校，远藤纯二可以说挽救了许多人的生命。

在别的情况下，他可能还能赢得大家的同情和敬佩。但是自从海啸第二天的清晨后，就再也没有人听说过他的消息。他的下落和他所讲的事情已经引得大家议论纷纷——而现在他却出现在这里。

“他救了自己的命，”听众席中传来一个声音，“他还活着，所以让他跟我们说话。”

一个名叫加藤茂实的教育委员会官员这时说：“远藤先生自己也受了伤——脱臼和冻伤，他也去了医院。他现在还有一些精神问题。所以，听他发言的时候请不要忘记这一点。”

“别他妈开玩笑了，”一个人说，“哼，我们家长也病着呢。”

尽管一副难受和痛苦的样子，远藤还是开始发言了。只见他躬身行礼，头和上半身几乎快与地面平行。他不时因情绪过于激动而哽咽，有时候他看起来似乎处于崩溃的边缘。

“对不起，”他说，“我没有帮上忙，我对此深表歉意。”

原本此起彼伏的质问声戛然而止。

“请允许我讲述那天发生的事情，”他继续说，“我的记忆可能有一些空白。如果出现这种情况，请见谅。”

“那是个周五，”远藤开始讲述那天发生的事情，“那天的课刚结束，地震就开始了。那时候孩子正准备回家，他们都跟各自的老师在一起开班会。突然就断电了，广播设备也无法正常工作，于是我跑上二楼，挨个通知每个班级：‘躲到课桌下面，抱紧桌子。’孩子有点惊慌失措，但是老师安抚他们说一切都会没事。震动减弱后，我又跑到每个教室让他们出去，尽快疏散。”

远藤自己留了下来，检查教室和厕所，看是否有人落下。

当他与其他人会合时，签到工作已经完成，孩子正坐在操场上。“有的孩子被吓吐了，”远藤说，“有的则一直哭个不停。老师设法让他们冷静下来。天又开始下雪了，有的孩子是光着脚逃出来的。我又回到教室去拿外套和鞋子给他们穿上。”

就在这时，釜谷的村民开始出现在学校。他们都是在地震时从自己家里逃出来的，希望能在学校的体育馆避难。远藤向他们解释，体育馆里到处都是碎玻璃，不适合避难。“我正在解释时，家长开始陆续抵达接走自己的孩子，副校长主要负责核对姓名，再把孩子交给家长。”

不久前才失去亲人的家长默默听着远藤的叙述，但听到这里，有人忍不住大声说：“你们为什么要那么做？如果你们开车把所有人带到山上去，他们可能都会得救。”

远藤没有回应，只是继续讲述那天的情况。“这之后我才知道海啸即将到来。当然可以选择上山。但是因为刚才的震动十分剧烈，而且还在继续，我……”

他迟疑了一下，然后又继续。他接下来的话让人很难理解：句子杂乱无章，语法混乱，事情发生的顺序也令人困惑。“海啸来时，”他接着说，“因为我们没有预料到海啸会如此巨大，我们还讨论是应该疏散到学校最安全的地方——体育馆楼上的走廊上，还是教学楼的二楼，而我考虑到教学楼之前损毁严重，就先走回教学楼检查一下情况。虽然很多东西都掉下来了，但我觉得我们可以躲回来。可是等我回到操场上时，疏散行动已经迅速展开。”

疏散的目的地是大桥附近的交通岛，距离学校400码，就在主路的转角处。孩子排成一列，歪歪扭扭地从学校后门走出去，穿过釜谷村公所的停车场。远藤走在队伍最后面。

当他经过停车场时，感受到一股强劲的气流。

他形容道："那就像一阵狂风，我从没听过那样的声音。一开始我不知道发生了什么，可是当我看向学校前方釜谷大街方向时，看见了巨大的海啸。它正沿着那条路涌过来。"而排成一队的孩子正直直地迎向翻涌而来的巨浪。远藤立即大叫："快上山！快上山！走这边！"他催促孩子朝反方向走，走向学校后方。"但是当我走到山脚下时，"他继续说，"我滑倒在雪地上，没法爬山，孩子都围在我身旁。"

"就在我走到山下时，两棵雪松倒了下来。它们砸到了我的右臂和左肩，让我动弹不得。我感觉海啸正在涌过来，心想完了，可是树突然移开了，可能是水的作用，而当我抬头看向山坡时，只见一个三年级的男孩正在呼救。我的眼镜和鞋都不见了，但我知道必须尽一切可能救这个孩子。'走，往上走！'我大声叫，'要活命就往上爬！'……巨浪声越来越近。'往上爬，往上爬！'我一边推他一边大叫。"

这时候下起了雪。这个男孩已经吞了很多水，他和老师的衣服都已经湿透。"我意识到不可能下山了，"远藤又说，"我要和这个孩子在山上待一晚了。"他们在一棵树下发现了一个树洞，于是他们肩并肩地挤在一起，坐在一堆松针上。"水声越来越近，然后——我不知道是否只是我的感觉——每次余震都会有一些树嘎吱嘎吱地倒下。小男孩对我说：‘来了！越来越近了！我害怕！我们走吧，走去更高的地方吧。’”

山顶覆盖着厚厚的积雪。远藤发现自己被树砸伤的手臂动不了了。男孩靠着老师的肩膀睡着了，远藤则开始为这个穿着湿衣服睡觉的小家伙担心起来。“天黑下来，而且非常冷，我想如果我们一直待在原地，孩子可能会被冻死。”

因为没有眼镜，他在一片黑暗之中几乎看不见。但是他想，如果他们从山的另一侧下去，最终会在雄胜町的公路上遇到汽车和司机。“我请男孩为我看路，告诉我往下走是否安全。我们一步步往下挪，我依稀能辨认出公路上的车前灯。我们就朝着那个方向走去。我们朝着灯光走，然后看到一栋房子里有人，我们就叫道：‘请帮帮我们吧。’他们也真的帮了我们。”

他们最终到了入釜谷，仁美就是在那儿找到他们的。远藤第二天就被送进入釜谷的医院，然后又从医院直接回了家。

远藤解释道：“有的事情我已经记不清了，但是那天的情况大概就是这样。”

他还补充道：“我每天都会梦见孩子在学校操场快乐地玩耍。我还梦见了各位老师和副校长，他们正在为即将到来的毕业典礼忙碌准备。我真的很抱歉。”

说完这些，他的头和上半身颓然塌下，有那么一瞬间，远藤看起来就要瘫倒在地上，教育委员会的人赶紧跑过去扶住他。他的痛苦就像血淋淋的伤口一般，让人一目了然，对教育委员会那些人来说，他们给予听众的只有形式化的礼貌和陈词滥调，华丽但无关痛痒，而远藤的痛苦给听众提供了他们无法给予的东西。面对远藤先生所遭受的不幸和活下来所承受的折磨，谁还能提出质疑？今野、柏叶和其他在座的官员也许都希望会议能到此结束，甚至希望这一令人不快的事件能就此结束。会场一片沉默，在座的亲属还沉浸在远藤的发言中。会议处于关键时刻：有可能产生任何结果。这时听众中站起来一个男人。

他叫佐崎敏光，他7岁的儿子彻马和9岁的女儿和美都在学校遇难。“老师、校长，还有教育委员会的各位。”他开口说道——这个开场白听上去似乎要将会议推向可预测的平稳方向。大家听他继续说下去。

“你第二天为什么没有迅速赶到学校？”他质问柏叶，“你为什么直到第7天才出现？你知道现在还有多少孩子没找到吗？你能说出他们的名字吗？你能说出死去的孩子的名字吗？失去孩子的家庭——我们所有人都快疯了。还有10个孩子没有找着。你知道吗？想想我们的感受，想想那些现在每天仍在搜寻的家长的感受。我们每天都一身泥，但如果不去那儿找，我们就会疯掉。”

佐崎就站在教育委员会官员落座的桌子前，而此刻他们的视线都落在地面上。他穿着一件蓝色防风夹克，手里还拿着什么东西在他们低垂的脸庞前挥动。

只听他又提高声音说：“只剩这只鞋了，我们只找到这个。一切都像这样，全毁了。我的女儿——就剩下这个？”说完他把鞋猛地拍到桌上，今野应声瑟缩了一下。“我的女儿！”他尖叫起来，“她就是一只鞋吗？”

说明会持续了两个半小时，但柏叶和其他官员全程发言时间加起来只有短短几分钟。家长不时要求提供相关资料，得到的却是支支吾吾、不完整的回答——无论是关于接收和发布了什么样的海啸警报，还是关于柏叶何时做了什么以及没能做什么。大多数时间都是家长发言，一个接着一个，咆哮、怒骂、恳求、低语和哭泣，几乎所有怒火都烧向校长一个人。从视频里可以看到他目光低垂地坐在那里。虽然看不到谴责他的人的脸，但可以看到他们声讨时颤抖的背影：

> 狡猾的老混蛋。
>
> 滚开，你这个该死的家伙！
>
> 我一辈子都不会放过你，你这个老黄鼠狼[3]。我要用我这一生来为那些孩子报仇，无论你躲到哪儿我都不会放过你。

在日本，人们几乎不会这样说话——不会在公共场合这么说话，也不会对老师和政府官员这么说。但他们的确就是如此粗暴地打断官员的发言，言语中透出遏制不住的激动情绪，毫不夸张。

只见一个女人说：“我们相信他们第二天就能回来，所有人都这么认为。所有人都相信学校，所有人都相信他们一定会很安全，因为他们在学校。”

又一个男人说：“每天我都能听见儿子和女儿的哭喊：‘爸爸，救救我！’他们在我的梦里大声哭喊，他们从来没有离开过我的梦。”

家长提出一个又一个问题。“你们看见那些肿胀的脸了吗？”一位父亲问，“才一个月的时间他们就变了那么多，成了一堆发臭的东西。要知道那可是一个人啊！一个人！就这么一个叠一个地堆在卡车上，身上就盖着一块破布。等到你自己的孩子变成这样之后再来跟我们解释吧，你这个混蛋！”

另一个人问：“你知道每个班失踪孩子的人数吗，校长？不看那张纸。你不知道，不是吗？你必须要看着你那张纸。我们的孩子——他们只是一张纸吗？他们任何一个的脸你都不记得，是不是？”

他们无法抑制悲痛之情，他们的诉求并不难理解——只要坐在他们对面的人更体恤一点，不像这般被形式化的礼节和恐惧所支配，就能扭转屋子里的形势。家长不过希望自己的悲痛能得到一点共鸣，有人能对他们的损失稍微有所认识，让他们感觉到自己面对的不是一个政府部门，而是跟他们一样活生生的人。家长激动得难以自持，于是他们抛开日本人一贯的含蓄作风，用含糊不清的东北方言更直白地表达自己的情绪。而那些官员不但没有直面家长的质问，反而朝相反的方向退缩，发表更加令人不满、更无情的说辞。

当被问到搜寻失踪孩子的情况时，今野答道：“目前，日本自卫队、中央政府和警察还在尽最大努力搜寻那些至今仍未找到的残骸。未来，我们还将在受灾现场及其他地方继续搜寻。”

家长请求为孩子举行联合葬礼，但校长柏叶回应道：“我认为要在咨询教育委员会的意见，并与失去孩子的家长沟通后，才能决定是否要这么做。”

“别对我们摆出一副纡尊降贵的样子，别拿我们当乡巴佬。”有人大声叫道。

“是不是因为我们是乡下人，所以你们才这样对我们？”另一个人问。

“如果我们是城里人，就不会这样了。”又一个声音响起。

大家一句接一句地质问起来：

> 校长，你有想过那些孩子等待救援时的心情吗？他们当时该多害怕呀——你想过这些吗？他们该有多冷啊，他们一定都哭喊着找爸爸妈妈。而那里就有一座山，山明明就在那儿！
>
> 你们在道路都被清理干净后才去学校，你们什么都不知道。我到那里的时候，到处都是倒下的树，松树横七竖八倒了一地。我们不知道要从哪里开始。我们穿着靴子趟水，脚下发出咯吱咯吱的声音，还有淤泥灌进靴子里，你永远不会明白这是什么感觉。那些找到了自己孩子的父母仍然返回去寻找其他孩子。你找了什么？混蛋，你在找学校的保险箱。

你还会去学校吗，校长？你还会参与搜救吗？

我们可以借你一把铲子，如果你没有的话。

如果你没有靴子，你想要多少双我们就给你多少。

你只有漂亮的皮鞋，不是吗？

他还有漂亮的相机。

我们花了4年的时间才怀上这个孩子……

我们也是，我们尝试了很久才怀上孩子，可现在他就这么走了。

你就不能做点什么吗？

把我们的孩子还给我们。

每天晚上，我……什么……？我们能做些什么？

他们就是我们的未来啊。

求求你，求求你，把他还给我。

就是说！

把孩子还给我们！

说明会一直到晚上9点后才结束。柏叶看起来精疲力竭。在场还有许多人没有发言，他们都对校长的遭遇表示同情，并且觉得那些高声喊叫的人有些令人难为情。现在他们正在进行思想斗争。虽然还有很多问题没解决，但至少他们终于听到可怜的远藤发言，了解孩子失踪时在操场上究竟发生了什么，那一刻发生的事情令人无法接受，又让人无法忘记。他的叙述表明，当时确实发布了海啸警报，老师也确实接收到了警报，并且采取了行动——即使太迟了。

与远藤一起爬上山的9岁男孩叫山田圣南，远藤为了让他不受冻，曾跟他紧紧地挤在一起取暖。男孩的妈妈也参加了情况说明会，并且上前向远藤表达谢意。就在他们交谈的时候，另一个妈妈也走了过去，她的儿子已经在海啸中不幸遇难。她想问问远藤是否记得任何有关她儿子的事情，与许多家长一样，她渴望知道孩子生命最后一刻的情况，哪怕只有只言片语，或是他当时是什么表情。可是教育委员会的官员告诉她远藤“不舒服”，没有让她与远藤说话。然而，大家很快就知道，远藤那晚说的很多情况根本不是事实。但那晚过后，他就杳无音讯了。

幽灵

我在日本北部遇到一位僧人，他为在海啸中遇难的人超度亡灵。这些鬼魂要到那年秋天[1]才会大量出现，可是金田禅师在海啸发生后不到两周，就接到第一个超度请求。金田是内陆地区栗原市一座寺庙的住持。3 月 11 日的地震是他本人和他认识的其他人所经历过的最严重的一次。由巨大木梁搭建的寺庙的各个厅室，都有不同程度的变形，并且发出嘎吱嘎吱的声响。水电供应和通讯也中断了好几天。栗原市距离海岸大约 30 英里，由于没有电，与世界上其他地方的电视观众相比，这里的人几乎不知道外面发生了什么。但他们很快就知道了，因为一开始只有少数几个家庭，后来就有大量家庭涌向金田住持的

[1] 指每年 8 月 15 日的盂兰盆节，相当于中国的中元节，人们会在这一天迎接家人的亡灵归来。——编者注

寺庙，他们都有等着下葬的亲人。

超过 1.8 万人在海啸中丧生。在短短一个月的时间里，金田住持就为 200 人举行了葬礼。然而比死亡规模更令人不安的，是失去亲人的幸存者的表现。“他们没有哭，”金田住持对我说，“可以说没有流露出一丝情绪。损失如此惨重，死亡来得如此突然。他们都清楚自己的处境——失去了家，失去了生计，失去了家人。他们了解这场惨剧的每一块碎片，但无法把它们拼凑在一起，他们不知道应该做什么，有时候甚至连自己在哪里都不知道。坦白说，我无法真正与他们交流。我能做的就是陪着他们，诵读佛经，主持葬礼。这就是我能做的事情。”

在接待一群又一群心怀恐惧且麻木的幸存者之后，金田住持迎来了一位认识的访客，他是当地的一名建筑商，我将称他为小野武。

小野对所发生的事情感到十分羞愧，不希望自己的真实姓名出现在书中。一开始，我很难理解这种羞愧。他 30 多岁，是个矮胖结实的男人，头发浓密蓬乱，习惯穿着蓝色制服。“他是个很天真的人，”金田住持对我说，“他对每件事都很容易信以为真。你是从英格兰来的，对吧？他就像你们的那个憨豆先生。”对于小野先生本人，我不会说太多，因为在他身上并没有发生什么荒谬的事情。但正因为他有这种近乎不真实的纯真天性，才让他所说的故事更加真实可信。

地震发生时，他正在盖一幢房子。地震持续过程中，他一直趴在地上，当时连他的卡车都晃动起来，看上去随时可能翻倒。后来开车回家的时候，一路都没有红绿灯指示，情况十分令人担忧，幸好实际破坏并不严重：几根电线杆被震歪，还有几处院墙倒塌。身为一家小建筑公司的老板，他正好有装备来应对地震造成的不便。接下来的几天，小野都忙着用野营炉具、发电机和汽油罐解决生活问题，没怎么关注新闻。

但当电视信号恢复后，就再也不可能不知道发生了什么事情。小野看着电视，上面重复播放着核反应堆爆炸浓烟滚滚的画面，还有手机拍下的黑色巨浪吞噬港口、房屋、购物中心、汽车和人的情景。电视里出现的都是他熟悉的地方，渔村和海滩就在山那边，只有一个小时的车程。这些地方被摧毁的景象，让小野产生一种木然超离的感觉，这种情况下常常会出现这种感觉，连那些在灾难中流离失所、失去家人的人，都会有这种感觉。

“我的生活已经恢复正常，”他告诉我，“我有汽油，也有发电机，我认识的人没有遇难或受伤。我自己并没有看到海啸，没有亲眼看到，所以会觉得自己像在做梦一样。”

海啸过去 10 天后，小野和妻子以及寡居的母亲一起开车去到山的那一边，想亲眼看看发生了什么。

他们一早就精神抖擞地出发了，中途停车买了些东西，在午饭时间赶到海边。沿途所见大多还是熟悉的景象：棕黄色的稻田，铺着瓦片的木屋聚集起的一个个村庄，宽阔的桥梁，缓缓的流水。可是当他们沿山而上时，就开始遇到越来越多应急车辆，不仅有警车和救火车，还有自卫队的绿色卡车。沿着山路开下海岸，他们的好心情也开始消失不见。突然，还没来得及弄清到了哪里，他们就开进了海啸灾区。

没有预兆，没有缓冲。海啸就这么全力涌来，一鼓作气攀升至最高点。在它之上，别无他物，在它之下，万物色变。

就是在讲到目睹海啸灾区的那一刻，小野的叙述中掺杂着羞愧之情，他开始不太愿意描述他具体做了些什么或是去了哪里。“我看到碎石，看到海，”他还是继续说，“我看到被海啸摧毁的建筑。不仅看到这些东西本身，还感受到那种气氛。那是我经常去的地方，看到它变成这样我很震惊。到处都是警察和士兵。一切都很难描述，感觉很危险。我的第一反应是这太可怕了。然后又想：‘这是真的吗？’”

当天晚上，小野与妻子和母亲像平常一样坐在一起吃晚餐。他记得自己喝了两小罐啤酒。晚饭后，他不由自主地开始用手机给朋友打电话。“电话接通后，我只是说：‘嘿，你好吗？’——就类似这样的话，”他对我说，“我并没有什么想说的。我不知道为什么要这么做，但我开始感到非常寂寞。”

第二天早晨醒来时，他的妻子已经出门。小野没有什么特别的事要做，就在家闲了一天。他的母亲则急匆匆地走进走出，不知为何看上去像是在生气，甚至有些愤怒。当他的妻子下班回家时，看上去也有点紧张不安。

"发生什么事情了吗？"小野不禁问道。

"我要跟你离婚！"她答道。

"离婚？可是，为什么？为什么？"

于是，他的妻子和母亲就把前一晚他打完一轮电话后发生的事情告诉了他。当时小野趴在地上，开始舔榻榻米床垫和蒲团，像野兽一样在上面扭动。虽然有点担心，但她们一开始还被他这种愚蠢的举动逗得大笑，可当他开始胡言乱语的时候，她们就都笑不出来了。"你必须死。你必须死。所有人都必须死。所有东西都必须死，都必须消失。"他们屋前有一片荒地，小野跑到那里，在泥地里打起滚来，看起来就好像是被海浪掀翻在地上，还大喊大叫道："那儿，就在那儿！他们都在那儿——看！"接着他站起来，一边走出泥地一边叫："我来找你了，我要到那边去了。"最后他的妻子使劲把他拽进屋，但他进屋后仍然不停地翻滚，咆哮。大约在清晨 5 点的时候，小野突然哭喊一声"我头上有什么东西"，然后就瘫倒在地睡着了。

"我妻子和母亲非常焦虑不安，"他说，"当然，我向她们道歉了。可是我一点也想不起来我做过什么，或者为什么要这么做。"

小野就这么一连疯了三个晚上。

第二天晚上天黑后，他看到有人在屋前走动：父母和孩子，一群年轻的朋友，一对祖孙。"所有人身上都裹着一层泥，"他向我描述道，"他们就在不到 20 英尺的地方，他们盯着我看，但我并不害怕。我只是想：‘他们身上为什么都裹着一层泥？他们为什么不换衣服？他们的洗衣机可能坏掉了。’我们好像认识，或是曾经在哪儿见过。人影忽隐忽现，就像在电影里一样。但我觉得一切都很正常，以为他们只是普通人。”

接下来的一天，小野昏昏欲睡，毫无生气。晚上，他躺下熟睡10分钟后就会醒来，但看上去就像是睡了8小时，整个人精力充沛，神清气爽。他走起路来摇摇晃晃，会朝妻子和母亲瞪眼，甚至拿起一把刀乱挥。“去死吧！”他嘴里咆哮着，“其他人都死了，所以去死吧！”

在家人苦苦哀求3天后，他终于来到金田住持所在的寺庙。“他的眼睛呆滞无神，”金田对我说，“就像是因药物的副作用而情绪低落，我一看就知道不对劲。”小野重述了去海边受灾地区探访的事情，妻子和母亲则描述了他之后的反常行为。“我说话的时候，住持认真地看着我，”小野回忆道，“这时我脑子里有个声音说：‘别这样看着我，混蛋。我恨死你了！为什么盯着我看？’”

后来，金田拉起小野的手，颤巍巍地领着他来到寺庙正殿。“他让我坐下。我还是有点魂不守舍。我仍然记得那种强烈的排斥感，但我同时又觉得松了一口气——我希望有人来帮帮我，我相信住持。仍然属于我的那部分希望被拯救。”

金田一边敲着寺庙里的鼓，一边念诵《心经》：

> 无眼耳鼻舌身意，无色声香味触法；无眼界，乃至无

意识界；无无明，亦无无明尽；乃至无老死，亦无老死尽；无苦集灭道，无智亦无得。

小野的妻子后来告诉他，他双手紧握在一起祈祷，随着住持不停念诵经文，他就把双手高高举过头顶，好像上面有什么东西在拉扯它们一样。

无挂碍故，无有恐怖，远离颠倒梦想，究竟涅槃。

住持把圣水洒到他身上，就在这时，小野突然恢复意识，发现自己的头发和衬衫湿淋淋的，内心则感觉平静和放松。“我的头变轻了，”他描述道，“脑子里想的那些事情忽然消失了。我的身体感觉很好，但鼻子有点堵，就好像得了一场重感冒。”

金田十分严肃地对他交代一番，他俩都清楚发生了什么。“小野告诉我，他曾沿着受灾地区的海滩走了一段，还吃了一个冰淇淋，”金田对我说，“他甚至在汽车挡风玻璃上挂了一个写有‘赈灾’的牌子，这样就没人拦他的车了。他完全没有多想，随随便便就去了那儿。我告诉他：‘你这个傻瓜。如果你要去一个死了很多人的地方，必须心怀敬意，这是常识。你因为自己的所作所为，受到了某种惩罚。有什么东西缠住了你，也许就是那些无法接受自己已经死去的亡灵，他们想要通过你表达他们的遗憾和怨恨。’”金田突然笑起来，像是想起了什么。“憨豆先生！”他一脸慈祥地说，“他是如此天真和坦率，这是他们能够缠住他的另一个原因。”

小野不仅辨认出眼前的一切，还感受到更多东西。缠住他的不仅有男人和女人的鬼魂，他现在还能看到动物——猫和狗，还有其他随主人一起淹死的动物。

他向住持表示感谢，然后开车回家。回家路上，他感觉鼻子里有什么东西流出来，好像得了伤风一样，可是流出来的不是黏液，而是粉色的胶状物，他从没见过这样的东西。

海啸只向内陆逼进了几英里，但在山这边的栗原市，它却彻底改变了金田谛应住持的生活。他从父亲那里继承了这座寺庙，而与海啸中的幸存者打交道，对他而言是一次突如其来的考验，让他有点措手不及。这是二战后日本遭遇的最严重灾难。然而人们并没有自然流露出痛苦，而是把它深深地埋入了地底。等到紧急情况有所缓解，尸体都火化完毕，悼念仪式顺利举行，无家可归的人也得到安置，金田住持就试图前往让幸存者备受折磨的寂静地牢一探究竟。

他跟一群僧人开始沿着海岸行走，并且沿途组织了一场名为“僧侣（monku）咖啡馆”的活动——一语双关，monku 既是英语单词“僧侣”（monk）的日语发音，同时又有诉苦的意思。“我们觉得，大家要花很长时间，才能回归平和宁静的正常生活，”他散发的传单上写着这样的话，“为什么不加入我们，休息一会儿，诉一诉苦？僧侣将用心聆听你的怨言，也会向你们发点牢骚。”

随便喝杯茶，友好地聊聊天，以此为契机，人们纷纷前往设在寺庙和村公所的“僧侣咖啡馆”。其中很多人都住在“临时安置点”糟糕的预制板房里，冬冷夏热。无力负担更好住处的人只能在那里暂住。僧侣心怀同情地倾听各种抱怨，避免问太多问题。“大家都不喜欢哭，”金田回忆道，“他们觉得那样显得自私。那些住在临时住所的人几乎都有亲人在海啸中遇难。大家处境相同，所以他们不想让自己看起来失去节制。但当他们开始倾诉时，聆听者能感觉到他们的咬牙切齿和他们的痛苦，那是他们无法也不愿表达的痛苦，他们的泪水也终于流出来，无休无止。”

这些幸存者一开始犹豫不决，还带有些许歉意，然后越说越顺畅，他们描述巨浪袭来时的恐怖景象，坦言失去亲人的痛苦和对未来的恐惧。他们还会谈到自己遇到的超自然现象。

他们说自己见到了陌生人、朋友和邻居，还有死去的亲人，但他们看起来都像幽灵一样。他们说，在家或工作时，在办公室、公共场所、海滩和被摧毁的村镇，都见到了幽灵。大家的经历各不相同，有的会做噩梦，有的则因为小野武那样被亡灵完全控制的情况出现而感到不安。

一个年轻男人抱怨说，晚上感觉有什么压着胸口，好像有什么东西在他睡觉时跨坐在上面一样。一个十几岁的小女孩说，看见一个可怕的人蹲在家里。一个中年男人讨厌在下雨的时候外出，因为会看见死去的人的眼睛从水坑里盯着他看。

相马市的一个公务员前往受灾海岸探访，在离最近的公路和房子远远的地方，看见一个穿着鲜红色连衣裙的女人孤零零地站在那里，周围看不见任何交通工具。当他再看向那个女人时，她却消失不见了。

多贺城的一个消防站接到好几个报警电话，而让他们去的那些地方，所有房子早已被海啸摧毁。但消防员还是赶往那些废墟，为那些亡灵祈祷——幽灵电话也在这之后戛然而止。

仙台市有辆出租车载了一个满面愁容的男人，但他要去的地方早已不存在。出租车开到一半的时候，司机从后视镜看了一眼，发现后座空无一人。但司机继续开往目的地，最后停在了一幢已被夷为平地的房子前，司机礼貌地打开车门，让这位看不见的乘客在他从前的家门口下车。

在女川一个安置难民的社区，从前的老邻居会出现在临时住房的起居室里，与一脸惊恐的住客坐在一起喝茶。没人有勇气告诉她，她已经死了，而她坐过的垫子都被海水浸湿了。

受灾地区到处流传着这样的故事。无论是基督教的牧师，还是神道教或佛教的僧侣，都忙于安抚愁苦的亡灵。一个佛教僧侣在学术刊物上专门针对“鬼魂问题”发表了一篇文章，东北大学的学者也开始收集整理这些故事。[1]在京都，专家在学术研讨会上就此事展开激烈讨论。

金田则告诉我：“信奉宗教的人都在议论这些究竟是不是死者的灵魂。我对这一点并不感兴趣，因为真正重要的是有人看见他们，灾后这种情况下，这再自然不过。死了那么多人，而且那么突然。无论是在家里，在办公的地方，还是在学校——海啸突如其来，他们就这么消失了。死者毫无准备，活着的人也没机会说再见。失去亲人的人和死去的人——他们之间有着强烈的依恋。死者眷恋生者，生者怀恋死者，自然会出现鬼魂。”

他还说：“很多人都有这样的经历。我们不可能都知道他们是谁，在哪里。但这样的人多得无法计数，而且还在不断增加。我们能做的就是对症下药。”

* * *

如果在民意调查中被问到“你有多信仰宗教？”，日本人的回答会让他们成为世界上最不敬畏神明的人群之一。但是，一场突如其来的天灾才让我明白，这种自我评估是多么误导人。佛教和神道教这类有组织的宗教，在私人生活或国计民生方面的影响力确实微乎其微，但数百年来，这两种宗教早已潜移默化融入日本真正的信仰仪式：祖先崇拜。[2]

我对日本家庭的祭坛或说佛坛（butsudan）有些了解，现在仍然可以在大多数家庭见到它们，上面一般供奉着逝世祖先的牌位（ihai）。佛坛通常是木制橱柜，表层涂漆并镀金，镂空雕刻有花草树木的纹饰，供奉的牌位则由笔直的黑色漆板制成，上面纵向刻着金字，牌位前常烧着香，陈列着鲜花、饮料、水果和其他食物。在盂兰盆节时，家家户户都会点起灯笼，迎接祖先的亡灵回家。我把这种独特的仪式当成一种象征和习俗，以西方人参加基督教葬礼的心情参与其中，无关任何信仰。但是在日本，精神信仰更多被认为是简单的常识，而非信仰的表达，它们稀松平常，不经意间就会忽视其存在。“不同于我们这些国家，在日本，死者并不会被完全当作死去的人，”宗教学者赫伯特·奥姆斯曾在文中如此写道，“这么做在日本自古以来就合乎情理，古人把死者当成活人对待，比我们更甚……甚至在某种程度上把死亡看成一种转化，而非对生命的否定。”[3]

这种祖先崇拜的核心是一种契约精神。后代供奉食物和饮料，在牌位前跪拜，举行各种仪式，告慰祖先的亡灵，后者则反过来赐福于生者。每个家庭对待这种仪式的虔诚程度都不一样，但即使是在不那么循规蹈矩的家庭中，死者在家庭生活中也一直占有一席之地。大多数时候，他们有点像家中的老人家，耳朵有点背，脾气有点古怪却又令人敬爱，虽然不在家庭中占据中心位置，但在重要场合，却又总需要他们的参与。年轻人通过重要考试、找到工作或结下好姻缘的时候，都要跪在佛坛前报告喜讯。再比如，无论在重要的官司中胜诉还是败诉，人们也要以相同的方式与祖先分享。

当悲痛刻骨铭心时，死者存在的意义更加重要。当我前往拜访在海啸中失去孩子的家庭，与主人喝茶闲聊大约半小时后，后者通常就会问我是否愿意去“看看”他们死去的儿女，这已成为一种惯例。我会被带到一个神龛前，前面摆放着带框相片、玩具、孩子生前喜欢的饮料和零食、书信、画作和学校作业本。一位母亲还特别定制了孩子的合成照片，照片中，穿着高中校服的儿子——在海啸中丧生时他还是个小学生——脸上挂着骄傲的笑容，另一个18岁的少女则身着本该在20岁成人礼上穿的和服。还有一位母亲用化妆品和美甲的指甲壳装饰祭坛，如果她的女儿活到十几岁，就能用上这些东西。他们每天早晨都要跟死去的孩子说话，哭着表达对孩子的爱和歉意，自然得就像在跟孩子打长途电话。

海啸给这种祖先崇拜的信仰造成了极大破坏。

海水不仅冲走了墙壁、屋顶和人，还卷走了家庭祭坛、牌位和全家福。墓地拱顶被巨浪掀开，死者的尸骨被冲得七零八落。庙宇被冲毁，记录着数代祖先名字的谱册也没能幸免。"牌位的重要性不言而喻，"金田的一位僧侣朋友谷山洋三对我说，"如果有火灾或地震，很多人最先抢救的是牌位，而不是钱或文件。我觉得，一些人是因为回家取牌位才不幸遇难的。那也是生命，是祖先的生命，这就像是挽救你已故父亲的生命一般。"

当人们满怀愤怒或痛苦地死于非命或早逝，就很可能变成饿鬼（gaki）——"饥饿的鬼魂"，他们在人世和阴间游荡，散布诅咒和怨念。人们通过举行仪式来安抚这些不幸的灵魂，但是这场灾难过后，几乎没有家庭能举行这样的仪式。不仅如此，还有在海啸中失去所有在世亲人的那些祖先。他们死后的幸福全靠活着的家人的敬畏，而这一切都被永远地剥夺，再也无法挽回：他们就像孤儿一样无依无靠。

任何地方的海啸都会破坏财物，夺去生命，但在日本，它们造成了第三种伤害，这种对死者的无形伤害是独一无二的。一夕之间，无数生命由生到死，另一些数不清的“生命”则在往生世界失去依靠。如何能顾得所有人周全？谁来兑现生者与死者之间的契约？这种情况下，怎么会没有成群的孤魂野鬼出现呢？

海啸发生后的夏天，平塚直美开始与死去的女儿小晴聊天。与大多数认识的人不同，她一开始其实犹豫不决。日本东北地区的人笃信萨满教和巫师的各种超能力，很多失去亲人的人都转而向这些巫师求助。直美对于这种超能力一直心存疑虑，尤其在媒体的相关报道中，原本充满悲剧色彩的行为，却透出一丝诡异的娱乐效果。杂志上的一篇文章尤其令她反感，文章称一些青少年相互怂恿着在晚上前往大川小学，想在那里碰到鬼魂。

但是针对小晴和其他失踪孩子的搜寻工作进展十分不顺，陷入了双重泥沼——真实存在的和官僚主义的。警察部门目前正在独立搜寻失踪的孩子，直美一直与他们保持密切联系，而且认识他们的指挥官。一天，他们提出了一个让她十分惊讶的建议——如果她认识任何能提供相关建议的巫师或灵媒，尤其是关于具体搜寻方向的建议，请务必告诉他们。

经朋友介绍，她找到了一个 20 多岁的年轻男人，据说此人能看见死去的人，听见死者发出的声音。最近，听说他在富士沼附近一片茂密的竹林里听到了一个声音——当人们进去搜寻时，真的发现了一些骨头，经鉴别确定是一个失踪女人的遗骨。一天深夜，直美在已成为废墟的学校与这个年轻的灵媒见面。那天正是七夕节[1]，人们会把手写的诗文和祷文挂在树上，还会挂上精致的折纸，像是彩带、钱包、各种鸟和玩偶等。直美和年轻男人在黑暗中肩并肩走着，空气十分潮湿，一边是学校的废墟，一边是学校后的山丘。路过山上的一座小神社时，直美把自己折的纸也挂在了竹枝上，祈祷小晴归来。这天晚上很热，一丝风都没有，可奇怪的是，那彩色的折纸却在静止的空气中颤抖飘舞。灵媒解释道："这是孩子在拨弄这些装饰，他们看到这些很开心。"

他们经过一片乱七八糟的碎石堆，这么一小块地方就埋葬了几百条生命，乱石堆底下可能还有很多尸体。灵媒又开口道："我能听见一个声音。我觉得那是一个女人的声音，不是孩子的。"直美全身紧绷，她也听到了，只是声音太小，听不清在说些什么。"只是一个普通的声音，"她说，"听起来就像是一段普通的对话。但我看向四周，却没有发现一个人。"

直美继续说："我以前不相信这样的事，也从没有过这样的经历。但在经历这场灾难和种种不幸之后，或许自然而然就能听到这样的声音了。"

---

[1] 在日本的七夕节，人们会祈祷让女儿获得织女的好手艺，这个节日也逐渐演变为孩子向织女许愿的日子。——编者注

她跟这个年轻人在一起待了很久。他们在学校外围走了几个小时——走到了富士沼周围，还沿着相反方向一直走到了长面浦附近。他给了直美一块系着绳子的水晶，后来她把这块水晶挂在一幅大比例尺的地图前，希望能找出小晴的下落。她还告诉警察，自己在碎石堆听见一些声音，然后他们彻底搜索了那片碎石堆。可是没有找到任何残骸。

在他们走了那么长时间的过程中，年轻的灵媒向直美描述了周围她无法看见的景象。人们或许期望看到一幅令人安慰的死后生活景象，但他的描述骇人听闻。直美觉得那就像是日本著名恐怖电影《贞子》中的类似场景，这部电影借鉴了中世纪艺术中地狱的意象。“他说周围有面色惨白的人，就像那部电影里的鬼魂，到处都是，其中有很多都在地上爬。有一些则被困在水里，浑身裹着淤泥，脏水不停灌进嘴里，十分痛苦。还有一些被困住的人正试图逃脱。但他无法分辨出哪些是已经被找到的人的鬼魂，哪些像我女儿一样仍然失踪。”

直美开始寻求其他方法接近死者，很快就有人给她推荐了新的人选——大川的很多妈妈都在寻求灵媒的帮助。就在她开始怀疑这样做是否有用时，却发现自己可以和小晴对话了。

这次的灵媒叫纯，在城里经营着一家小咖啡店。有时候，直美和真一郎会亲自去见她，有时候小晴会通过电话传声，甚至借助电子邮件和短信传话。直美很快就相信了。纯的语气和性格简直就是小晴的完美再现，她的家人对此再熟悉不过——

爱说话，有点刁蛮，但又很可爱，完全是一副即将长成少女的小女孩模样。借纯之口，小晴交代了一份详细的礼物清单，都是要以她的名义送给家人的礼物——给哥哥的画板和铅笔，还有给妹妹的粉色书包。她还让直美给家人准备抹茶糖果，而这一直是她喜欢吃的东西。除了这些令人信服的孩子气的嘱咐，她的话语中还透出令人意外的成熟，很可能是因为灵媒本人的特性，但有时候又像是源自那些经历过死亡的人所特有的权威，哪怕死去的人还很小。

小晴还详细询问了家人的情况，尤其是哥哥和妹妹的情况，并且格外关心妈妈的工作。“她觉得小宝宝小瑛没什么问题，”直美对我说，“但她希望我多关心大儿子冬真。她还让我结束产假回去工作。这一切都很有用，在很大程度上帮助我们在经历过这样的死亡后，还能继续正常生活。我们很高兴看到这一切。”

然而，无论是灵媒还是亡灵都没能说出直美最想知道的事情：小晴长眠的地方，或是埋有她残骸的地方。“纯告诉我们，寻找残骸并不是重点。她说：‘你或许以为孩子都希望父母找到他们，他们渴望回家。但其实他们已经回家，已经待在一个非常好的地方。你们越是投入地寻找他们，就会变得越绝望。’”

直美的朋友美穗拜访了另一个灵媒，她也与失踪的女儿对上话，并从中获得极大的安慰。“就好像真的在跟她说话一样，”美穗回忆道，“巴那好像就站在那儿，就在我身旁。她说她现在在天堂，非常快乐。那个女人知道我们日常生活的点点滴滴，包括巴那说话的样子和常用的表达。如果她说自己很痛苦，如果她一直哭喊着寻求帮助：‘妈妈，带我离开这儿！’我一定会受不了。可是我听到的话语总是让我感觉更平静。”

有时候死者的话会前后矛盾。巴那一开始对妈妈说自己不想责怪或怨恨学校的老师。“老师在天堂哭泣，这对我们来说太难受了，”她通过灵媒说出这番话，“他们也很痛苦，看到他们这样让我们这些小孩子很难过。”可是有一次，另一个灵媒却告诉美穗相反的情况：老师没能把他们带到安全的地方，没能让他们获救，反而让他们死得如此无辜，孩子因此感到异常痛苦和愤怒。

究竟是怎么回事

那个送给她水晶的年轻男人，也就是那个说幽灵像电影里那样在泥沼里翻滚的灵媒对平塚直美说：“你的孩子将会出现在你的梦中。她会向你展示可以找到她的地方的图片，它们会像幻灯片一样出现在你脑中。”但是，当她终于找到自己苦苦寻觅的东西时，发现事情根本不是那样。

随着时间的流逝，直美寻找孩子的想法也发生了改变。她对超自然力量的信仰开始消退，相反，她再次寄希望于挖掘机和它那沾满淤泥的黄色动臂。与女儿对话的确令人安慰，可是一问到小晴的尸体在哪里，那个能诡异传达小晴具体信息的灵媒纯就变得闪烁其词。“我们很多人都在寻求灵媒和拥有这种能力的人的帮助，”直美说，“我们听到了各种各样不同的故事。但当我们仔细琢磨一下，就觉得一定有人借此赚了很多钱。”

直美开始去小晴以前的教室搜寻。在自卫队待在那儿的几周时间里，学校又变得井然有序，但这种感觉有点特别，甚至令人不安。学校的窗户和门都坏了，但教室都被打扫过，几乎被彻底冲洗了一遍，海啸冲积而成的淤泥都已经缩成一团泥灰。扭曲变形的课本被小心地堆放起来，湿透的化妆游戏道具被收进盒子里——一顶红色假发和一对精灵翅膀。在小晴的储物柜上，平塚小晴这四个字仍然清晰可见，直美把糖果和软饮料放进柜子里，希望能引导女儿回来。教室越干净，她却越伤心。

雄胜町和追波湾之间有一片辽阔的海域，一座半岛如参差不齐的手指插入海中，岛上遍布岩石、松树和海鸥。名振村就在路的尽头，位于山脚下一片紧凑的三角形土地上，村子里大约有 50 户人家。一个混凝土码头庇护着一个小港口，海湾附近到处都是无人居住的石头小岛。一共有 180 人生活在这里，其中大多数已年过七旬。这种人口老化、与世隔绝的地方，在日本有无数个，它们除了粗粝之美，别无他物，不能为年轻人提供任何机会，只有习惯这种生活或辞职出走的人，或是极其热爱钓鱼和大海的人才会待在这里。

这里的水位一度高达 35 米，那是 115 英尺，有 11 层楼那么高，几乎是广播里预报的海啸高度的 4 倍。[1] 不过刚一感觉到地震，一个名叫神山勇一郎的老渔夫就系好渔船，挨家挨户提醒村民躲到山上去。他们从山上看到海水从港口退去，然后一鼓作气涌回来，陆续吞没海堤、公路和街巷，房子被巨浪卷起，在泡沫横飞的浪头翻转。洪水漫过松林，沿着山坡不断上涨，一直朝目瞪口呆的村民涌去。就在距离他们避难的地方只有几英尺的时候，洪水开始缓慢退去。

眼前的景象让神山想起夏季的盂兰盆节，那时人们会点亮纸灯笼，然后放入水中，任它随波逐流，指引亡灵去往遥远的世界。“房子随着海水一道退入大海，”他对我说，“它们排成一排，就像节日的灯笼，全都在海堤上漂浮着。电线杆也一样，电线都还连着。这些电线非常结实，不会断。它们就这样完好无损地被带到海里。我或许不应该这么说，但真的很美。”

名振村什么也没剩下。“看上去就像时光倒流了一样，”神山继续说，“这地方看起来就像回到了无人居住的远古时代。”不过，整个村子只有两人不幸遇难，都是因为在疏散途中跑下山去取忘记拿的珍贵物件。“遇到海啸这样的情况，必须当机立断，”神山解释道，“我们需要有人及时主动带头行动，没时间开什么会。只要有人说：‘快上山！’大家不会有丝毫怀疑或犹豫，都会跟着走。”

海啸过去 5 个月后，在这年的 8 月，这里的渔夫已经买了新渔网和渔船，准备开始重新出海捕鱼。一天清晨，他们注意到距离港口 30 英尺外有一群海鸥骚动不安。那些鸟一边大叫，一边围着什么盘旋，还不时俯冲下去啄什么东西。一个渔夫把船开过去看发生了什么，紧接着就报了警，过了一会儿，三个警察开着巡逻车赶来，跟渔夫一起把水里的东西捞出来。“那是那个季节中最平静的一天，”神山回忆道，“水面十分平静，能见度很好。他们把她带到码头，海鸥一直在头顶上盘旋。我们不应该责怪那些鸟，也不应该去想它们在啄食她的肉。我们应该感谢那些海鸥，正是它们让我们发现了她，才让她有机会再见到爸爸妈妈。她虽然死了，但却受到了大海的保护。”

消息传来时，直美正在母亲位于仙台的家中，后来，她因为自己当时没有待在学校守着挖掘机而产生一种失败感。警察以短信形式通知她：在名振发现了另一些尸体残骸，已初步确认属于一名年龄在20岁到40岁之间的女性，但尸体并不完整。直美给熟识的当地警察局长打电话，询问了更多相关情况。他告诉直美，虽然大部分衣服缺失，但那名身份不明的女性下身穿着一条厚厚的保暖秋裤。裤子是粉色的，上面印着白色心形图案。听到这里，直美立刻反应过来他们找到了小晴。那时，天气预报说3月11日会很冷，而且很可能下雪，直美就给女儿穿上了保暖内衣裤，就在海啸发生前几个小时。

她和丈夫一起来到警察局，亲自检查了一遍衣服。“我一看就知道那是她的，”她对我说，“他们有理由认为那是个大人，因为小晴比同龄人高。但后来他们一遍又一遍地问我：‘你确定吗？你确定这是她的吗？有没有可能是其他人跟她穿了一样的衣服？’我就失去了自信。”

直美要求看一眼尸体残骸。警察不确定地面面相觑。在淤泥里不停挖掘的几个月里，直美已经见过许多尸体，各种不同状态的尸体。她在4月见到了最后一具尸体，那是朋友家12岁的女儿。“她穿着牛仔裤，还系着腰带，”直美回忆道，“她当然不是处于正常状态。她的一部分头发不见了，但仍然可以辨认出是她。所以，我知道会看到什么。我清楚人体在一段时间内的变化情况，也明白他们会变得很难辨认。但是我之所以要求看看小晴，是希望寻求某种……精神上的理解，在看到她的一部分身体时的一种确认——我眼前的是我的女儿。”

“警察不停地问我：‘你确定吗？你没问题吗？’我告诉他们不会有问题。”于是他们把直美带了进去，掀开桌上盖着的一条床单。她看着床单下的人，一动不动地凝视着她。“但那只是一团东西，”她说，“没有胳膊，没有双腿，没有头。这就是我的女儿，我的小姑娘。我不后悔看到她。但我的愿望落空了，我多么希望自己能认出她来。”

几个月来，直美一直期盼确认与重聚的这一刻。死亡本该在她的掌心停留片刻，仿佛一只发出凄厉叫声、不停扇动翅膀的小鸟突然在她的掌心安静下来一般。可事实并非如此。尽管平塚夫妇和警察都确信这就是小晴，但在没有明确鉴定的情况下，他们只能等待DNA检测结果，而这要花几个月的时间。

直美和真一郎离开警察局回到车上，两人心中一片茫然。刚坐进车，直美就突然感到背疼，紧接着双腿也无法动弹。她发现自己动不了了。“以前从没出现过这种情况，”她回忆道，

“所以，我觉得是小晴想让我留在那里。”

当时她对丈夫说：“我想给纯打电话。”灵媒纯很快接了电话。她听完刚刚发生的事情后说：“就是小晴。”用灵媒的话说，直美之所以在停车场全身麻痹无力，是因为警察已经做完该做的事，而且他们确实在第二天就归还了尸体。

2011 年 8 月 11 日，平塚一家将小晴火化。这时距离海啸发生已经过去 153 天。一周后，直美重新回到学校开动挖掘机，她还要寻找永沼琴、铃木巴那、铃木悠斗和竹山唯，小晴这四个同学的尸体仍未找到。

“我们曾经以为是我们在教育孩子，”紫桃佐代美诉说道，“可后来我们才发现，是他们在教育我们这些父母。我们以为孩子是我们之中最弱小的，因此我们保护他们。可原来他们才是家庭的基石，其他一切都是建立在他们的基础上。当他们不在了，我们才第一次意识到这一点。我们以为是自己在照顾他们，其实是孩子在支撑着我们。”

我脑海中不禁浮现出佐代美描绘的惨状：一座石拱桥坍塌，砖石纷纷坠入河中。她继续说：“什么也改变不了这一切。时间过去多久都没用，安慰人的话也没用，心理支持也不起作用，钱也改变不了什么。这些不可能改变任何事。心里总有一个地方是空的，而且永远也无法填满。”

政府向灾难中的幸存者提供了各种各样的帮助——既有实际生活上的支持，也有经济上的援助，但是几乎没有任何正式的心理疏导或精神辅导。邻居、家人和同事，人们平时求助的对象，他们自己都已被海啸摧毁。不过，一种新的共生形式也在这一片废墟中诞生，在支离破碎的村镇和临时住房中，大家因为孤独、悲痛和现实需要而凝聚在一起。在福地村，紫桃佐代美和紫桃隆洋身边就聚集起这么一群坚强而组织有序的朋友。

一天晚上，我在佐代美的邀请下跟他们见面。这些人都是大川小学遇难孩子的家长。他们就是向校长及其同僚提出质疑、喝倒彩的人，也是违反传统礼仪习俗的人——但是他们看上去热情、礼貌、有耐心，完全没有狂妄自大或咄咄逼人的架势。这群人的核心是紫桃夫妇和他们的邻居佐藤桂、佐藤敏郎夫妇，他们的女儿水穗是千圣的玩伴。今野仁美与佐藤和隆也是这个小团体的一员，他们各自的儿子大辅和雄树都上五年级，而且玩得很好。还有第三个佐藤家庭：佐藤友子和佐藤美广，他们在海啸中失去了10岁的儿子健太，那是他们唯一的孩子。这群朋友每隔一周或更长时间见一次，但他们每天都会通过电话、电邮和短信联系。共同的悲伤让他们找到了彼此，但悲痛本身并不是紧密联系他们的纽带。他们悲痛的力量像河堤一样，将满腹心事导向唯一的出口，化作一腔怒火。

我和这些在海啸中失去亲人的人在一起待了好几天，手里总是拿着笔记本，同时在桌上放着数字录音器。我的提问或回答常常让他们伤心落泪。我也曾问我自己：我在这里干什么？

这些人为什么要跟我说话？佐代美和朋友也哭了，但愤怒很快取而代之。谈话无须引导就能自动进行下去，反反复复，一轮又一轮，无休无止。我几乎不需要问任何问题。

今野仁美讲述了自己痛苦的每一天："每天我都想起我的孩子，想象他们还活着的情形。今天或许是其中一个的生日。这个月他们中的一个就要去参加入学考试。在我心里，孩子仍然在长大，但我看不见他们成长的模样。"

佐藤美广则描述了梦碎的现实："只要一想到'如果他还活着，可能在做这做那'，我就感到更加绝望。我们的孩子是我们的梦想，可是现在，梦想再也没法实现了。"

他的妻子友子补充道："拼命想要见到他，却又感觉永远不能再见到他，这种感觉越来越强烈。如果知道他们在什么地方，如果只能见他们一会儿，哪怕一小会儿，我们也知足了。这种渴望见到他、抱着他、抚摸他的念头也越来越强烈。"

说完，大家一阵沉默，不知从何处传来叹息声。接着佐藤和隆继续发言，他 40 多岁，面色苍白，头发极短，看上去很疲惫。他一直坐在桌旁静静地听别人说话，不时点点头。这时他开口说："关键是，他们是怎么死的。"

他说话时很平静，几乎只是在陈述事实，没有流露出愤怒或悲伤的情绪。"我们调查得越多，"佐藤继续说，"知道得也越多，也更明白，这些孩子本来可以得救。海啸是一场大灾难，但只有一所学校的孩子——全国仅有这么一所学校——就这样失去了生命：那就是大川小学。这是一个事实，这个事实只能用失败来解释，学校没能挽救孩子的生命。他们失败了，然而他们没有道歉，没有给出任何合理的解释。海啸造成的损失巨大，我们都深受其害。但除此以外，我们还遭受着失去孩子的折磨。这就是我想说的，一切都是为了这个。他们究竟是怎么死的。”

事情的真相与海啸过程截然相反，没有高潮，没有惊涛骇浪或大地轰鸣。事实一点一滴渗透出来，有些是自然流出，有些则是人们用绞缠的双手挤出来的。一个幸存孩子的只言片语，暴露了那些大人不愿意承认的失败。一份文件揭露出官方说辞的前后矛盾。官方说法本身就摇摆不定。每隔几个月就会有一次新的“情况说明会”，每次开会，石卷市教育委员会的官员就要领教一次家长的愤怒。虽然不太情愿，人们还是怀着恐惧的心情讲述自己的故事。一位名叫池上正树的自由记者坚持不懈地要求信息自由，申请查阅市政文档，并核对其中不一致的地方。

逃过一劫的远藤老师的说辞，乍一看似乎足够清楚可信。学生都撤出了教室，在操场上排好队，老师也清点了人数。然后有几个家长接走了孩子，接着就开始有序疏散。就在疏散途中，海啸袭来。远藤让大家看到老师在紧张有序地组织疏散，一群专业的男人和女人认真按照流程行动，同时他们就这样被一场难以想象的灾难吞噬，既无能为力，也无可指责。然而这种情况如果发生在 15 或 20 分钟甚至 30 分钟内，都可以理解。

可是地震发生在下午2:46，学校的钟最终停在了下午3:37，也就是大水淹没教学楼导致电路中断的时间。这就是大川小学悲剧的关键问题所在：从地震发生到海啸来袭的这段时间内究竟发生了什么？在它最后存在的51分钟里，大川小学究竟发生了什么？

Part 03

第三部分

大川小学发生了什么

海啸完全是另一回事，更加黑暗，更加怪异，更加强悍、暴力，无法用仁慈或残酷、美丽或丑陋来形容，完全是个异类。那就是海洋入侵大陆，大海自己站了起来，喉咙里发出一声咆哮，向你冲过来。

旧世界的最后一小时

11 岁的只野哲也是个健壮结实的男孩，一头短发，一脸和气，就是有点喜欢恶作剧。他家在稻田另一边的一个小村子里，就在更大的村子釜谷村的后面。每天早上，他都会跟 9 岁的妹妹未捺一起，沿着河堤步行 20 分钟去学校。3 月 11 日那天正好是他们的妈妈白江 40 岁生日，当天晚上家里会举行一个小型庆祝仪式。但除此之外，那只不过是一个平凡的周五下午。

那天中午，孩子有的在院子里骑独轮车玩，有的在角落里寻找四叶草。天很冷，刺骨的寒风从河上吹来。哲也和朋友双手插在口袋里背风站成一排，这样寒风就不会吹疼他们的脸。就在马路对面，来自大川中学的家长正在举办毕业派对。紫桃佐代美也在那里，并且感受到了那种令人毛骨悚然的寂静和不安。下午 2:45，大川的校车出现在停车场等着接人，发动机还在转着，几个小学生已经爬了上去。但大多数孩子仍然待在教室里，完成本周最后一点的学校工作。[1]

一分钟后，六年级班响起了“祝你生日快乐”的歌声，他们在给一个叫万野的女孩庆祝生日。唱到一半的时候地震开始了。“震动非常缓慢，从一边传到另一边，”六年级男生佐藤相马回忆道，“但那不是小而快的震动——感觉很强烈。老师在教学楼里跑上跑下，提醒我们：‘抓紧你们的课桌。’”[2]

在图书馆，一个叫铃木新一的男人正等着他的儿子，他儿子在这天早些时候不舒服，此刻正待在医务室里。他看到学校鱼缸里的水剧烈晃动，四溅而出。在哲也班上，五年级的学生正准备放学回家。“地震刚开始，我们所有人都躲到了课桌底下，”他回忆道，“震动越来越强烈，每个人都在惊叫：‘啊！地震好强啊！你还好吗？’地震一停下来，老师立即指挥说：‘跟着我到外面去。’于是我们都戴上安全帽，向教室外走去。”

教学楼的疏散工作十分迅速，堪称典范。几乎就在短短 5 分钟时间里，这群刚刚还蹲在课桌下的孩子就都来到操场，按班级排好队，而且每个孩子都戴上了存放在储物柜里的硬塑料安全帽。两天前他们刚进行了相同的演习。虽然与周三的地震相比，这一次的更加可怕。要过很久，市政当局才会根据幸存者采集资料，编制当天下午的详细事件日志，而且精确到每一分钟。[3] 日志的字里行间透露出人们的情绪，经历过这么一次大地震后，有人激动兴奋，也有人听之任之，还有的如释重负，或是恐惧担忧：

孩子：所有人都坐下来，登记了姓名。低年级的女孩子都在哭，白田老师和今野老师摸着她们的头说："没事的。"一个六年级的男孩说："我想知道家里的游戏机是不是还好。"

孩子：低年级的乱成一团。有的孩子到处乱跑。

孩子：一定有一种"地震病"，因为有年纪小的孩子吐了。

孩子：我的朋友说，他想知道会不会有海啸。

余震不断，年纪较小的孩子也一直惊恐不安。下午 2:51、2:54、2:55 和 2:58 发生了多次强烈余震。早在下午 2:49，主震还在从日本北部和东部向外扩散的时候，气象厅就发出警报：预计将发生 20 英尺高的海啸，日本东北部沿岸的居民都应疏散到地势更高的地方。

当时学校操场上有 11 个大人，包括 6 个班主任、特殊班级的负责人铃木老师、学校护士今野女士、学校秘书川畑女士，还有教务主任远藤纯二。校长柏叶照幸不在的情况下，54 岁的副校长石坂俊哉暂时负责所有事务。正是石坂用电池供电的收音机一遍又一遍地收听海啸警报。操场上等待着的所有人的命运，都取决于他的决定。

即使石坂本人也遇难，还是有很多人无法原谅他。但那些熟悉他的人都深情地怀念他。他在内陆地区长大，智利海啸发生的时候他才 3 岁，对他来说那只是一个故事而已。他是个温和敏感的男人，能与学生建立起深厚的友谊，这种情谊即使在他们长大后也还能持续下去。“他当然不是那种英俊的男人，”一位女士这么对我说，石坂 25 年前曾在内陆另一所学校教过她，“他个子不高，不能说肥胖，但的确有点胖。他总是面带笑容，给我留下深刻印象。他不喝酒也不抽烟，这在那个时代的男人中并不常见。”

她对我说，石坂夏天会带着小学生去户外看星星，认识不同的星座，周末还曾邀请全班所有 30 个孩子到他妈妈家做客。“他把我们送上火车，然后自己开车沿着铁路走，”她回忆道，“他与火车保持平行，还向我们挥手道别。我们都很兴奋！他很重视班级内部团结，希望大家行动一致。在我的学习生涯中，与他一起度过的两年是最难忘也是最重要的。”

然而，大川小学的一些家长表达了不同看法。他们也认为他和蔼、亲切、热情，所有这些都能从他鞠躬时弯腰的角度、鞠躬的频率以及礼貌得体的语言中看出来。可是，即使是在日本这样注重正式礼仪的社会，人们似乎也从这位副校长的行为中读出了不一样的含义，他的彬彬有礼似乎超出了良好礼仪的基本要求，越过了尊重和谄媚之间的界限。

当天下午 3:03、3:06 和 3:12 又传来更多余震。在下午 3:14，气象厅发布最新警报：海啸预计将高达 10 米，即大约 33 英尺。

操场上的老师在樱花树下围成一圈，压低声音讨论着什么。

与日本很多机构一样，大川小学也依照应急手册采取相应行动：学校秘书川畑女士从办公室带出了很多文件，其中肯定有这么一本应急手册。相关部门每年都会重新审核所谓的“教育计划”，这一计划涵盖内容十分广泛，包括道德与伦理原则，运动会、家长会和毕业典礼相关礼仪等。其中一节专门针对紧急情况的应对，包括火灾、洪水和传染病等。这一节中有一张表格，每个家庭必须按要求填好交给老师，填写内容包括父母或监护人和任何有权来学校接走孩子的人的姓名、电话和住址。这些信息本应该每年更新，但是柏叶校长并没有按要求这么做，这就意味着至少在防灾准备方面，这个学校的工作确实有疏漏。

每个学校可以根据实际情况调整教育计划模板。[4] 即使在日本，以火山爆发为例，只有少数学校需要为此做准备，而那些位于内陆的学校也可以放心地省略海啸防灾流程。石坂在柏叶的监督下修改手册，决定保留这一条，但是并没有改变模板中的通用规定：

> 主要疏散地点：学校操场
>
> 发生海啸时的二次疏散地点：学校附近的空地或公园等

这种语焉不详的规定毫无帮助。“公园等”对乡村地区而言毫无意义，这里只有田地和山地，没有什么公园。“空地”倒是有很多，但问题是：哪一片空地？

校车在停车场等候。车上能坐45人，紧急情况下，可以分两次将所有学生和教职工运送到雄胜町山隘的高处。村子的东边有两条路可以上山，其中一条通往位于山顶丛林空地的一座神道教神社。但还有另一个更近也明显更安全的地方。

西北边的河，东边的稻田，以及南边一座高725英尺的林木茂密的无名山，将釜谷村大致围成了一个三角形。山上一些地方坡道很陡，而且灌木丛生，攀爬时危险重重。但还有一条没那么危险的山路，学校里的人也都知道这条路。就在几年前，孩子上科学课的时候走过这条山路，还在路旁种植了一片香菇。即使是年纪最小的孩子也能轻松地沿着这条路上山。5分钟内——也就是他们从教室疏散出来的时间——整个学校的人原本都可以爬到海平面以上数百英尺的地方，逃过任何可能的海啸。

可是，教育计划详细规定了学校生活的各个方面，却没有对紧急情况的疏散地做出明确说明。在一些沿海村庄，老师和孩子都毫不犹豫地沿着陡峭的山路和悬崖上的石阶往高处逃去，远藤纯二教过书的相川村也包括在内。而在大川，副校长石坂只能站在操场上迷惑不解地看着这些文字：学校附近的空地或公园等。

学校似乎并没有遭受严重损坏，可是由于余震不断，大家认为返回教室实在不妥。于是，当时在场的成年人中，作为级别仅次于石坂的老师，远藤纯二肩负起重任，一次又一次在教学楼里冲进冲出，跑腿办事，其他老师则照看着各自的学生，讨论可以做些什么。登记名单显示，有一个三年级的女孩不见了，远藤冲进教学楼寻找，发现她蜷缩在厕所隔间里。很多小孩子都觉得冷，又是远藤返回去帮他们取外套和手套，他还带他们到操场的一个隐蔽角落里方便。由于忙着这些事，他几乎没有时间与其他老师交流。但我们都知道远藤倾向于采取什么行动，以及如果让他来负责会有什么结果。

“副校长全权指挥，班主任则照顾各自班级，”后来他写道，“我到处忙个不停，完全不知道他们在讨论什么。”他想起在检查完落在学校里的人之后，自己曾与石坂进行了一次简短对话：“我问他：‘我们应该做什么？我们要跑到山上去吗？’而他告诉我，在这样的震动下不可能往山上走。”

但是根据幸存的六年级孩子浮津天音的回忆，远藤的干预更加具有戏剧性。她说，之后远藤再次从教学楼出来，大声叫着：“到山上去！上山！跑到山上去！”

今野仁美的儿子大辅和朋友佐藤雄树听到了他的警告，并向六年级班主任佐佐木孝提出请求。

> 我们应该爬到山上去，老师。
>
> 如果我们待在这儿，地面可能会裂开，把我们吞进去。
>
> 如果我们待在这儿，可能会死掉！

天音还记得这两个男孩子开始向香菇地的方向跑去。可是远藤的提议被驳回，男孩子被叫回去，并且不准再说话，他们只能老实地回到班级队伍中。

当时还有两组截然不同的人聚集在学校。一组是学生父母和祖父母，他们或开车或走路来接孩子。另一组则是当地村民——大川小学本身就是官方指定的釜谷村防灾疏散点，但这让事情变得更加复杂。这两组人有着巨大的意见分歧，有时候甚至直接公开冲突起来。

家长基本上都希望尽快把孩子接走。“我一直看到有车开过来，不禁想：‘妈妈会来吗？’”佐藤相马的孪生妹妹深美回忆道，“我很担心。一看到她我就忍不住哭了，妈妈也忍不住哭起来。”[5] 而据我们所知，至少有一个老师——佐佐木孝——积极劝阻家长把孩子接走。“老师说：‘你们待在这儿将会很安全。’”相马还记得，“妈妈则说：‘我们的房子在更高的地方。我们在那儿更安全。’”

教育委员会日志记录如下：

孩子：妈妈来接我，我们跟孝老师说我要回家。他对我们说：“现在回家很危险，最好待在学校。”

家长：我告诉孝老师：“广播里说会有10米高的海啸。”我还说“快跑到山上去！”，并指了指那座山。可他对我说：“冷静，太太。”

村民也对即将到来的危险嗤之以鼻。釜谷村的村长高桥纪雄在这个问题上尤其直言不讳。参与这场讨论的中心人物都已经死了——可是从幸存者的零星回忆来看，有人极力劝说副校长把孩子留在学校操场：

孩子：有些老师说："我们逃到山上去吧。"可是其他老师和村民却说："待在学校更安全。"

家长：副校长征询村民的意见，四五个70多岁的老人说："后面那座山会崩塌吗？我想让孩子爬上去，可是会不会不行呢？"

孩子：副校长说最好跑到山上去，可是有些从釜谷村来的人说："我们待在这里就很好。"他们好像在吵架。

孩子：副校长和釜谷村的村长在吵架。（副校长说）"我们爬到那座山上去吧。"可村长说："海啸不会到那么远的地方，我们去交通岛就可以了。"

"老师都很慌张。"一个家长回忆道。另一个家长则回忆起，虽然天气很冷，但石坂的头发和衣服都被汗浸湿了，贴在头上和身上。不过还有一个家长表示，尽管老师"并不淡定，却也没有惊慌失措"。这种紧张和犹豫不决的气氛让置身其中的人十分困惑。只野哲也和妹妹未捺看到妈妈白江时才松了一口气。"她看起来确实是想和我们一起逃到更高的地方去，"哲也回忆道，"可是所有家长和监护人都站着不动。然后她说：'等一下，我需要回家拿点东西。'于是我只是把书包给了她，然后就待在原地。”

这是一个工作日的下午，釜谷村的上班族都在商店、工厂和办公室工作。大多数来到学校的家长都是全职妈妈和家庭主妇，而大多数提出建议的村民都是上了年纪的退休男性。这是古老对话的又一次再现，它的台词早在数百年前就已写成，这是一场苦苦哀求的女人与被人遗忘的傲慢老人之间的对话。

及川利信 50 多岁，身着白色衬衫、灰色西装，在石卷市政府的地方部门工作。穿过学校附近的大桥来到河北岸，就能看到及川的办公室，地震发生时他正在那里。地震发生后不到 5 分钟，他就收到气象厅发布的第一轮海啸警报，当时预报海啸高度为 20 英尺。政府办公室有备用发电机，但是其他地方的电力都已中断，市政府无法使用广播传达重要通知。地震发生后 15 分钟内，及川和另外 5 个同事就分别坐上 3 辆装有车顶扬声器的汽车，亲自发布警报。

行驶的路上满是裂缝，经过一些路段时，山坡上的泥土和石头还向他们砸下来。他们驶过新北上大桥，穿过釜谷，朝那些最有可能遭受海啸威胁的小村子开去，那些村子就在长面浦附近，离海最近。就在他们驶过釜谷外围的时候，及川注意到，前方 2 英里处水陆相接的地方发生了什么非同寻常的事。

那个田野与沙滩相交的地方叫松原，沿着海滩一线还有一片松林。松林里大约有 2 万棵松树，树龄长达百年。大多数松树的高度都超过60英尺。而现在，及川发现海水已经没过松林，吞噬了它们绿色的树尖，泡沫横飞的巨浪正在摧毁这片林地。“它就像瀑布一样飞流直下，我亲眼所见。迎面有汽车开过来，司机都向我们大叫：‘海啸来了。快跑！快跑！’于是我们立即调转车头，沿原路返回。”

几秒钟之内，他们再次驶过釜谷。这时传来更多余震。但这时整个村子似乎都中了什么魔咒。

及川的同事佐藤对着扬声器大喊：“超级海啸已经到达松原。紧急疏散！大家疏散到更高的地方去！”日本的市政公告一般都以平静的语调传达，但幸存者还记得佐藤大喊时近乎疯狂的样子。“有七八个人站在街上聊天，”及川回忆道，“他们没有注意到我们。我看见一辆巡逻车停在村里的警察岗亭前。但是警察并没有传达警报，他也没有想要逃命。我们还经过了学校。但我们开得很快，没有停留，看不清操场上的情况。但是他们一定也听到了我们的警报。校车就停在那里。”

* * *

釜谷的老人不认为自己生活在海边。

海啸是一种发生在沿海地区的灾害，海滩、港口和渔村这些紧靠大海的地方才会遭灾。而釜谷是个以耕种为主的村庄，与海边完全不同。大川小学和松原海滩之间的直线距离约为2.25英里。在釜谷的房屋和商店的遮挡下，这里的人既听不见也看不见大海。海啸给村民带来了极大冲击，当地一位女士在看到釜谷的建筑物被冲走后，感到无比震惊。“房子全被冲走后我才意识到这一点，”她说，“我之前一直以为我们生活在沿河的内陆地区。可是现在，房子都没了，大海就这么突然出现在眼前。”

北上川就是海啸涌入大陆的门户。而且，河道引导着海水，令其更紧密地聚集在一起，积聚成更大的力量，然后从脆弱的河堤上倾泻而出。

地震发生后，人们在釜谷做着常规性的震后工作：收拾整理。其中就有60多岁的农民永野和一，他住在田野里的一幢大房子里。“我听到了所有警报，”他说，“有一辆装着扬声器的车从市政厅那边开来，上上下下地跑，扬声器里说着：‘超级海啸即将到来，疏散，疏散！’我还听到了警报声，村里每个人一定也都听见了。可是我们没当真。”

永野是在这片土地上居住和耕种的第五代人。像他这样的家庭都还具备祖先的意识，这种意识由个人记忆、历史轶事和当地传说组成：在那个世代相传的经验宝库里，完全没有海啸的记忆。“在那之前，釜谷从没遭受海啸破坏，”永野对我说，“我们知道雄胜町发生过海啸，我们也知道智利的地震，可是它们对我们这个村子没造成任何影响。所以大家认为海啸绝不可能到这儿来，大家觉得很安全。”

代代相传的经验，祖先的保证——这些在血液里涌动的声音盖过了汽车扬声器里传来的尖叫声：“疏散！疏散！”

妻子在前面的大房子里叫他时，永野正在自己的小屋里收拾散落的农具。他就是在那儿看到海啸从600码外的河堤涌过来，摧毁了前面一栋栋建筑物。他拔腿就跑，冲着女儿和孙女大叫。他们四个跳进两辆车里，准备朝大路开去。永野的妻子突然打开车门说："我的包——我忘记拿手提包了。""别！别！"永野大叫，"快坐回车里来。"这时候他们距离上山的路口只有200码。几秒后他们开到路口，身后则变成一片汪洋。

永野从山上回头看稻田里的家和后面的釜谷，发现它们已经被海水吞没。房子瞬间散架，消失在滔滔洪水中。从第一眼看到海啸到现在才过去一分钟左右，他气喘吁吁地朝下看去，他的家，他的地，他的村子，五代人的传承，都毁于一旦。"那就是地狱的样子，"永野形容道，"那就是地狱。我们好像做了一场梦。我们无法相信发生的一切。"

操场上，孩子坐立不安。一种听天由命的厌倦情绪弥漫开来。原本按班级整齐站着的孩子在地上围成一圈坐下来。村民也都坐在从自家带来的地毯和靠垫上。天很冷。大家共用毯子和暖手器，老师从储藏室取出两个不带盖的铁桶用来生火。没人觉察到即将发生些什么，也没人知道灾难很快就会降临。

孩子继续向朋友和老师道别，跟着家长一起离开。课外活动全被取消了，六年级的孩子原计划继续为万野庆祝生日，最后也被迫推迟。"万野就在我旁边，"一个女孩回忆道，"我本来要在篮球训练结束后送她生日礼物。我对她说：‘结果还是没法送你了，对不起。’她只是说：‘没关系。’”[6]

并非所有釜谷人都对警报漠不关心。根据教育委员会的日志，有几个村民就多次要求疏散。在官方记录里，他们只以大写字母形式出现。目前还不清楚他们后来怎么样了：

> 家长：F（村民）边跑边喊："快跑！海啸就要来了。"我不知道是谁说了句："什么？这可真有点吓人，对吧？"
>
> 家长：D告诉我"3:30海啸就会来"，他还指着他的手机对我说："我们只有20分钟了。"
>
> 家长：自行车棚旁边有个男人指着山大声说："海啸来了，爬到高处去吧！"我不知道学校的人是不是听到了他说的话。

下午3:25，及川和他的三辆汽车开过来，扬声器里传出急迫的警报。此时在学校操场上，老师正准备在油桶里生火给孩子取暖。

下午3:30，一个叫高桥和夫的老人逃出了位于河边的家。[7]他也无视了那些警报，直到突然发现海水漫过了家门口的河堤。海水好像从地下冒出来，同时又穿过地面：不断上升的海水把路上的金属井盖顶了起来，淤泥不断从地震造成的路面裂缝中渗出来。高桥开车朝最近的疏散点——学校后面的山——一路狂奔而去。在釜谷的主街上，他看到朋友和熟人都站在那儿聊天。他摇下车窗，朝他们大叫："海啸来了，快跑！"他还看到了表弟夫妻俩，也向他们发出相同警报。可他们只是微笑着朝他挥挥手，完全无视他的催促。

高桥把车停在紧挨着学校的村公所旁。这时另一位高桥先生——强烈反对疏散的村长——正帮忙指挥家长开来的汽车。高桥和夫爬出汽车走上山时，才看到一群孩子匆匆忙忙地离开学校。

其中就有只野哲也。他仍然和班里其他同学一起待在操场上，而他的妈妈白江模糊交代说有事离开后，就再也没回来。副校长石坂已经从操场上消失了一阵。他突然再度出现，还带来一个出人意料的消息。"海啸好像要来了，"他大声说，"快撤。我们快去交通岛。排好队，不要跑。"孩子听话地站起来，列队走出操场。他们按班级顺序离开，高年级孩子先走。可是，有的孩子像平常那样走，有的快步走，还有的干脆跑起来，班级顺序很快被打乱，大家混在了一起。

哲也和好友今野大辅走在队伍前面。交通岛距离学校只有不到400码的距离，就在村外北上大桥和公路的交叉口。但是孩子没有从学校前门走，而是被带着从侧门离开，沿着山脚走进一条与村里的街道相连的窄巷。就是在走到这个路口的时候，哲也看见滚滚黑水沿着前面的主路汹涌奔腾。

这时距离他离开操场还不到一分钟。他耳边响过阵阵咆哮，眼前的滚滚黑水表面泛着白色泡沫。铺天盖地的黑水不是从正前方大海的方向冒出来，而是从左边的河里漫出来，孩子之前就被命令朝那个方向跑。

走在前面的孩子被眼前的波涛汹涌吓得一动不动。包括哲也和大辅在内的一些孩子立即掉头往回跑，而后面的孩子仍继续快速朝主路走着。看到大孩子疯狂地朝反方向猛跑，走在后面的年龄较小的孩子都疑惑不解。

两个男孩跑到了巷子另一头，来到山脚下。他们眼前是林木最茂密、最陡峭的一段山坡，即使在条件最好的时候也很难攀爬。向上爬的过程中，哲也发现大辅掉了下去，他试图把好朋友拉上来，但是没有成功。然后哲也拼命往上爬。攀爬的时候，他回头一看，只见黑乎乎的海啸也在跟着他往上“爬”。海水很快漫过他的脚，他的小腿、臀部，还有后背。“海水撞上来的时候，我感觉到一股巨大的重力，”他回忆道，“就好像有人在用力推我。我没法呼吸，只能挣扎着喘气。”他感觉自己卡在了一块石头和一棵树中间，而海水正没过他。接着他陷入一片黑暗。

海啸之中

经历过海啸的人都会看到、听到和嗅到一丝不同。这很大程度上取决于你身处何处，以及海水要征服怎样的障碍物才能靠近你。有些人将其形容为瀑布，越过海堤和河堤倾泻而下。在另一些人眼里，它就是房屋之间迅速上涨的洪水，一开始看似弱小，只轻巧地抓住你的脚和脚踝，但突然就快速撞击、吞噬你的腿、胸和肩膀。从颜色上看，它一般被描述成褐色、灰色、黑色和白色。人们对它有诸多形容，可就是一点都不像传统的海浪——像葛饰北斋那幅著名的木刻版画里的那种海浪：蓝绿色的海浪卷起优美的弧线，浪头伸出泡沫触角。海啸完全是另一回事，更加黑暗，更加怪异，更加强悍、暴力，无法用仁慈或残酷、美丽或丑陋来形容，完全是个异类。那就是海洋入侵大陆，大海自己站了起来，喉咙里发出一声咆哮，向你冲过来。

它散发出盐水、泥浆和海藻的臭味。最令人不安的，是它撞击、吞噬人类世界时发出的声响：木头、混凝土、金属和瓷砖发出的嘎吱嘎吱的尖利声音。海啸经过一些地方时，上方会升腾起一片神秘的尘埃，就像被拆除的建筑物上方通常都会漂浮的一团粉末状物质。邻近地区、村庄和整个镇子就像被放进了一个巨大压缩机的嘴里，瞬间被压得粉碎。

在山坡上死里逃生后，永野和一与妻子秀子终于可以看到脚下的全景，波涛汹涌的洪水冲出河堤，吞没村庄和田野。"那是由黑水堆起的一座大山，一下子就压下来，毁掉了所有房子，"他描述道，"它就像一个固态的东西，同时还发出奇怪的声音，很难形容。听起来不像大海的声音，更像是大地在咆哮，中间还夹杂着什么东西被压垮的嘎吱声，那是房子倒塌的声音。"

还有另一个更微弱的声音。"那是孩子的声音，"秀子说，"他们在哭喊——'救命！救命！'"高桥和夫此时刚爬到半山腰，"半浮"在安全的地方，他也听见了孩子的声音。"我听到了孩子的声音，"他回忆道，"可是下面洪水泛滥，只听见海浪拍打石头的声音，他们的声音越来越弱。"

在海啸里死去是一种什么感觉？一个人在生命的最后时刻会有些什么想法和感受？每个想起这场灾难的人都会问自己这些问题，这些思绪困扰着他们，就好像昆虫围着火焰打转。有一天，我犹豫地向一个村民提出这个问题。"你真的想知道答案吗？”他问我，“我有个朋友可以回答你。”

他安排了第二天晚上的见面。他的朋友叫今野照天，与及川利信一样，他也在石卷市北上町综合办事处工作。及川是地方官员的榜样，为人安静、耐心、执着，而今野是个想象力丰富、躁动不安的人。孩提时代，他就梦想着离开东北地区，环游世界。他的父母则想方设法打消他的这种念头，还阻止他上大学。今野后来在当地政府谋得一职，并在长大的地方生活至今。2011 年 3 月，他已经是当地发展部门的二把手，“防灾对策”就是他负责的公务之一。

很少有人比他更了解地震及其对北上地区的特殊威胁。“我们当时预测还会有一次大地震，”今野说，“自从 1896 年和 1933 年的地震之后，还没有发生过海啸，因此我们也预料可能有海啸。”北上町综合办事处所在的小村庄位于釜谷村下游 2.5 英里的地方，正好就在河口，毫无疑问将是海啸必经之地。今野和同事竭尽全力确保当地人能渡过难关。

两层楼的综合办事处建筑在距离海平面 15 英尺高的地方，其底层在此基础上又被抬高了 10 英尺。电力和通讯等基础设施都被安装在顶层。墙上还装有数字显示器，记录下地震发生时的烈度[1]。就在去年 8 月，市政厅还组织警察、消防队和地方

[1] 指地震对地面的影响，各地的烈度因与震中距离的不同而有所不同（与震级相对而言，震级只是一个数字，用以测量地震释放的能量）。日本气象厅将地震烈度分为 7 个级别。1 级烈度代表震动微不可感。而如果烈度达到 7 级，人和物会被抛来抛去，还会发生滑坡事故，很多建筑物会被毁坏。

官员一起进行了一次地震和海啸预防演习。

所以当灾难真正降临时，今野能以专业防灾人员的超然冷静态度应对。

“它分三个阶段，”他告诉我，“地震刚开始时，震感很强烈，但很缓慢。我看了看显示器。当时烈度在5级以上，我知道这一阶段差不多就这样了。”地震还在继续的时候，他就打电话告知下属：很快就会发布海啸警报，他很清楚这一点。“可是地震还在继续，”今野继续说，“而且越来越强烈。电脑显示器和成堆的文件从桌子上掉下来。然后到了第三阶段，情况变得更糟糕。”

今野周围响起各种声音，十分嘈杂，他紧紧抓住桌子不放。办公家具在办公室里左摇右晃，互相碰撞，发出嘎吱嘎吱的声音。文件柜里的文件纷纷散落出来。这时他再抬头看墙上显示器——上面只有一条错误信息。然后，震动和恐慌感逐渐缓解，就像心跳渐渐平缓下来一样，石卷市北上町综合办事处的工作人员也立即着手进行指派的任务。

应急发电机此时轰鸣起来，大家从地上抬起翻倒的电视机重新连上电源，海啸警报也从市政系统扬声器中传出来。及川和下属分别被派往那些广播无法传送到的小村子。警察和消防队代表也按照既定计划转移到综合办事处。“一切都有条不紊地进行着，”今野回忆道，“没有人受伤，大家都很镇静，只是办公楼有轻微损坏。我们已经为此演习过。每个人都知道自己的职责，也知道接下来应该做些什么。”

综合办事处很快聚集了57个人，其中有31个是当地人，他们都是从较脆弱的建筑物中疏散出来，到这个坚固安全的现代化小楼里避难来的。他们中间有6个附近小学的孩子，他们的学校就在河北岸，与大川小学遥遥相对。另外还有8个当地日托中心的老人，其中3个老人坐轮椅，还有4个需要被抬上楼。志愿者积极上前提供帮助，把他们安全舒适地送到二楼的避难室。

下午3:14，日本气象厅修正了即将到来的海啸预计高度，将其从20英尺提高到33英尺。可这时备用的发电机出了问题，今野和同事没能收到这条消息。不过，这并没有影响事情的发展。

综合办事处所处位置有一定海拔高度，面朝内陆，背靠北上川，它的正门正对着几座山，山下就是小村庄。从窗户望出去，今野唯一能看到的水流是一条缓缓流动的褐色溪流，与排水沟差不多，最终汇入北上川。“我首先注意到的就是它，”他说，“溪流里的水变成了白色。水流开始剧烈翻腾，泡沫四溅，而且朝着错误的方向流去。接着溪水溢了出来，越来越多的水从后面的河里灌进来，房子都被水围起来了。我看见邮局漂起来，然后翻倒在水里。有些房子被压得粉碎，有些则漂浮在水面上。”这一毁灭过程一直伴随着神秘的噪声。“我从没听过那样的声音，”今野继续说，“一部分是河水奔腾的声音，同时又夹杂着木头弯曲断裂的声音。”短短5分钟之内，整个村子里的 80 幢房子全被连根拔起，大力抛出，沿着水流上下起伏，不时撞上山体。今野的模拟训练和灾害地图从没告诉过他如何应对这样的情况。“办公楼里的人看着下面发生的一切都目瞪口呆，”他说，“太难以置信了。一切好像发生在别的地方一样。但当时我在想：‘啊，这就是了——20 英尺的海啸。’而且我以为一切就将这么结束。”

他从窗户看到黑水正在冲毁下面的停车场。与此同时，整个建筑物都晃动了一下。即使没有亲眼看到，今野也立即明白发生了什么：湍急的水流冲击着建筑的低层部分，在水压作用下，一楼的巨大玻璃窗碎了。

“就像大坝决堤一样，”他说，“桌子、椅子和文件全被冲到了另一头。感觉就像是另一次地震。整座建筑物又开始摇晃起来。天花板上的灯和嵌板都掉了下来。”

洪水汹涌而来，政府官员、警察、消防队员、学生、老人及其护工只能无助地看着这一切发生。今野想起了防灾演习的内容，他让所有人转移到角落的一个房间里，从建筑结构角度来说，那是建筑物最坚固的地方。当他关上房门，又出现另一个巨大危机。他的一个下属跑来汇报新情况：隔壁大会议厅的屋顶被掀飞，砸在了办公楼上。

今野回到办公桌前。事态发展超出预期，几分钟前他还指挥着一支训练有素的队伍，有条不紊地执行反复演练过的合理计划。而现在，他和身边所有人都面临着死亡的威胁。这栋建筑物正承受着趋于极限的压力。一楼已经被大水淹没，现在浪潮正涌向二楼。黢黑的洪流毫不留情地拍打、吞噬着办公桌，今野不得不爬到桌子上。突然又一阵猛烈撞击，他被抛了出去。

外面非常冷，今野感觉到自己在缓慢坠落。他能够看到自己被抛出来的那栋楼的情况，所有窗户都涌出水来。他还看见另一个同事阿部跟他一起被抛出来：戴着眼镜的阿部一脸惊恐的模样印在了他的脑海里。然后，他就跌落进水里。

洪水不断翻腾，波涛汹涌。今野觉得自己“就像被放进了洗衣机里”，洪水紧紧抓住他，让他动弹不得。他感觉有一股力量在往下拽自己，他触碰到了柏油路的表面——那是停车场的地面，现在已成为汪洋的海底。他知道自己的生命就要走向尽头。“人们说的都是真的，你会看到家人的脸、朋友的脸。这是真的——我还记得。出现了所有人的脸。我脑子里出现的最后的声音是：‘我完蛋了——抱歉。’那是一种不同于恐惧的感觉，纯粹是一种悲伤和遗憾。”

就在回顾人生的最后时刻时，今野突然发现自己的脖子能动了，接着是胳膊和腿，他开始边踩水边扑腾，奋力向上冲出水面。

他四处寻找可以抓住的东西。他抓住一根树枝，可是太细太小。他转而抓住一根较粗的木头。浮出水面后，他又看到了阿部，阿部脸上没了眼镜，正抓着一根结实的原木，被水流带着向北冲去，那个方向远离河道，靠近山丘。而今野在洪流中转着圈，朝相反方向流去，那里之前是河道，此刻早已变成一片汪洋。

之前面对死亡都毫不畏惧的今野现在却害怕起来。“就像被卷入旋涡一样，”他回忆道，“我又被拽了下去，想着这次一定是结束了。可不知怎么我又被放了出来，漂在河中央，河水舒缓而平静。”

他抓住一块宽大的木板，那是某幢房子外墙的一部分，比旋转的树枝更牢固。他抓着木板稳稳地向岸边漂去，不远处的山丘在一片汪洋中露出了头。他大概知道被淹没的河堤和公路在什么位置，他想象着自己的双脚踩在浅水处，涉水走向安全地带。可是就在重新燃起希望之际，海啸开始退去，奔腾的水流改变了方向。

今野发现自己又被带回深水中，朝着河口漂去。熟悉的地标一闪而过。他看到办公楼的轮廓——它竟没有倒塌。今野紧紧抓着木板，被退潮带着往下游冲去，穿过裂开的河口，直奔太平洋。

他不知道时间过去了多久。他看不见任何其他活的生命，也听不见他们的声音。整个世界仿佛都被洪水吞没，而他是唯一的幸存者。他的诺亚方舟就是那块约 18 平方英尺的木墙，他时而紧紧抓着它，时而几乎半趴在上面。它救了他的命——如果他抓住的是更小一点的东西，支撑不了多久就会耗尽精力，被抛入水中。虽然他已经越过从河到海的门槛，却仍然在辽阔的追波湾里，他一直能看到陆地。第一次巨大的海啸把他拉回来后，接下来的一波浪头又再次把他拖回河里。

他被带着冲向一段较高河堤的边缘，那下面曾经是一个小停车场，一切似乎又回到了这段坎坷旅途的起点。洪水倾泻而下，仿佛黑色的瀑布，今野漂浮在水面上，在瀑布边缘摇摇欲坠。他很担心随着瀑布急坠而下将使自己失去意识，有那么一瞬间他的确失去了意识。当他恢复意识时，发现自己躺在乱七八糟的瓦砾堆上，身边还有一个红色屋顶，木质的框架结构仍完好无损。他爬上屋顶，这是他从办公室掉进水里后第一次从水里出来。

然而下一刻，他就感觉到刺骨的寒冷，在他看来，接下来的经历才是最可怕的折磨。

“突然起风了，”他回忆道，“狂风卷着雪花。天非常冷。我身上只有一件湿淋淋的衬衫，没有外套，没有鞋。我开始颤抖。我能看见山丘。它们很近，而我又很会游泳。可是我太冷了，我知道自己不可能游过去。我的意识又模糊起来。我开始数数。我想知道海啸改变方向需要多长时间，要花多长时间才能再次把我带到海里。我数到 160——我还记得这个数字，这时，我身下的屋顶开始移动。”

随着屋顶在水中打转，今野再次失去控制。然后，就在他视线逐渐模糊的时候，一个熟悉的地方出现在眼前。那是一个名叫铃木光子的老太太的家，她以前在当地幼儿园当老师，他们已经认识很久了。她家的房子建在山坡上，具有保护作用的山形成了天然屏障。只见她家的一楼已经被淹没，但是高层并没有进水。就在这时，他听见有声音从那里传来：“坚持住！”

那是铃木夫人。她看见了屋顶和趴在上面的人，但没有认出那是谁。屋顶似乎听见了她的呼唤，竟朝着她的房子漂去。它最终停了下来，紧紧地靠着她的前门。

老太太低头看向他。“小照天！”她惊呼道，“你在这里干什么？快爬上来。爬上来！”

“我不能，铃木夫人，”今野答道，“我一点力气也没有。”

“你在说什么呢？没有力气？快起来。”

这时浪花重新涌动，再次把屋顶拉向远离房子的方向。这是今野最后的机会。他强迫自己站起来，可是却陷入一堆掉下来的电线中。“我被它们缠住了，”他说，“我抓住它们，然后从前门游到她家。房子里一片漆黑。铃木夫人在楼上，她打着手电筒，叫着我的名字。我不知道自己是怎么做到的。那段记忆都消失了。但我最终到了楼上。”

当时已是下午 5 点。今野已经在水里挣扎超过两个半小时。他没有被淹死，但现在很可能因为体温过低而冻死。他开始因此变得狂躁不安。铃木夫人后来告诉他，即使是在极度疲惫的情况下，他的行为举止也像个疯子，他拉开她的抽屉和橱柜，把里面的东西扔在地上，疯狂地翻找干衣服。这位老教师耐心安抚他，给他脱掉湿衣服，让他躺在自己的床上，让他重新感到温暖。今野对这一段也没有一点记忆。他只记得自己说过“金手”。“那是铃木夫人的手，”他说，“但那同时也是佛陀的手。它弯曲着，很软，很温暖。那段时间里，我觉得自己看见的不是她。我无法睁开眼，可是我看到了慈祥圆润的佛陀和那双金色的手。”

第二天一早他猛然醒来，因为焦虑而十分激动。透过窗户，他看到洪水已经退去，不顾铃木夫人担忧的恳求，他毅然走向办公楼。他想找到之前一起避难的其他人，那些人都被他带到了安全的房间。从老太太的家到办公楼只有几百码的路程，可他是穿着一双拖鞋在雪地和碎石中行走，所以花了一小时才走到。他爬上一块高地，抬眼望向不远处的办公楼，立即明白最糟糕的情况发生了。

整幢楼的外墙已经开裂。办公楼附近全是尸体，有的半陷在泥沼里，有的挂在栏杆上。最可怕的是，四周一片寂静。“那是一个没有声音的世界，完全没有任何声音，”今野回忆道，“我害怕得不停颤抖。”

办公楼里还有另一个幸存者，他被冲到山上，后来被救到安全的地方。其余所有人都死了——警察、消防员、孩子以及拄着拐杖和坐着轮椅的老人。阿部也死了。今野看到他被冲向山边，他也的确活着爬到了山上，但已筋疲力尽，当天晚上就冻死在了山上。

那么多人都死了，是什么让今野幸免于难呢？是体力还是毅力——或者仅仅是一头扎进水里前幸运地进行了最后一次深呼吸？水中不明物体的撞击让他身上布满黑色瘀伤，但他的脸没事，最严重的伤是三根手指骨折。他立即重返工作岗位，协助安置难民，确认尸体身份，安抚失去亲人的家属。

即使是对没有经历过这场灾难的人来说，这些工作都可怕得让人难以承受。但今野发现，这次经历让自己忽视了精神上所受的折磨，变得无所畏惧。他对生或死都不再心生恐惧。他就像一个从重病中康复的人，拥有了对未来感染的完全免疫力。对于自己何时会消亡——不管现在、不久或遥远的未来——他已毫不关心。

三途川

只野哲也爬到了山上，泥浆模糊了他的双眼，海啸的咆哮声还飘荡在他耳中。各种树枝、杂物压得他无法动弹，他还感觉到有什么蠕动的活物沉沉地压在身上。那是高桥广平，哲也的朋友，也是五年级的学生。一个家用冰箱救了广平的命。当他在水中拼命挣扎的时候，这个冰箱敞着门漂过，他扭动着身体钻了进去，乘着这个冰箱船在水中漂浮，最后被它抛到了同学的背上。“救救我！我在你下面。”哲也哭着说。广平把他拖了出来。两个男孩站在陡坡上向下看去。

哲也脑子里冒出的第一个念头是，自己和朋友都已经死了。他以为底下咆哮的洪水是三途川，相当于希腊神话中的冥界之河——斯提克斯河。善良的人能从桥上安全过河，而那些犯下罪孽的恶人必须在隐藏着恶龙的水流中经受考验。天真无邪的孩子既谈不上有什么罪孽，也不适合用其他道德准则来评价，他们要依靠一个善良的佛陀引导，才能渡过三途川，以保护他们免受魔女和恶魔的伤害。

“我以为自己死了，”哲也回忆道，“死人……三途川，但是，我看到了新北上大桥和交通岛，所以我又想，这可能就是釜谷。”

已经退去的洪水再次涌上山坡。两个男孩颤颤巍巍地继续往山坡上爬。哲也脸上黑乎乎的，青肿一片。他头上戴着的塑料安全帽大小并不合适，在海啸的冲击下，帽子的系带扭曲缠绕在一起，紧紧勒着他的眼睛。他的视力由此好几周都受到影响，此时他只能模糊地看到下面洪水泛滥的情况。

广平的左手手腕骨折，身上也被荆棘刺得遍体鳞伤，但是他的视力没有受影响。他清楚看到了学校和同学的命运，他永远也不会公开谈论这件事。

哲也察觉到广平脸上流露出深深的困意。“必须坚持住，我这么想——那很危险，”哲也继续说，“我不能让他救了我，然后又看着他死在我面前。”可是，他的朋友意识越来越模糊，哲也自己也开始昏昏欲睡，无法集中精神。他的妹妹之前也在学校操场，他那找借口离开的妈妈一定也在下面某个地方。他想到了日本自卫队的士兵：此刻他们一定已经在前来救援的路上。他朝士兵大叫：救命！救命！“可是他们没有来，”哲也还记得这一切，“就在我想着这些事情的时候，广平睡着了。”

及川利信和同事一边大声广播疏散警报，一边撤出釜谷，来到大桥对面的交通岛。然而让他失望的是，仍然有很多车从相反的方向涌进釜谷村，朝着海啸袭来的方向驶去。他们停下车，想要设置一个临时检查点，迫使司机掉头回去。他们刚一停车，洪水就漫过河堤。

“那水就像瀑布一样从我们头上砸下来，”及川说，“我们拼命跑起来，完全没有时间思考。”当时唯一安全的地方就是学校后面那座山另一侧的一个陡坡。短短几秒时间里，其中四个人就跑到了山边，手忙脚乱地向上爬。一个叫佐藤的男人掉进水里，但是很快就被同事使劲拽了出来。而他们的第六个同事菅原秀幸困在车里被大水冲走了，之后再也没有人见到他。

他们在山坡上目睹海啸吞没道路和交通岛——那是副校长石坂选定的疏散地点，如果老师或孩子到了那里，肯定会被30英尺高的海啸摧毁。通过计算海啸穿过松林后经过的距离和时间，及川计算出海啸的速度——超过40英里每小时。海啸裹挟着松树呼啸而来，摧毁力大大增强——相当于60英尺长的大木槌，毫不留情地摧毁一切障碍物。当它们撞上大桥时，树干与桥拱纠缠在一起，将其变成一个临时水坝，引导着海啸激起的水流向下游河堤冲去——也就是直奔釜谷而去。“情况更加糟糕，”及川回忆道，“桥底当然仍有水流。但是树干形成的障碍迫使一些水回流，淹没了村庄和学校。”

河堤的施工质量参差不齐：一些地方的河堤就像小孩子砌

的沙堡一样，水一冲就垮了，堤后的房子就这样完全暴露在洪水猛兽面前，间垣村难逃厄运。“跟我们在一起的佐藤先生就住在间垣，”及川记得很清楚，“他亲眼看着自家房子被冲走。他的父母、女儿和外孙还在房子里。他失去了全家所有人。他忍不住失声大叫：‘我的房子，我的房子！’”

其中一个男人随身携带摄像机，他一度打开了它。这段118秒的视频是唯一记录下大川地区洪水泛滥景象的影像资料。[1]受伤的摄像师举着摄像机，镜头在黑色的河水、大桥绿色的桥拱和间垣之间来回剧烈晃动，而镜头中的小村庄只剩下了一幢房子。突然，镜头朝上拍到树木和天空，应该是摄像机掉落到了干草地上。视频中传来刚才拿着摄像机的男人的声音，听上去像是刚失去什么亲人，只听见他高声问：“学校还好吗？学校怎么样？”

尽管穿着湿透的衣服瑟瑟发抖，佐藤还是跟一个同事一起从另一侧下了山，剩下的三个人则由及川带着继续向上爬，试图寻找更多幸存者。他们在树林中打探，一边搓手取暖一边放声大叫。最后，有一个强有力的声音回应他们，那是老人高桥和夫，他超过那些惊慌逃跑的小学生，跑上了山。

高桥是个暴躁易怒的老人。很多记者上门拜访，想要问他有关海啸的经历，都被他打发走了。他对这些事没兴趣，但他是那天的英雄之一。他在惊涛骇浪中救了六个人的命。

就在他往山上爬的时候，海啸追了上来，但他稳定心神，跑赢了海啸。他听到附近有很多哭喊声，有一个声音就近在耳边。他跑了过去，发现一个女人正试图救一个小女孩，后者被困在漂浮的碎石中间。高桥冒着跌倒的危险下水，把女孩拖了出来。这个女孩叫铃木名奈，是大川小学一年级学生，是海啸中最小的幸存者。高桥沿着山地边缘大步向前，沿路又救了五个人，其中大多数是老人。

他把这些幸存者带到山上的一处空地，大家席地而坐，不停打着寒战。有人掏出一个打火机，大家用竹枝和竹片生起了火。树林中不时传来呼救声，高桥都会循声去救人。与及川的队伍会合后，他们又找到了哲也和广平，把他俩也安置在火堆旁。

总共有14个人聚集在这里。此刻天已经完全黑下来，还下起了雪，异常寒冷。大多数幸存者都穿着湿衣服，一个老人还光着脚。但没人多说什么。他们把结着霜的竹枝扔进火堆，还在火堆旁支起树枝，把湿衣服搭在上面。没有人哭，也没有人情绪激动，但也没有任何相互鼓励，更没有振奋精神的歌声。山上所有人都在想着不在场的人——父母和祖父母，儿女和孙子、孙女，兄弟姐妹和伴侣，他们一定还在下面某个地方。

这群幸存者中有一对60多岁的老夫妻，他们浑身上下已经彻底湿透。只见那个妻子手里紧紧抓着什么东西，及川以为那是个光滑的黑色洋娃娃。突然，他看到那个“洋娃娃”无力地动了动。原来那是一条小狗，它掉进水里时还是白色的，从水里出来时就被臭烘烘的泥浆染成了黑色。“就跟我们身上的衬衫一样，”及川形容道，“在海啸里，所有白的都变成了黑的。”

那个丈夫身上看不见什么伤口，但他的内心显然受到了严重伤害。他已经不会说话，呼吸一直很短促，很吃力。山上的人没有任何专业医疗知识，而他急需治疗。这里离主路只有几百码距离，离入釜谷村也只有不到一英里远。但四周一片漆黑，树林里到处都是障碍，路面也结了冰，十分湿滑。山上的男人和女人都在费尽心思与寒冷做斗争。哪怕是为了帮助一个身负重伤者，大家也根本无法为了救他弃火堆而去，所以他们只是让他躺在火堆旁，试图让他暖和点。大约在凌晨3点，他突然停止了呼吸。

“没人因此心烦意乱，”及川说，“连他的妻子都没有表现出太多悲伤。在那种情况下，在他们死里逃生后，那件事——我是指死亡——就不再令人害怕了。”天空飘着大雪，地上都结了冰。哲也和另外两个孩子在冰冷的地上睡着了。“通常你会阻止他们这样做，”及川继续说，“你不会让一个孩子在那样刺骨的寒冷中睡着。可是，我们就让他们那样睡着了。”

清晨6点左右，太阳升起来了。三个孩子、一条狗和其他十个幸存者动了动身体，陆续从地上站起来。在海啸到达的最高处，有人发现了一个蜜橘和一袋夹心饼干，孩子把它们分着吃了。没人有力气扛动尸体，那位老人就被留在了身后的山坡上。他们下山来到主路上，然后沿路走向入釜谷，附近地区的难民都聚集在那里。他们在那里遇见了另一个幸存者——远藤纯二，唯一活下来的老师，也是一定知道学校到底发生了什么的人。

Part 04

第四部分

看不见的怪物

“孩子被看不见的怪物谋杀了，”紫桃佐代美说，“我们向它发泄愤怒，可是它没有任何反应。它就好像一团黑影，没有人类的温暖。”她继续说，“海啸是个看得见的怪物。可是，看不见的怪物将永远存在。”

我不禁问：“看不见的怪物是什么？”

“我自己也想知道它是什么，”佐代美答道，“它是只注重事物表面的日本人所独有的，隐藏在那些绝不会说对不起的人的骄傲中。”

陷入网中

我在东京的第一个定居点在一个海港小岛上，那个小岛就在太平洋边上，是围垦造田的产物。在那儿还没待够两周，我就遇到了第一次地震。地震发生时我正在睡觉，对于当时发生的一切只有一点非常模糊的印象：突然惊醒，飘忽不定的不安感，一切仿佛一团烟雾般消散。我醒来后并不清楚发生了什么。一种迫切感促使我开灯坐了起来。那一刻，我才深觉自己是一个独在异乡的外国人。

早餐的时候，为我提供借住的那家日本人跟我说了地震的情况。昨晚震动很小，但与以往不同的是，这场来去匆匆的地震只震动了一次：通常地震发生时会持续震动，它的突然结束表示地壳震动不完全，后续会有更多震动。他们说地震经常发生，至少每隔几周就有一次，一些十分明显，还有一些很难与城市经常听见的轰鸣声区分开来，如建筑工程、路过的卡车、震动的地铁。最近一次引发警报的地震发生在6个月前：公寓楼的所有连接处都咯吱作响，天花板上的吊灯疯狂摇晃，邻居惊慌地大喊大叫。当然，终有一天还会发生一场真正的大地震，就像在二战前撼动东京和横滨的那场关东大地震一样，地震引发的大火导致无数人葬身火海。东京地区的地震有规律可循，但下一次大地震迟迟未来。

我了解这些情况。每一个到日本的人在抵达后的几天内就能获得这一信息。关于东京，你了解的第一件事就是，它不会在原地存在太久。

我的朋友会兴致勃勃地谈论这个话题——大家都乐于把这个可怕消息告诉初来乍到的人，一副很享受这种恶趣味的样子。令人震惊的是，他们会以一种兴高采烈的语气谈论这件事，丝毫没有警告之意，或流露出任何恐惧之情。人类大规模死亡，城市被摧毁，这些都是早餐时精彩的谈资，地震并不比一场急剧的阵雨或不合时宜的降雪更牵动人心。

人们普遍认为，在未来几年的某个时候，一场强震将撼动东京，这座城市的大部分地区将被摧毁，地震还将引发火灾和海啸，夺走成千上万人的生命。[1]原因很简单。几百年来，每隔六七十年，关东平原就会遭遇一次毁灭性强震，而东京、横滨和川崎所组成的特大城市圈就在该区域内。最近一次大地震发生在1923年，夺走了14万人的生命。然而地震学家指出，事实并非如此简单——过去东京地区发生的地震起源于不同的断层，拥有不同的重叠发生周期，而且在任何情况下，几百年的样本观察期都太短，不足以推断出一种模式。[2]但是，出于一些微妙的原因，他们也都认同这个结论：大范围的破坏不可避免，而且从地质学角度而言，这场大灾难正一步步逼近。

说到自然灾害，大规模伤亡人数立马会给人一种不真实的感觉。为了正确看待这一问题，我们可以参考两次原子弹爆炸的受害者人数。1945 年 8 月落在广岛的原子弹当时就杀死了 7 万人，当年末，又有 6 万人因受伤和辐射病死去。而在长崎爆炸的原子弹破坏性相对较小，总计约 7.4 万人因此丧生。2004 年，日本政府预测，东京地区可能发生的地震或许将导致 1.3 万人死亡，是广岛原子弹爆炸死亡人数的 1/10。[3]6 年后，日本政府又预计，某个断层发生的震动将引发另外两个断层的地震，并推断，届时全日本将有 2.47 万人因此丧生，是长崎原子弹爆炸死亡人数的 1/3。[4]而在东北地区大地震后，前景更加黯淡，或者说更现实。2012 年，一项最新研究表明，未来可能有一场发源于南海海槽的地震和海啸，届时中南部太平洋沿岸将有约 32.3 万人失去生命，同时还将有约 62.3 万人受伤。[5]

这不是什么怪人或激进分子的猜想，而是日本内阁认真研究的结果。这可是一个非常小心谨慎的政府机构，本能地反对任何危言耸听。它已将日本现存的许多预防和保护措施考虑在内——坚固的建筑和海堤、常规疏散演习。虽然如此，结论还是坦白得令人大惊失色：随时可能发生的南海海槽地震杀死的人，或许比 4 次原子弹爆炸加起来还要多。

每天都生活在这样的阴影下是什么感觉？那些生活在地震威胁下的人都在想些什么？

每隔几天我的脑子里就会反复出现这些问题，有时甚至每隔几小时就出现一次，尤其是当我踏足这座城市新的或不熟悉的区域时。无论是坐在行驶在高架高速公路的汽车里，还是穿过地下购物中心，你都会忍不住问自己——更多是出于好奇而非担心——要是现在发生大地震怎么办？立交桥下的桥墩够结实吗？那个玻璃窗撑得住吗？那座旧楼顶上生锈的大水箱会变成什么样？寻找住所时，这个问题会变得格外重要。问题一：这个公寓是否交通方便、设施齐全、价格合理？问题二：当地面开始震动，它会倒下来把我压死吗？

答案是否定的，几乎所有现代建筑都是如此。2011 年 3 月的那场灾难后，人们对地震的焦虑居然反而因此有所减少。即使是在距离震中最近的大城市仙台，仅由地震导致的破坏竟然都十分轻微。一些窗户有裂缝和破损，车站大厅的天花板部分坍塌。在城市边缘地区，老房子的地基出现塌陷和滑坡，尤其是那些建在山坡上的屋子。可是地震没有引发大火，大型现代建筑物也没有岌岌可危，而且其中大多数都没有遭到明显破坏。

换句话说，在一场由地震引发的灾难中，只有很小一部分受害者是死于地震本身。[6] 其中超过 99% 的受害者，大约 100 人左右，都是淹死的。想要在海啸中活下来，光是躲在坚固的建筑物中是不够的，它还必须足够高。地震发生时，开阔的地方——比如一片整洁的海滩——是最安全的。而面对海啸时，出现在这种地方就是自寻死路。当一种威胁消失，而另一种威胁隐约可见时，人们会重新调整自己的认知，但从结果而言，整体上的安全感并没有发生任何变动。那些在 2011 年 3 月的灾难中幸存下来的人，只不过改变了对地震的想象——大火和直接伤害转换成了溺水身亡的新画面。

我居住和工作的建筑物很坚固，而且地势都比较高。我的家、办公室和孩子的学校或许会摇晃得很厉害，也会受损，甚至变得不适合居住，但它们不太可能倒塌或被淹没。日本的财富和先进技术使其比世界上任何其他地方都能更好地抵御灾难。可是，个人的安全完全取决于灾难发生时身处何处。

一天晚上，我和朋友在东京吃晚饭，饭后朋友便开始讨论如果发生大地震，身处何处最糟糕。有人说是东京的单轨铁路上，那是一条细长的钢筋混凝土铁轨，从机场开出的火车沿着高高在上的铁轨，滑行经过东京南部的各种化工和石油储藏罐。另一个人则设想了被困在地铁里的情形，身陷坍塌破碎的隧道，四周一片漆黑。而我恐惧的，则是横跨宽阔马路的人行天桥，下面通常有六车道高速公路，上面则是高架快速干道。不过就在我们聊天的时候，我开始留意我们所在的餐馆。它位于一栋狭窄破旧建筑的八楼，房间里灯光昏暗。操作台后面，厨师正愉快地向一个平底锅里倒油，锅里突然蹿起一英尺高的火焰。餐馆里的隔墙、门以及我们坐的坐垫都是木头、纸和灯芯草做的。

记者彼得·波帕姆❶曾问："大家都知道自己某天可能会被活活烤死，被毒气毒死，被山体滑坡掩埋，或是被埋在自家屋檐下，可他们为什么没有因此更加苦恼？"[7]在东京，时不时就有人抛弃这座城市，或是失去理智，或是自杀，在世界其他地方，也有人因为相同的理由做着同样的事。可是，没有人因为地震而发疯。为什么没有？当生活中时刻存在这样的不稳定因素时，会对潜意识甚至灵魂有什么影响？

18 岁时，我第一次来到日本。当时我是为了寻求新奇和冒险——我来这里就是为了体验地震这样的刺激。但它们反过来也向我解释了这座城市的一些情况，给我留下深刻印象。当时我不会说日语，在日本也几乎不认识一个人。东京如此巨大，同时又难以理解，与我的孤独产生某种共鸣。于是我离开在海边借宿的日本家庭，在东京市郊找到一个房间容身，并在一所英语口语学校找了份工作。我会在早上通勤的火车上抱着一本

---

❶ 彼得·波帕姆（Peter Popham），英国记者，为《独立报》服务了近 30 年，曾长期居住在日本、印度和意大利，主要著作有《东京：位于世界尽头的城市》和《女人与孔雀：昂山素季的一生》，后者是曾获诺贝尔和平奖的缅甸政治家昂山素季的第一本传记。——编者注

日语教科书学习那些表意文字，晚上则在门口挂着红灯笼的酒吧跟新朋友聚会，其中大多数是像我一样的外国人，大家都来去匆匆，无拘无束。在回家的末班车上，我会与同车的日本女孩互致微笑。那时日本的“泡沫”经济正接近巅峰，东京当时曾短暂地成为历史上最富有的城市。在金钱的作用下，老街区被拆除，取而代之的是钢筋玻璃构建的新世界。我所居住的这座城市光鲜亮丽，令人眼花缭乱，同时又脆弱得如一张薄纸。我兴奋得难以自抑，感觉这座城市真的在颤动，而且随时可能倒塌。了解到这种颤动随时可能成为事实，似乎是件非常自然的事情。

同一时期，波帕姆曾写道：“东京人的生活基调和活力，源于对危险的敏锐意识，绝不是对危险的迟钝反应。[8]他们满足于在一台机器上充当一颗齿轮，而且那是这个世界上正常运转的机器中最为精密的一台，而认识到这台机器正悬在深渊之上，又让这一满足感呈现出一种近乎色情的扭曲。”他最后总结道：“东京是一座自救无望的城市，它在相当深刻的层面上接受了毁灭和死亡，其他城市只有在面对核噩梦时的情绪才能与之相提并论。”

在伊塔洛·卡尔维诺的《看不见的城市》里，忽必烈说：“现在我告诉你，奥塔维亚这座蛛网之城是怎样建成的。”[9]

在两座陡峭的高山之间有一座悬崖，城市就悬在半空里，用绳索、铁链和吊桥与两边的山体相连。你在狭小的木板上走动，战战兢兢唯恐脚步踩空，要么你也可以抓紧大麻绳编织的网桥。你身下是万丈悬崖，只有几片白云飘过，白云下面，才能望到深邃的谷底。

这便是城基：一张网，既当通道，又做支撑。其余的一切，不是在网上，而是在网下吊着：绳梯、吊床、麻袋似的房子、晾衣架、小艇似的凉台、皮水袋、煤气嘴子、淋浴喷头、高架秋千、游戏套圈、高加索道、吊灯、盆栽的下垂植物。

虽然悬在深渊之上，奥塔维亚居民的生活并不比其他城市的更令人不安，他们知道自己的网只能支撑这么多。[1]

地震已成为挥之不去的梦魇。但随着年龄增长，它的意义也有所改变。年轻的时候，一想到东京不可避免的厄运让整座城市充满无常气氛，我就兴奋不已。但那种一切都将崩溃、中心无力支撑的感觉，不过是一种不成熟的想法：在现实中，这种紧张和不安当然不是因城市而生，而是来自我的内心。

“地震”是所有人都要面对的事情，即平庸地死亡的必然性。我们不知道它何时到来，但我们知道它终将到来。我们以周密巧妙的预防措施来避难，但最终不过是白费力气。即使不去想它，它也牵动着我们的思绪，不久之后，它似乎就定义了

---

[1] 译文选自伊塔洛·卡尔维诺《看不见的城市》，张宓译，译林出版社 2006 年版。——译者注

我们的存在。这种死亡最常发生在年长的人身上，但当它也带走年轻人的生命时，我们看到了它最残忍的一面。

“一些人找不到合适的语言来形容，”平塚直美说，“他们只是低声嘟囔‘一定很可怕……’，仅此而已。他们不是没有同情心，只是没有办法表达出来，但我厌烦了一遍又一遍地听相同的话。然后我遇到了一些假装什么都不知道的人，因为对他们来说，忽视它并期盼一切都会过去，会更好过一点。但我不是很想跟那样的人说话。”

她停顿了一下，然后露出一个微笑，就好像刚开了一个私人玩笑。“问题是如果有人没有提到全部的事实，我就会想：‘为什么？’可如果他们全都只是同情，我也不喜欢。我一天天地过着自己的日子，我并不总是哭泣或为自己感到难过。有时候，即使我们正在现场挖掘寻找尸体，也会聊天，也会为了什么事大笑。但紧接着，我们又会因为有人看见我们的笑容而感到不自在。我不应该为这样的事担心，对吗？实在是太难了。”

我们很容易把悲伤想象成一种高尚、纯洁的情感——可以帮助理清琐碎而短暂的思绪，让人看清本质。可悲伤实际上解决不了任何问题，不过是给头脑的一记重击或一场毁灭性的疾病。它加剧了压力和混乱，让人更加焦虑和紧张。它把裂纹胀成裂缝，又把裂缝撑成巨大的鸿沟。

我从海啸幸存者身上看到，每个人的悲伤都不一样，由于每个人的损失不尽相同，悲伤也存在细微的差别。“大家首先问的是，”直美继续说，“你失去孩子了吗，或是你的孩子还活着吗？这个问题立即把人区分开来：孩子还活着的和孩子已经死了的。”大川小学 108 个学生中有 34 个幸免于难，因为有的被家长及时接走，有的奇迹般地从水中逃生。这些还活着的孩子当然也承受着恐惧——生活的村庄被摧毁，失去许多朋友。但在那些失去孩子的人眼中，他们实在是太走运，几乎让人无法忍受。

“一些失去孩子的人几乎无法与那些孩子还活着的人说话，”直美说，“在一定程度上，关系亲近的人之间情况更糟糕。”直美认识的一个妈妈从学校接走了孩子，并把他们带到安全的地方。而她的邻居没有这么做，由此不幸失去了自己的孩子。“于是这个邻居就对她说：‘为什么？你为什么不把我的孩子也接走？’情况当然没有这么简单。学校有规定，不允许这么做。可一旦说出了这样的话，两人的友谊也就完了。”

即使是那些同样失去亲人的人，悲伤程度也各不相同，有人陷入无尽的黑暗，有人则仿佛置身事外。一切都化为一个无情的问题：洪水退去，你还剩下些什么？紫桃佐代美失去了心爱的女儿千圣，但至少两个大一点的孩子、丈夫和其他家人以及她的家还完好无损，但这样说实在有点冷酷得让人难以置信。可是，其他人都十分清楚佐代美的情况，并将之与自己的情况严格区分开来。同样地，直美也失去了三个孩子中的一个，她的家、丈夫和其他家人也都幸存下来。可是，佐代美很快就找到并安葬了千圣的遗体，直美却经历了寻找小晴遗体的漫长痛苦。

更糟糕的还有那些没有失去所有孩子，但失去了整个家的人；甚至还有更可怜的，是那些失去了家和所有家人的人。而且，即使是在最悲惨的受难者中，也还有可怕的区分。以今野仁美为例，她失去了儿子和两个女儿，但很快就找到并火化了他们的尸体。就这一点而言，她比铃木美穗要好得多，后者虽然找到了儿子的尸体，却在海啸过去5年后仍在苦苦寻找女儿巴那。

人们确实可以因灾难而“团结在一起”，把这当作一种安慰是人的本性。但灾难的天平绝不会不偏不倚。海啸过后，人与人之间建立起新的纽带，旧的则变得更牢固。这一过程中出现了无数个非同寻常的人，他们无私奉献，具有自我牺牲精神。我们谨记并赞美这些人，但同时，我们也回避了同样司空见惯的现象：友谊和信任的破裂，邻里反目，亲友交恶。海啸对公路、桥梁和房屋所做的恶行，同样施加在人与人的关系上。在大川，海啸灾区的人都陷入了无休止的争吵和斥责之中，大家都咀嚼着命运的不公和嫉妒所带来的苦涩，不再相亲相爱。

这场灾难之前，平塚直美和紫桃佐代美不过点头之交。海啸过后，她们却开始厌恶彼此。在我认识的大川小学的妈妈中，这两位我最熟悉，而她们对彼此的怨恨几乎溢于言表。有时候我先拜访直美再去佐代美家，有时候则是先去佐代美家后去找直美。这种时候，第二个人脸上常常会挂上淡淡的微笑，以一种刻意表现得随意的语气问起前一个人，周围的气氛会跟着变得更冷。

她们相互反感，是因为她们对灾后彼此从事的工作存在不同看法。当直美坐在挖掘机里，翻遍每一寸泥地时，佐代美则与丈夫以及我那天晚上见过的朋友一起，要求系统调查学校事故的真相。一封封要求调查事实真相的请愿书被送到石卷市市政厅，相关证人也被找了出来，他们的证词也都记录在案。这个团队还召开新闻发布会，要求远藤纯二再次现身，解释他说法中的异样，他们还咨询了律师。

在佐代美看来，这两个不同的任务——挖掘真实存在的淤泥，和疏通官僚系统中的淤泥——相互补充，因此直美的蔑视让她百思不得其解。“寻找真相，迫使官方承担责任，这同时也会迫使他们展开搜索，”她说，“我们接受媒体采访，以此持续施压，这样才不会失去公众关注。我从没有妨碍她获得驾驶挖掘机的资格，我也从来没有批评过她。所以我想知道，为什么像平塚太太这样的人会想让我们按照他们的方式做事。”

但在直美眼中，这个被她称为“福地小组”的所作所为，实际上就是一种妨碍，还制造了社交尴尬。因为他们如此直言不讳，一些局外人认为佐代美和她的朋友是大川小学家长的领袖，代表了所有家长。可是，按照日本的标准，他们毫无顾忌的直率无异于赤裸裸的攻击，激怒和羞辱了很多人。他们在公开会议上批评政府官员，这被认为是不可原谅的无礼行为。他们对教育委员会的谴责，威胁到直美苦心经营的脆弱关系——她的挖掘工作有赖于市政府对挖掘者的同情，在燃油方面的支持以及对继续进行搜寻工作的必要许可。“我也对教育委员会很不满意，”直美告诉我，“但是我们需要他们，我们需要他们的合作，才能做我们必须做的事。”

直美指出，还有其他一些东西把她们与佐代美和活跃的福地家长区分开来：后者很快就找到了自己孩子的尸体——最多只花了几周时间。“一开始，有无找到自己孩子的尸体把大家区分开来，”直美说，“当你找到孩子的尸体，当你举行完葬礼，你自然就会开始考虑下一个问题，为什么会发生这一切？愤怒就随之而来。可是，如果你孩子的尸体还遗失在外，你能想到的只有她的脸，那你脑子里只有一个想法，那就是找到她，找到她。”

直美还说：“问题是，追寻真相的意义是什么？你期望从中得到些什么？那些人说——她指的是佐代美——：‘为什么会发生这样的事情？为什么只有大川小学发生了这样的事，而不是其他学校？’可是，如果你知道了所有的为什么，又能怎么样？他们说：‘这是为了将来，为了其他孩子。我们要从中吸取教训，这样我们的孩子才不会白白死去。’可是，真的就是为了这些吗，还是他们只是在泄愤？知道究竟发生了什么，会好受一点吗？当你手里握着真相时，你又要拿来做些什么呢？”

真相有什么用？

在与失去孩子的家庭沟通过程中，石卷市教育委员会的官员看上去十分平静，保持着一种疏离的礼貌态度。一年之中召开了多次“说明会”，他们在会上总是穿着深色西装，坐成一排，侧头耐心倾听悲痛欲绝的父母讲述。他们还会缓慢地深深鞠躬，并以最正式的语言，表达深切和诚挚的哀悼。但是，大川小学悲剧的处理问题总是笼罩着一层不光彩、不公正的阴云，他们似乎都在拼命抑制某种恐慌，笨拙地掩饰着什么。有时候，这似乎既体现了他们的无能，又像是一个蓄谋已久的阴谋。每隔几周就会出现新的面孔，但依旧面无表情且无能。

早些时候，教育委员会安排了一次对校长柏叶照幸的采访，但采访文字记录中有太多明显解释不通且不可能发生的事情。例如，柏叶声称，灾难过后，他立即在两小时内从位于内陆的家赶到北上川某地，而事实上，这在如此短时间内根本不可能。[1]他还提到自己那天见到了一些人，可他提到的那些人完全不记得当天见过他，而他说自己当天去过的一个地方当时还淹没在水下5英尺处。

同时也有针对幸存孩子的采访。他们经历了可怕的创伤，谁也不知道他们的心理状态究竟如何。但是，在一些采访中，这些孩子身边没有家长陪同，也没有人提前告知他们有采访。当采访者采访年幼的只野哲也时，只是突然出现在他的新学校，完全没有想过提前征询其父亲的同意。

而那些当时在场的家长后来发现，在这些采访的书面总结中，某些细节不知为何被省略了。其中最重要的，是关于佐藤雄树和今野大辅这两个六年级男孩的内容，他们恳求老师让他们往山上逃，但遭到拒绝，最后双双葬身巨浪。好几个幸存孩子讲述了这段经历。而一位名叫加藤茂实的官员在早些时候的一次说明会上向家长提到了这一情况。毫无疑问，这成了他犯下的严重的无心之失——从此，每当被问到这个问题，教育委员会的成员都矢口否认有任何幸存孩子曾对他们说过这件事。“我听到我的孩子在采访时说她的朋友曾说‘让我们逃到山上去吧’，”一位妈妈在说明会上表示，“可是这没有被记录下来。”

记录了部分采访内容的备忘录中的措辞也一样，就好像它们是被剪切粘贴在一起的。采访没有录音，连采访者的名字都没有被提及。当家长要求查看当时的采访文字记录时，均被告知加藤茂实把它们扔了。

在稍后的一次会议中，加藤被逼问那个试图逃到山上去的小男孩的情况。交流过程中，大家发现加藤的上司山田元郎盯着他，同时把手指放在唇上，好像在叫他闭嘴。这个手势可以在会议录像中看到，这个噤声动作山田重复了三次。

然后，还有幸存的老师远藤纯二的问题。

* * *

远藤的证词有各种不实之处，其中最令人困惑的是关于树的回忆。在讲述地震过后发生的种种事情的过程中，他一直反复描述学校后面山坡上的松树被地震和余震震倒一片的景象。他回忆自己被两棵雪松困住，不断上涨的洪水如何冲走这两棵树，让他奇迹般地重获自由。他的叙述生动塑造了一个受惊吓的幸存者形象，从水中死里逃生，蜷缩在山坡上，整座山在树干倾倒的致命声音中颤动。

可山上并没有树木断裂倒下。那场灾难过后几周的时间里，有很多人走进那座山，却没有发现一棵倒下的树。树木拥有柔韧的树干和枝条，能有效化解地震的能量：它们或许会摇晃、弯折，却极少倒下。灾难过后，地上的确横七竖八地躺着很多松树，但它们都是被海啸从海滨森林卷过来的，将其连根拔起的是海啸，而不是地震。

“如果地震强烈到震倒那么多树，所有房子也会因此倒塌，”佐藤和隆表示，“远藤先生是个热爱大自然的人，他应该清楚这一点。”[2]

远藤证词的许多细节从罹难家属的圈子传遍整个村子。第一个站出来斥责他的是汽车修理工千叶正彦，他的房子因为建在离学校较远的山坡上而幸免于难。其他靠近河道的房子都没有逃过海啸的魔爪，海啸刚开始不久，幸存者很快聚集到了他家，其中很多人浑身湿淋淋，还有一些受了伤。其中就有远藤纯二和山田圣南，后者是跟着远藤一起逃出来的小男孩。

这一大一小那天下午晚些时候才到达聚集点。千叶的妻子第一个看见他们——一个穿着西装的男人，一个仍然戴着白色塑料安全帽的男孩，犹犹豫豫地从山上走下来。“穿西装的男人说：‘我只能救一个。’”千叶太太回忆道，“这是他说的第一句话。我想他是在说大川小学的事，但当时我脑子里想的事情太多，并没有仔细听。”

她还记得男孩的鞋袜都湿透了，可远藤的衣服是干的。他的鞋还在脚上，进屋前才脱掉。“他穿着一套暗棕灰色格纹西装，看起来有点旧，是典型的教师装束，”她继续说，“可是他的衣服很干净，而且没有湿。我非常清楚地记得这一点。”[3]

避难者中有一位几乎无法走路的老人。第二天早晨，是远藤背着他走出屋子等车。只有健康的成年人才能做到这一点，没有任何迹象表明远藤受过伤。

后来，千叶夫妇看到这位老师对于那天下午所发生之事的陈述：他是如何被卷入海啸，几乎被淹死；如何丢了鞋，在黑暗中摇摇晃晃地从山坡上走下来；肩膀又如何脱臼。他们感到困惑和震惊。“那个远藤老师满嘴谎话，”千叶正彦说，“他所说的 90% 都是谎话。可是，他为什么要撒谎，我不知道。”

到了 6 月，海啸已经过去 3 个月，远藤写了两封信，一封给校长柏叶，另一封则是给所有失去孩子的家长。[4] 两封信都在家长和教育委员会的某次说明会召开的前一天通过传真发出。而这两封信过了 6 个月才被公之于众，这又是教育委员会做出的一个令人生疑和费解的决定。远藤在信中并没有就之前个人陈述的事实做任何增补，但详细描述了自己的痛苦心境。“记得当时发生的事情实在很可怕，”他写道，“一想到那些我就面色苍白。我写这些的时候双手还在颤抖……我的身体和精神都有点问题。我太自私了，我知道，对不起，但是你们现在能让我一个人静一静吗？电话铃一响我就害怕。”

所有要求与远藤见面的家庭都收到了相同的回复——一封来自他医生的信，表示其正处于创伤后应激障碍的恢复过程，十分痛苦，无法谈论当时发生的事情。人们无法质疑这样的医学诊断。但是，几个月过去，几年过去，人们得到的还是相同的回复。“我觉得这就是个借口，”为这些家庭提供咨询服务的律师吉冈和弘表达了自己的看法，“医生的每一封公开信都像是上一封的副本，他总是说只需要再等 3 个月。但远藤吃的药与治疗失眠的药差不多。”

“远藤先生本人也许不想露面。可是，教育委员会歪曲事实，逃避责任。他们或许找到了他，然后跟他说：‘你就躲在后面，不要说任何事，我们会处理这个问题。’”

石卷市政府的人并非十恶不赦。[5]他们在很多方面都表现英勇。他们是小地方的地方官。理论上他们应该熟悉自然灾害的威胁，可是无论从个人还是专业经验看，他们都没准备好面对如此巨大的灾难和恐惧。他们本人也是受害者：其中很多人亲眼看着自己的家被洪水吞没或冲走，还有一些人失去了亲朋好友。他们同样感到震惊，头脑一片混乱，但是，他们从没有放弃自己的公共责任感，虽然现实障碍重重，他们还是维持政府职能部门正常运转。

灾难过后，通讯、电力和燃料供应都中断了。市政厅本身也被 5 英尺深的洪水淹没，停车场的车辆都无法开动。政府工作人员放弃了泥泞不堪的一楼，打着手电在楼上的办公室办公。这种时候，没人因为无法休息而骚动——市政工作人员被要求 24 小时值班。他们骑着自行车或者徒步，或乘坐橡皮艇，逐步深入受灾地区，首先是被毁的市中心，然后是周边村庄，他们穿过一片片田野，翻过一座座山林。全市有 15 所学校、托儿所和幼儿园被洪水淹没，遭受火灾或其他影响，剩余的则作为疏散中心，安置数万个无家可归的家庭。教育委员会日复一日地收集学校状况和师生安危的信息，并负责给避难者提供食物。

作为个人，他们不辞辛劳，勇于自我牺牲，如果没有他们，本就令人绝望的情况会恶化数倍。可是，当面对自己的失败时，就像大川小学那种，个体的热情和同情心就被集体的本能扼杀——那是一种保护组织免遭外部攻击的本能。面对无可辩驳的指责，个体缩成一团，躲在例行公事和官腔的保护伞下。教育委员会的成员都是当地善良勤勉的男男女女，但现在，他们的面孔从视线中消失了。他们的忠诚是为了更崇高的事业，远比公共责任或个人尊严更崇高——为了保护组织声誉免受进一步损害，最重要的是保护其免受法律制裁。

市政府官员拒绝对遇难者家属的悲痛做出符合人道主义精神的反应，他们的冷漠似乎从一开始就是一种集体性格和领导力的失败。可是，随着时间的流逝，紫桃佐代美、紫桃隆洋和“福地小组”的其他家长开始怀疑，他们这么做别有用心，是为了极力避免承担任何可能的责任。许多官员的话语中充斥着律师式的建议，听起来就像金属一样冷冰冰。他们乐于表达悲伤和哀悼之情，也愿意贬低自己的价值。可一旦要承认个人的疏忽或系统性的制度失败，就没人迈出这一步。

海啸发生后的那个冬天，他们似乎做出了一点牺牲。大川小学校长柏叶照幸向家长提交了一封署名道歉声明。[6] 他在声明中表示，“身为校长的我的粗心大意”导致了“不可挽回的情况发生”。“无论我多么抱歉，”他继续写道，“缺乏正确的应急手册和未能提高员工的危机意识这样的事情都不能被原谅。”两个月后，他提前退休了。

表面上看，这好像是非常重要的让步。但福地小组的家长深谙道歉的细微差别，在他们看来，这封声明意味深长，有逃避责任的意思，而这意思就藏在“粗心大意”这个词里。几个月后，他们在一次说明会上进行了测试，当时柏叶也参加了会议。

已经退休的校长当时就坐在与会家长的前面，佐代美的丈夫紫桃隆洋向他提出质疑。他追问有关学校应急手册的问题，柏叶在道歉声明中承认那份手册不够好。“现在想了想，”紫桃说，“我希望再次听您说明一下，声明中的‘粗心大意’是什么意思。”

“简单来说，”柏叶解释道，“没有彻底检查一下手册就是粗心大意。”

“粗心大意”一词在日语里是“怠慢”（taiman），但紫桃想要得到的，是另一个更有力的词：过失（kashitsu）。

“难道您不认为，”他问，“这种粗心大意相当于过失吗？”

当时在柏叶左边坐着的，是教育委员会副会长宍户健悦。不知是当时房间温度过高，还是身体状况问题，反正不论出于何种原因，当柏叶和紫桃隆洋对话时，宍户先生表现出身体极度不适的样子。他在椅子上坐立不安，不停用擦手巾擦脸和手。而当他们提到“过失”一词时，他向前探了探身子，又缩回去，并且把手放在桌上的一份文件上，似乎指了指什么东西。他几不可察地对柏叶嘟囔了几句，然后又用毛巾擦手和脸，以及脖子后面，同时右耳朵似乎有点发痒，他也顺便挠了挠。

“校长？”一阵沉默过后，紫桃再次开口。

柏叶斜瞥了一眼副会长宍户。“就目前情况而言，”他一边说一边低头看面前的文件，“我个人不这么认为。”

“您不这么认为？”

“虽然我可能忽略了一些事情，但我做了应该做的，所以，我不认为那是过失。我自己不会这么说。”

宍户又开始擦脸。这次很明显可以看出，他这么做不是为了擦汗，而是要遮掩他对柏叶的窃窃私语。

“我们听不清宍户先生对您说的话。”紫桃说。听到自己的名字，宍户突然抬起头来，一脸疑惑又无辜的表情。

“离他远点。”有人喊道。宍户快快地把椅子往左挪了挪。

接着，紫桃的邻居佐藤桂站起来发言。桂在石卷市的一所高中教美术，由于有亲身经历，她知道老师在面对灾难时会做些什么准备工作。“该做的准备工作都没做，”她告诉柏叶，“但作为校长，您至今还是对教育委员会说，您做了该做的工作。如果我们知道是这种情况，就会去学校把孩子接走。如果当时所有人都去学校，就会有更多孩子幸免于难。正是您的‘粗心大意’让那些孩子失去生命。这是过失。过失！您还打算拖多久才承认责任？74 个孩子死了，而您还是不明白。”

宍户再次动了动唇角，对柏叶嘟囔了几句。“真的，”柏叶稍作停顿后说，“对于没能保护好 74 个孩子和 10 位老师的生命，我真的感到十分抱歉。”

“你感觉到了，”桂继续说，“却还没有为此做任何事。你有吗？这是过失，这是过失！”

宍户继续用毛巾擦脸，嘴里也小声嘀咕着什么。

“对于没能挽救74个孩子和10位老师的生命，”柏叶又说，“我道歉。”

“你会承认玩忽职守吗？”

宍户擦了擦嘴，继续小声嘀咕。

“我感到抱歉，”柏叶继续道，“但是……”

佐藤桂几乎尖叫起来：“你会承认是过失吗？”

“我不能做出这样的判断。”

“那谁会做出这样的判断？回答我！”

柏叶看了看宍户，宍户对他说了些什么。

“我感到非常抱歉，”柏叶继续开口说，“但是，我只能说我真的很抱歉，我道歉。”

海啸发生23个月后，石卷市政府宣布成立大川小学事件核查委员会。它由10位知名人士组成，包括律师和大学社会学、心理学与行为学的教授。委员会用了一年时间审查各种文件，进行采访调查。2014年2月，委员会发表了一份200页的调查报告。[7]

市政府向委员会提供了5700万日元（约合39万英镑）的资金支持。[8]委员会所谓的核查任务有十分具体、有限的范围：找出事实真相和原因，但绝不是要明确个人责任。而调查结论是，学生和老师的死亡，既是由于操场疏散工作的延误，也是因为他们最终没有逃离海啸，而是朝着海啸的方向走去。

委员会在报告中还表示，学校、教育委员会和市政府对这样的自然灾害准备不够充分。他们有一张“灾害地图”，用来标识易受海啸袭击的沿海地区，但上面没有釜谷。他们在编写学校应急手册时，没有考虑到海啸的可能性，也没有进行海啸疏散演习。市政府也没有人检查学校的应急准备工作。报告还总结称，学校的老师从心理上无法接受危险迫在眉睫这件事。

委员会表示，如果以上任何一个失误没有发生，这场悲剧本可以避免。“大川小学并不是唯一一个出现这些情况的学校，”报告称，“这样的事故在任何学校都可能发生。”一开始，这似乎是个强有力而又令人不安的结论，是对整个国家的警告。但它的实际作用是淡化任何针对个人的指责或应承担的责任。委员会承认发生了可怕的事情——但它可能发生在任何地方，也可能发生在任何人身上。

这件事最有争议的一些方面被忽视或跳过了，例如让那些想跑到山上去的男孩安静下来。在福地小组的家长看来，委员会的所有结论不过是重复了这两年来已经显而易见的事实，而且代价高昂。他们表示，这次调查的真实目的是想通过委托“独立”专家出具一份不温不火的报告，提出一些温和的批评，平息有关这场悲剧的争论，同时保住有罪之人的事业和名誉。

在大川小学的死亡事件之后，石卷市政府或教育委员会中没有一名雇员因此被解雇、处罚或正式批评。毁坏了幸存孩子采访记录的加藤茂实反而在第二年被提升为石卷市一所小学的校长。[9]

委员会的报告是在2014年2月的最后一周公开的，此时距离海啸发生已过去近3年时间。而就在3月11日周年纪念的前一天，传出一个惊人的消息：23个家庭向仙台地方法院起诉石卷市和宫城县。他们指控政府玩忽职守，要求向每个死去孩子的家庭赔偿1亿日元——约合60万英镑。灾难发生至今已过去2年零364天，马上就要到法律允许提起诉讼的最后期限。这是他们一直以来在秘密策划的行动。

海啸不是水

海啸的威力与许多颗原子弹相当，但最令人印象深刻的，是那些海啸幸存者的行为，它们远比海啸制造的毁灭性景象更令人震惊。短短几小时内，数十万人在学校、村公所、寺庙和神社避难，他们在教室、体育馆、走廊和过道挤作一团，任何可以铺下一床被子的地方都挤满了人。他们十分恐慌，伤心不已，处于极度震惊之中，其中有百岁老人，也有新生儿和其他年龄的人。最初几天，几乎没有什么官方援助。那些逃过一劫的人不得不展开自救，他们也确实凭借无可比拟的纪律和高效做到了这一点。

一切都自然而然地展开，仿佛有一股无形的力量指挥着大家，没有焦躁或慌乱，疏散中心逐渐从混乱趋于有序。大家各自分配好了歇息的地方，临时铺盖逐步到位，食物也开始集中发放。大家迅速安排好人手轮流领取、准备、清洗和烹饪食物。日本人几乎是本能地厌恶任何被认为是混乱、自私或反社会的东西，这让这些事情开展得十分轻松。所有这一切都在幽默和慷慨的气氛中进行，但有时候这种刻意营造的氛围近乎荒谬。

作为一名在东北地区工作的外国记者，我的一个烦恼是不时要谢绝别人馈赠的食物，如糖果、饭团、巧克力饼干、鱼肠，它们来自无家可归的难民，他们自己的食物通常仅够维持数天甚至几小时。这些刚刚失去家园的人会因为没能款待客人而表示歉意，流露出略带哀痛的诚挚之情。虽然从汽油到厕纸，几乎所有东西都长期短缺，但没有人明目张胆地趁乱打劫，也没有商人趁机涨价。我也没见到打架斗殴、大声争吵或意见分歧，而且最值得注意的是，完全没有人自怜自伤。

这种情况下，几乎不可能不从心理角度进行一番比较。我设想，如果同样的场景出现在英格兰而非日本东北部某所学校，数百人生活在体育馆里，彼此几乎头挨着脚地睡觉。如果真到了这种程度，他们可能已经开始互相谋杀。

在海啸过后的最初几周，每一个来到受灾地区的外国人都深受震动，一段本应该是悲痛的经历竟变得鼓舞人心。那里有很多令人恐惧的可怕景象，还有无尽的痛苦，可是恐惧逐渐消弭，几乎完全被人强大的复原力和受害者的尊严所湮没。当时我觉得这是最好的日本，是人性最好的一面，是这个国家让我最喜爱和敬佩的事物之一：大家团结在一起所展现的实际、自发、不可抑制的力量。我不自觉地开始思考历史，回忆那些让日本或多或少遭受全国性打击的历史时刻，那些被称为开创了充满活力的新时代的时刻。

19世纪中期，美国的枪炮强行轰开了这个封建国家的大门。当然还有1945年那场灾难性的战败。这两件事在当时看来，都是无可挽回的耻辱。而这两次重大历史事件之后，日本都经历了数十年的复兴和繁荣之路。到2011年，那种发展扩张和雄心勃勃的乐观主义气氛已经过去20年。自从20世纪90年代初经济泡沫破灭，日本前景一直不甚明朗，始终在失落的繁荣和过于晦暗不明、难以把握的未来之间徘徊。经济发展减缓或停滞不前。日本企业不再承诺终生就业保障。领导日本长达半个世纪的旧执政党在思想和人格上都已一败涂地，取而代之的反对派政治家却缺乏自信、能力不足。因此，不是只有我一个人想知道，这场新灾难是否会演变成一种力量，把日本从政治和经济的困境中解救出来。

许多人转瞬即逝。核反应堆向空气中释放毒素。在任何国家，这样的事件都会引发人们的抗议，激起要求变革的愤怒呼声。时任首相的菅直人则表示："日本人凭借着顽强的意志从二战的废墟中站了起来，努力恢复，成绩惊人，整个国家呈现出欣欣向荣的景象。我毫不怀疑，日本将顺利度过这次危机，必将从灾难的余波中恢复过来，变得比从前更强大，为后世创建一个更加充满活力、更美好的日本。"[1]

但承诺的一切并没有发生，在疏散中心瞥见的重生希望也免不了彻底破灭。

海啸过后的几年时间里，日本发生了各种各样的变化，但结果是让民众因此失去而不是获得力量和信心。其中部分原因是整个东亚地区都变得越来越不安稳——朝鲜的咄咄逼人，还有中国的自信满满。但关键还是在于日本领导层与其所应该代表的民众之间的隔阂越来越大。

菅直人和当时掌权的中间派政治家早在海啸发生前就已一蹶不振。他们是第一个在选举中赢得绝对多数的日本反对党，从执政第一天开始，他们就暴露出经验和判断力不足的问题。2009年，他们赢得了日本有史以来最大的选举胜利，但3年后，他们就遭受史上第四严重的惨败。在充当一段时间的反对派后，自由民主党又恢复活力，重新掌权，而在过去57年中，该党执政时间长达53年。获胜的安倍晋三是二战后日本民族主义倾向最明显的领导人。他支持修改日本“和平宪法”，并且获得了部署军队的新权力。他无视对日本帝国军队暴行的历史记载，前往供奉着二战甲级战犯的靖国神社参拜。尽管日本国民都对福岛事件感到担忧，他仍坚定不移地致力于维持日本的核反应堆。民意调查显示，他针对日本经济发展提出的一系列计划得到广泛支持，但是他对核能的看法、对二战历史的态度，以及由此激起的亚洲近邻的愤怒，让人深感不安。

在这个最需要统一领导的时刻，日本也面临着民主危机。一个政党被认为严重无能，但另一个政党的领导人的意识形态又与大多数人截然不同。许多投票给安倍晋三的人并不喜欢他，也不认同他。但他为人果断坚定，而且拿出了具体计划，在恢复日本的经济福利方面，比其他候选人更有说服力。而反对党的弱点太明显，很多日本人觉得自己别无选择。

即使在政府中，安倍也面临一系列抗议——反对重启核反应堆，反对日本在海外部署兵力的计划，反对阴险的新国家保密法。我追踪了这些示威活动，并与示威者交流，其中令我印象深刻的是，一直听得到对安倍的强烈反对。这不仅仅是因为他狂热的民族主义倾向，他性格中的某种东西也激起了示威者个人深深的厌恶。他们都认为他是大企业和强力核工业的走狗，一个最终可能让日本重返战争的军国主义者。日本人不轻易谩骂他人，甚至面对政治家也是如此。但很多示威口号却称其为法西斯主义者，在一些海报上，安倍还被画上了阿道夫·希特勒式的胡子。

一个上了年纪的示威者告诉我，他经历过二战及其造成的破坏。他还记得东京被燃烧弹狂轰滥炸的情形，他的表哥是一名应召入伍的年轻士兵，死于广岛原子弹爆炸。而现在，他发现自己国家的土地居然再次被放射性沉降物笼罩，还有一个正将民众慢慢带回军国主义旧路的首相。“我感觉历史好像正在倒退，”他表示，“谁能袖手旁观，眼睁睁看着这样的事情发生呢？”

我们站在示威队伍边上交谈时，四周渐渐围满了人。无论是年轻人还是老人，都纷纷点头表示认同。我们身后的大功率扬声器里传出口号声："反对安倍政府！反对战争！"

我问那个老人，如果他反对安倍，那么又更看好谁呢？明智又负责的领导人在哪里？应该让谁来领导日本？

他的脸上先露出困惑的表情，然后略显惊讶，最后面露尴尬。我们周围的抗议者也都沉默地彼此对视一眼，几个人还局促不安地笑了笑。我提到了安倍晋三潜在的继任者——目前的反对党、遭人唾弃的中间党派毫无魅力的党内领导人，然而大家都厌恶地摇头。于是我说，一定有这么一个人存在，可是没人知道这个人是谁。当时我正站在日本政治激情最高涨的一群人中间，他们都讨厌安倍晋三，安倍在他们眼中近乎妖魔鬼怪。但是，他们想不出任何一个人来代替他。

造成这一"民主赤字"的原因是什么？又是什么使得当前政治体系无法催生出生机勃勃的政治局面？这是现代日本的一个谜。

从技术层面来看，日本并没有缺失什么，它具备让一个国家有效运转的所有组件。日本有明确的成文宪法，司法独立，新闻自由。他们有许多不同的政党，选举基本不受胁迫或腐败的影响。然而日本的政治生活却停滞不前，缺乏坚定的信念。在北美洲和欧洲，不乏令人厌恶的无能领导人，但也不乏创造激情和变革力，仿佛一个个充满生机的政治市场。在这样的环境下，那些不受欢迎、没有实效的思想和个人逐渐退出，让位给其他证明了自己更适合某一目标的思想和个人，在这些地方，政治虽然有时候方向错误或转入死胡同，但至少处于持续的变动之中。而日本的情况不是这样，哪怕二战过后70年了，他们仍没有建立起真正具有竞争力的多党制。

海啸摧毁家园后，幸存者迅速行动和组织起来，掌握自己的命运。但他们完全是凭本能这么做的，因为在他们看来，这是自然而然符合道德要求的事情。而他们之所以这么做，还因为对官方援助不抱期望。如果西方国家发生类似灾难，受灾民众会迅速而敏锐地想要知道：政府在哪里？而在2011年的日本，这是一个极少被提到的问题。

当时，对政府期望如此低有一定好处，有助于受灾民众走出困境，刺激其自力更生。可是低期望值会损害民主制度。这一点或许不完全对，毕竟日本的确有很多人兢兢业业地投身于民主建设。但是，在谈及议会政治时，人们的反应则经常是冷漠和厌恶，而且最重要的是令人倍感无力的顺从。人们似乎都在说：我们的领导人很糟糕，可是我们能做些什么呢？日本的政治本身就像一场自然灾害，而日本人就是无助的受害者，它就是超出普通人影响力的普遍不幸，人只能无助地接受和容忍。

世界上1/10的活火山位于日本——事实上日本整个群岛就由大量从海底隆起的火山组成。每年夏末，台风在太平洋西北部肆虐，日本漫长的沿岸地区无一幸免。台风带来的雨水沉积使陡峭山坡上的泥土松动，随山体滑坡滚滚而下的泥土搅浑大江大河。从地质学角度来看，日本的情况简直骇人听闻，它位于两个——不是一个——“三联点”上。所谓三联点，是指地球上三个构造板块相互碰撞和摩擦的交接点。火山、台风、洪水、山体滑坡、地震和海啸应接不暇：这是一个充满自然暴力元素的国家。残酷的自然环境孕育出的品质常常体现在国民特质上，如俄罗斯人笃信黑暗宿命论，美国西部拓荒者坚韧不拔。日本人则崇尚忍耐（nintai）或坚忍（gaman），表现为不同形式的耐力、耐心或毅力。报道这场灾难的外国记者都喜欢用“斯多葛主义”来形容幸存者，但是日式的坚忍并不是一种哲学概念。传统释义无法体现这一概念所包含的被动和自我克制，坚忍在某种程度上似乎与集体缺乏自尊没有什么区别。在那场灾难过后的最初几天里，坚忍就是将混乱不堪的难民团结在一起的那股力量，但也正是这种力量阉割了政治，让日本人觉得个人权力无用，对国家的困境也不用承担个人责任。

在那场将安倍晋三推向政治权力巅峰的选举进行时，我恰好在大川。我遇到的人对选举没有表现出丝毫兴趣，甚至没意识到正在进行选举，好像这是发生在不同次元的事情，那个次元与普通人活动的次元平行，但不可见。

街边贴满了海报，海报上满是竞争党派的口号和候选人的照片。安装着扬声器的面包车在一个个村庄间穿行，大声播放着候选人的名字。在这种情况下，很难不想到及川先生和政府办公室的那些人，他们带着差不多一样的设备驾车驶过相同的路，把海啸即将到来的消息传递出去，而且几乎一样被无视。

“我并不是说他们应该抗议，坚忍或忍耐——这些品质显然在灾后即刻发挥了积极作用，”日本东北地区文化研究专家赤坂宪雄表示，“但是人们的需求、抱怨和不满是多种多样的，他们应该大声说出来——反对国家政府，反对核电站运营商。可是他们没有控诉，他们依靠耐力和耐心把这些事埋在心里。而这不是什么好现象。”

我有时十分好奇，为什么日本人无法得出一个最简单不过的结论：你愿意忍受一定程度的抱怨、争论和混乱，也要向权威发起冲击，同时承担起选举的连带责任吗？哪怕在这一过程中，你需要忍受一些人趁火打劫和牟取暴利，但这种自私自利的行为中又不乏普通人的抗争意愿。

当时，到处都可以听到另一组口号，使用了一个不同的日语单词。加油（Ganbarō）是一个鼓励人们克服困难和挑战的劝勉之词：最直接的翻译是“不屈不挠”“坚持不懈”或“竭尽所能”。当孩子面临考试或运动员参加比赛时，你会对他说加油。在车站和公共建筑上常常可以看到印有“东北加油！”的横幅。它们是号召人团结一致的宣言，往往来自本人未受海啸影响的绝大多数日本人。但作为一种表达同情的方式，它显得有些奇怪，更不用说用来表达哀悼之情。

让刚刚失去家园和亲人的人像马拉松运动员那样坚持到底，真的是一种安慰吗？在我看来，加油这个词背后的意思是说，他们所经历的一切，从长远来看是有好处的，而这削弱了对那些蒙受苦难的人所表达的同情。

* * *

日本东北的人以坚忍著称。数百年来这一品质激励着他们对抗严寒、贫穷和难以预料的收成。我想，也正是这种品质，让他们在日本历史上成为被剥削与被损害的一方——被迫卖女度日，在帝国战争时期把儿子送去当炮灰。人们总是怀旧地谈起东北，把那儿当成“古老日本”的宝库，认为它代表着更缓慢、更温和的乡村生活，一个没有被城市的丑陋、贪婪病毒和商业主义玷污的“乡村社会”。但是，外人眼中的单纯掩盖了深刻的保守主义内核，身处其中的受害者早已将这种根深蒂固的压抑视为理所当然。日本这片古老土地上的人默默忍受着这种压抑，努力生活下去——沉默是十分关键的一个要素。他们十分担心，如果站起来抗争，其他人会如何看待自己。他们拒绝改变和为改变做出的一切努力——在这理想的村庄，冲突是不和谐的，甚至是不道德的，是一种暴力。

这是一个隐秘的世界，我对它只有匆匆一瞥的印象。那些墨守成规的人显然不愿与外人谈起这个话题。那些愿意打破沉默的人的故事让我与这片土地相遇，平塚直美就是这样的人。她的公公把悲伤当成软弱的表现，还有釜谷的那些老人，他们拒绝相信海啸可能会来。其中最健谈的是汽车修理工千叶正彦，灾难发生的那天下午，远藤纯二和其他几十个难民聚在他家。

在接下来的3天里，100多个陌生人来到千叶家的两层小楼里，得到食物、衣服和庇护。他们中有当地人、开车路过的人、当地政府官员、年幼的只野哲也和其他几个幸存的大川小学学生。千叶夫妇用光了储存的食物，还把自己儿孙的衣服都分给来避难的人。后来，许多接受了他们帮助的人，都回来向千叶和他的妻子表示感谢，其中包括大川小学的孩子。远藤纯二却没有来，当地官员也一个都没有来。而在他公开指出远藤说法中的不实之处后，千叶告诉我，他开始感觉到，有某种看不见的力量在反对和责备自己。

出现这种情况毫不意外。“在乡村社会，如果你说出自己的想法，就会受到排斥，”他表示，“人们普遍认为，如果你说得太多，或做了任何有争议的事情，当局就不会关照你。他们不会修你家门前的路，也不会向你提供任何官方福利。人们就是这么想的。我们很幸运——我们的房子和生意都没有受海啸影响，因此不需要他们的帮助。可是周围很多人失去了家人、房子和财产，那些人不会说出自己的想法或批评当地政府。”

情况非常微妙。没有人明确表示愤怒或责备——是千叶夫妇的朋友提醒他们，为了他们自己好，最好保持沉默。事实上，当地11家汽车修理店中，只有包括他家在内的两家没有被海啸摧毁，而在接下来几个月里，千叶发现，当地政府的官方车辆以及政府官员私人汽车的维修事宜基本都交给了他的竞争对手。

“孩子被看不见的怪物谋杀了，”紫桃佐代美说，“我们向它发泄愤怒，可是它没有任何反应。它就好像一团黑影，没有人类的温暖。”她继续说，“海啸是个看得见的怪物。可是，看不见的怪物将永远存在。”[2]

我不禁问：“看不见的怪物是什么？”

“我自己也想知道它是什么，”佐代美答道，“它是只注重事物表面的日本人所独有的，隐藏在那些绝不会说对不起的人的骄傲中。”

当时，我与佐代美和隆洋一起坐在紫桃家的大木屋里。那时已是深夜，我们从黄昏就一直坐在那儿聊天。我把笔记本里的问题都问了一遍。现在，谈话的性质开始发生变化——在特殊性与普遍性、愤怒与悲哀之间曲折摇摆地进行着，其间夹杂着话题的转换、跳跃和沉默。

过去500年来，佐代美一家一直生活在福地这个小村庄。她的一位祖先是武士，从日本最宏伟和势利的城市京都来到遥远的东北部。佐代美十几岁的时候就开始讨厌作为大家族成员的压力，渴望逃离和自由。但她的两个姐姐很快嫁了出去，家里也没有其他兄弟。于是，当佐代美和隆洋结婚时，她的父母合法地将隆洋收为继子，没有男性后代的家庭通常都会这么做。佐代美因此又被拉回那个她曾经反抗的家庭的中心，成为继承人和家族传承的守护者。

北上川的河堤远离城市的繁华，但是，佐代美的祖先在大海、河流、潟湖、田野和森林中有十分丰厚的收成。层层山峦把一个个村庄分隔开来，水流又将它们连接起来。直到现在人们都有一种感觉，水比土地古老，水是迫不得已才放弃对土地的所有权。在几英里外与大海没有明显联系的内陆地区，还能从一些地方的名字中看出一点端倪。大川小学所在的地方被称为“韭菜岛”（Nirajima），靠近福地的地方叫“盐田”（Shioden）。小时候，佐代美曾在稻田中挖出古老的贝壳，那片稻田曾经是汪洋大海。那里唯一的古代遗迹是石碑和神道教神社，而这些通常都在比较高的地方。

“那些稻田以前都是海，”佐代美说，“现在它们又成了海。这就是水——水总是说出真相。对于这一点没什么好争论的。水总是自由地流到它必须去的地方。”

隆洋则说：“人类制造的一切最终都将被自然摧毁。高山与河流都是大自然的产物，它们将继续存在。而人类的一切都会消逝。我们需要重新思考我们给予大自然的尊重。”

后来，隆洋收到来自日本各地团体的演讲邀请，他们都希望了解发生在大川的悲剧。他出于责任感接受了这些邀请，认为自己可能会遇到察觉出这次灾难中有人为因素的人，以及渴望了解要如何避免成为类似灾难受害者的人。“但让我大吃一惊的是，”他说，“他们的意识水平竟然那么低。”隆洋的听众对发生的一切表示同情和礼貌性的恐惧，好像是在通过望远镜反向回看整件事，仿佛那是一件远离自己生活的令人好奇的小事。“在他们看来，那是别人的问题，”他继续说，“他们没有意识到将来还会发生类似的事情，甚至不认为会发生在自己身上。或许，对于核能的利用，他们也有相同看法。这些年来，所有人都在淡化危险，结果就是这种突如其来的可怕局面。大川小学发生的事情也一样，老师对一切都轻描淡写，没有认真对待。”

隆洋 40 多岁，是个硬朗健康的男人。他说话时很平静，从语调中听不出任何强烈的情绪。可是，当他继续说话时，我看到他的手在颤抖。

“现在已经死了那么多人，如果他们不好好把握这次机会，就没法指望他们改变想法或行为。这也是我们要追寻悲剧为何发生的真正原因。如果他们关心这场灾难，却拒绝深入思考，同样的悲剧还会发生。但这就是日本的运转方式，国家政府也无法改变什么。”

无论是在这次谈话，还是在大川进行的其他许多次谈话中，我都不太清楚“他们”究竟是谁。我正要问，隆洋又继续说：“作为这个国家的公民，我对此感到羞愧。我觉得这实在有点难堪，但我不得不说出来，哪怕我为此感到羞愧，说出这个故事，也许我们就能改变目前的情况。”

紫桃一家是受害者，但感到羞耻的也是他们。“他们”就是“我们”，代表所有人。海啸并不是问题所在，日本本身就是个问题。

“我告诉他们，海啸并不仅仅是水，”隆洋有些着急地说，“海啸是能在瞬间杀死你的致命武器。不要把它想成水。海啸首先摧毁的是能阻挡海风的树林。树木被卷走，它们继续摧毁房屋，然后房屋的瓦砾再砸到人。最后，所有的一切都会消失。树木，房屋，瓦砾，人——所有的一切。海啸就是这样发起攻击。它不是水。”

宿命

平塚直美有时候会暗自思考，她还能继续寻找失踪的孩子多久。但她从来没问过自己为什么要这么做。

2011 年 8 月，直美找到女儿小晴的遗骸后，还有 4 个孩子仍然处于失踪状态。7 岁的竹山唯跟姐姐和妈妈一起死在了学校，幸存的爸爸伤心欲绝，但被全职工作困住，无法参与拓展搜寻工作。12 岁的男孩铃木悠斗请了病假，海啸来袭时，他正在家里接受家人的照顾——所以，他是否算学校悲剧的受害者仍存在争议。永沼胜是 7 岁的琴的爸爸，他是所有搜寻人员中最不知疲倦的一个，只要有时间他就独自外出搜寻，不是开着挖掘机就是乘着小船，不停地在大海、潟湖和泥地里寻找儿子。但这些家长中与直美变得最亲近的是美穗，她是 9 岁小女孩铃木巴那的妈妈，而巴那是失踪孩子中唯一的女孩。

美穗与儿子和女儿一起住在长面浦，海啸彻底摧毁了这个地方。她和丈夫义明那天下午都在内陆工作。美穗年迈的公公和婆婆死在了他们一起居住的家中。她的两个孩子都死在了学校，大儿子的遗体在海啸过后8天被找到。美穗和直美几个月来一直在一起找巴那和小晴，一段时间后，她们之间形成了一种姐妹般亲密放松的关系。身为教师的直美在两人中年纪较小，她目标明确，意志坚定，条理清晰，善于文书工作和与官员打交道，她取得了驾驶重型机械的执照，经常开着挖掘机在泥地里挖掘搜寻。美穗性格更温和，没那么果决，她常常拿着毛巾和茶点在旁边等着提供帮助，并随时准备在有需要的时候穿上长靴跋涉进泥地，仔细搜寻挖掘机的大爪子翻出来的东西。2012年，警察搜索潟湖时，在一辆沉没的汽车里找到一对年迈夫妇的尸体，同年晚些时候，又在附近发现一名失踪女性的头颅。可是，自从找到小晴后，就再也没发现大川小学失踪的孩子。每当美穗用颤抖的双手从淤泥里扯出一块块尸骨，结果都是附近一个被毁掉的家禽农场的鸡的残骸。

美穗喜欢画画。这是她与巴那共同的爱好，巴那曾经花费数小时创作典型日本漫画风格的卡通头像，那些卡通人物都长着大大的眼睛和嘴巴，画面上点缀着星星、泪珠和彩虹等。美穗咨询的一个灵媒曾带给她一个令人欣慰的消息：即使是在来世，巴那也仍然忙于绘画。

学校前面的神龛前装饰着三封用毡尖笔写的信，而且都绘有彩色漫画头像。它们都是美穗创作的寄给女儿的信。第一封信已经被阳光晒得有些褪色，上面还有被雨水沾湿的痕迹和泥印。“亲爱的巴那”，信的开头这样写道：

妈妈和爸爸搬去了外公家里住。那里有哥哥和你曾经玩过的很多东西，想起你俩，我总是忍不住哭泣。我以前总是对哥哥和你说“别哭了！”，然而现在妈妈面对任何事都很容易掉眼泪。对不起……

今天，外婆和我又到这里来看你，只想跟你呼吸相同的空气。甚至连这都能让我好过一些。可我还是一直想听到你的声音，看到你的笑容。我想跟你在一起。

第二封信写在一张剪成心形的纸上，没有经受那么多风吹雨打：

亲爱的巴那，

很抱歉我没法找到你。我每天都来，希望能见到你。你一定就在这儿附近。我很抱歉没能找到你，巴那。你也没出现在我们的梦中，爸爸、妈妈、外公和外婆都很伤心。没能为你做任何事，真的很抱歉。对不起。如果我能在梦中见到你，一定会紧紧抱着你。

我第一次看到第三封信的时候，它还很新，应该是当天早上才留下的：

最亲爱、最亲爱的巴那，

你喜欢你的葬礼吗？[1]我们用鲜花摆出了♪和🌈的造型。我希望你和哥哥看到它们会很开心。这是爸爸和妈妈唯一能为你做的事情。

我曾经想过为你的婚礼准备很多礼服，甚至是传统黑色长袖和服，就像以前新娘穿的那样……可是，妈妈和爸爸的梦想现在只能是一个梦了。

巴那，如果你能读到这封信，请一定要回到妈妈和爸爸的身边来。

* * *

失去房子和村子、孩子和公婆后，在长达4年的时间里，美穗都居住在石卷市郊区一个由金属材料搭建的“临时住所”内。那片社区里没人认识她和丈夫义明，也没人问起他们的情况，而这也是他们希望看到的。

任何人面对美穗的情况都难以承受，哪怕是其他失去孩子的妈妈。唯一让美穗感觉没被疏远的，就是直美和她们共同的朋友明美，这两个人都花了好几周的时间寻找女儿。“她们是我唯一能交流的人，”她表示，“明美的女儿在海啸过后第49

---

[1] 与其他没能找到至亲遗体的家庭一样，铃木一家也还是在一座佛教寺庙为女儿举行了葬礼。

天被找到，直美在那之后又过了很久才找到小晴。所以她们理解我的感受。而且她们能够以正常的态度跟我说话——她们像对待正常人一样对待我。而与其他家庭的人交流时，我总免不了注意他们看我的样子和对我的想法——他们总觉得我是最悲惨的那个人。而这只会让我感觉更加糟糕。”

海啸发生的那年美穗 43 岁，义明比她年长 6 岁。他们都没有兄弟或姐妹，分别是两个家庭的唯一继承人。他们现在再要一个孩子的希望十分渺茫，在祖先崇拜的影响下，因为失去孩子而变成孤家寡人这件事让他俩十分痛苦。他们恐惧变老，害怕生病了没人照顾，没有后人为他们自己和他们的父母、祖父母以及早已逝去的其他祖先祈祷，死后无法继续得到关怀和尊敬也让他们精神焦虑。“当我们其中一个死去，谁来照顾另外一个？”美穗问，“谁来安葬我们？我们最亲的亲人只剩堂兄弟姐妹，甚至关系更远的亲戚。我们对未来充满忧虑。每当我想到这些，就有一种窒息的感觉。”

美穗放弃了诊所接待员的工作，寻找巴那成为她生活的中心。她每天都去学校协助直美和永沼胜的挖掘工作。她决心至少要花两年的时间搜寻巴那。在她的内心深处并没有不切实际的幻想，随着时间的流逝，她放弃了找到尸体甚至是不完整残骸的希望——能找到一些骨头、单块骨头，甚至是一块肉或一缕头发都足够了。但是美穗一直在车里放着巴那的一整套衣服，万一，只是以防万一，他们奇迹般地发现她在某个被忽略的地方待着，只是藏了起来，仍然还活着。

然而，2012 年底的时候，她不再去学校了。从情感和经济成本两方面仔细考虑后，她和义明决定在石卷市最大的医院接受生育治疗。为他们实施治疗的，正是 11 年前接生巴那的那个医生，他十分乐观：他表示，美穗的身体状况良好，虽然她已经 40 多岁，但并没有生理原因显示其不能再怀孕。但她不能再每天站在泥地里了，孕育新的生命让寻找失去的生命变得更加困难。另一个消息几乎在同一时间传来：一直承诺将继续搜寻失踪孩子的平塚直美也放弃了搜寻工作。

每过一个月，在淤泥里搜索的现实难度就会增加一点。哪怕是找到一点残骸的机会都不断变得渺小。即使是这样，直美也坚持说如果她决定了，她就将一直搜寻下去。这个决定并不是她自己做出的，也不是她的丈夫或公公做的，而是她那死去的女儿小晴做出的决定。

直美再次与纯亲近起来，这个灵媒此前已证明自己善于传达小晴从另一个世界发出的声音。这两个女人每隔几周就见一次面，还经常通电话、发短信和电子邮件。小晴会通过纯要求妈妈将糖果和零食作为供品，摆放在佛坛上，还鼓励她把更多注意力放在幸存的弟弟妹妹身上。身为中学老师的直美仍然在休产假，她不可避免地迎来重要时刻，选择返回工作岗位还是放弃工作。当她正在考虑这个重要决定时，她强烈地感受到小晴的情绪。

“灵媒告诉我，小晴希望我重新回去工作，”直美说，“她说她一直希望长大后能成为一名老师。所以，她希望我去做她已经不能做的事。灵媒对我说：‘发挥你的才能的方法，不仅仅只是待在家里，或是寻找失踪的孩子，而是到外面去做一些积极的事情。’”

于是，2013年4月，直美重新回到石卷市一所初中的教室。此时距离那场灾难已经过去2年，距离她最后一次工作则已过去3年。她所经历的内心波动不是来自教学的紧张，而是来自她教的孩子。“我班上的学生都是14岁左右，”她说，“换句话说，小晴如果还活着就是跟他们同一个年级。”每次从讲桌旁抬起头来，直美看到的都是跟女儿同龄的孩子，如果当年12岁的她能顺利活到现在的话。

她面临一个问题：如何在学校面对小晴死去的事实？很多人当然都知道发生的事情，那些不知道的人只需要上网搜索一下小晴的名字，就能看到她这些年来接受采访的视频。她不希望人们只关注她失去亲人的事实，可是她也不想逃避这件事。有时候这个问题是间接呈现出来的——比如有女孩子问直美有几个孩子的时候，答案是两个还是三个？直美也想知道答案，但似乎没有一个答案是正确的。“他们都是好孩子，都信任我，”她说，“我不想他们同情我，但是我也不想他们觉得我不信任她们。我感觉她们希望我谈谈这件事，可是我不能。其中一个原因是，我不确定自己会不会哭。”

她把问题留到了学年的最后一周。她带了关于大川小学的书，一共36本，是由失去亲人的妈妈出版的，她给学生每个人发了一本。她向他们讲了小晴的故事以及发生在她身上的悲剧。最后，她请孩子提问。这群15岁的孩子听完后全都愣住了，集体陷入沉默。“但我希望他们明白，”直美说，“我不相信那些不时会听到的话，说什么幸存的孩子必须‘为那些死去的孩子活下去’。我身边有很多人都为幸运地活下来而感到愧疚。我们不希望孩子以这样的方式长大。我告诉他们必须为自己而活。没人应该觉得自己是为了别人而活。”

工作和照顾两个幼子让直美没有什么精力再做任何其他事情。这非常有助于她内心的平静。“教书对我来说是一种治疗，”她表示，“非常坦白地说，我工作得越多，想起小晴的时候就越少。我让自己相信这是一件好事。”

小晴本人也确认了这一点——或者说通过纯传达了这一想法。直美花在灵媒身上的时间越多，就越感激和依赖灵媒安慰的话语以及她所描述的女儿在另一个世界的生活。有一次，直美计划寒假去冲绳度假，她就是在这座温暖的南方岛屿完成了大学学业。她计划去见一些大学同学——纯表示她也要一起去。“她说她一直想去冲绳，”直美告诉我，“她还说小晴希望她去那里安慰在战争中死去的亡灵。”[1] 一个12岁的小女孩提出这样的建议看起来有点让人惊讶，但灵媒解释说，这是人类灵魂进入另一个世界后变化发展的一部分。在她的生命结束后，

[1] 冲绳岛战役，大约25万人丧生，是太平洋战争中最血腥的一场战役。

小晴仍然保留了大部分个性——可爱的少女气质和幽默感。可是现在她进化成了日本人所谓的佛（hotoke-sama）——一个顿悟的灵魂，已经剔除人性的糟粕，进入灵魂向死亡朝圣的最后阶段。[1]“你不会期望从一个六年级孩子口中听到这些日子以来她通过灵媒对我说的事情，”直美对我说，“它们不单纯是个人问题，而是更普遍的问题。不知道为什么她正变得更……纯粹。她越来越接近神或佛陀。她已经不再是一个小孩子。”

纯则做了更进一步的解释。她告诉直美，小晴的死以及随后发生的所有事情并非悲剧，而是命中注定。“这种想法很难表达，也很难让人理解，”她说，“可是，我和丈夫都觉得这些事情是提前安排好的。”

这个女人对直美解释说，人出生时就注定会死亡。不仅如此，每个人的灵魂会选择自己死亡的时间和方式。换句话说，小晴——同时暗指其他死于海啸的人——选择在那天死去。“用灵媒的话说，那就是命运，”直美告诉我，“与那些年老时才死去的人相比，那些孩童时期就死去的人会被提升到一个更高境界。了解这一情况给了我很大安慰。”

在那场灾难中，直美有两个孩子活了下来，房子也完好无损，还找到了女儿并安葬，后来又重返工作岗位，最终与死亡达成和解。人到中年，美穗失去了所有孩子，把自己封闭在金属小屋里。她没法像直美那样重新生活。这两个女人之间的亲密友谊不知不觉间掺杂了怨恨和不信任。

这两个女人都羞于谈论这件事，但美穗似乎是那个主动避开的人。每年春天临近3月纪念日的时候，她就会变得极度沮丧和沉默寡言。这种时候，直美会远远避开。“重新开始工作后很忙碌，”直美说，“但我们时不时还会聊天——一年来一切看起来都很正常。然后突然很难联系上她。有一天，我去到她住的地方，没有提前给她打电话，就这么突然拜访了。她的反应让我觉得她一点也不希望见到我。”

美穗的冷淡让直美十分困惑。她不相信是对失踪孩子的搜寻工作导致了这种情况，毕竟美穗本人也退出了。出现这种情况的原因，与部分人想要追求更困难、更有分歧、更危险的东西有关——他们想知道那天学校究竟发生了什么。

一开始，直美和美穗都被孤立，因而紧密团结在一起，以一种共同的孤独感对抗整个世界。她们蔑视教育委员会那些傲慢的官员，同时也鄙视“福地小组”，在她们眼中，紫桃佐代美等人不过是一群咄咄逼人、自以为是的人。针对失踪孩子的搜寻工作消耗了她们所有的情感、体力和精力。可是，当美穗不再去学校参与搜寻工作，在紧张地进行生育治疗的间隙，她终于有时间思考一些之前从未认真考虑过的事情：她想起了老师是如何让她的孩子丢掉性命的。

“我们找不到巴那，”她说，“所以我们只能找出事实真相。我们不能只是让这成为又一件无人承担责任的事情。我不能接受这种结果。时间过得越久，这种感觉越强烈。”

直美则被自己的矛盾处境撕扯折磨着。“74个孩子失去了生命，”她说，“却没人承担责任。那种感觉，那种愤怒——我们当然有共同的感觉。必须有人为发生的一切负责。”但唯一有能力这么做的是学校的老师和教育委员会的人——直美和丈夫的同事和直接上级。

直美的丈夫真一郎是一名前途光明、雄心勃勃的老师，他无意牺牲自己的事业，为了一场谴责离世同事的运动而挑战自己的上司。“有一段时间我想采取法律行动，”直美说，“可是我的丈夫一直不同意。”

仙台的一名律师曾为失去孩子的家长举行过一次公开会议，这些家长都希望了解更多有关采取法律行动的可能性的信息。美穗参加了会议，并且意外地遇见了直美。这两个女人之间的气氛很冷淡。在美穗看来，这位旧友的现身“没有诚意”。平塚一家显然不会针对其他老师采取任何法律行动。她有点怀疑他们是来刺探会议情况，再向某些人汇报，尽管她并不清楚某些人是谁。

那一年晚些时候，平塚真一郎升任石卷市一所较大学校的副校长，美穗的生育治疗则没有成功。她的医生推测是精神压力和痛苦情绪影响了孕育新生命所必需的激素分泌。

崎岖陡峭的小路

铃木美穗和铃木义明成为与石卷市政府对抗的法律行动的主要人物，这群人直到最后一刻才出人意料地宣布这一行动。对于熟悉西方诉讼模式的人来说，耗费那么长时间才采取行动，实在令人惊讶。如果类似的悲剧发生在欧洲或美国——数十个孩子死亡，这是涉及当局能力的尖锐问题——从一开始就会有大批律师蜂拥而至。可是在日本，人们本能地厌恶采取法律行动，觉得那些这么做的人本身就违反了某种意义深远的不成文法律。

这种行为被视为坚忍的失败，违背了乡村社会的潜规则。人们普遍认为，对于那些提起诉讼的人来说——尤其是那些起诉政府的人——不可避免地要面对令人不快的结果：社会的反对、排斥，甚至是迫害。当被问到这个问题时，人们的回答都含糊其辞，语焉不详，努力想要找出具体的例子。这中间夹杂着一种在背后议论人的不安，那些明知自己没有做错事的人心中则有一种说不清的负罪感。日本为民众编织了一张舒适、温暖、令人麻痹的顺从之网，从网中挣脱出会让人感到不安，网中人被缠住无法脱身，产生一种模糊的纠结情绪，被束缚与被保护的感觉纠缠在一起无法分离，政府几乎无须从外部施加强制措施，因为这种顺从是如此有效地在头脑中内化成了主观意识。

要对内心的窃窃私语充耳不闻，需要有非同寻常的个性。与西方社会相比，日本法院判决的损害赔偿很低——大川的家长为每个死去的孩子要求的赔偿金是 1 亿日元，然而，即使打赢官司，他们能得到半数的赔偿金就很幸运了。吉冈和弘是他们的代理律师，连他都对普通人不愿诉诸法庭表示理解。

“它不是那种显而易见或明确的伤害，”他表示，“但人们能隐约感觉自己受到指责。如果当事人有亲戚在当地政府工作，那个亲戚的日子可能就不太好过。在学校，当事人的儿女会被人指指点点说是闹上法院的人的孩子。网上也会有尖酸刻薄的言论。通常这种感觉很难弄清楚，但这样的人最终都会感觉自己遭到整个社会的排斥。人们通常更愿意待在温暖的床垫上，默默忍受悲伤和愤怒，而不是走上法庭。”

日本的民事司法体系与民主一样，从表面上看无可非议。法官都是独立的，鲜有人听说贿赂和恐吓。但是，这一体系的核心偏向维持现状以及支持它的私人和公共机构。吉冈告诉我，法官被戏称为“比目鱼”——一种生活在海底的鲽鱼，眼睛长在身体顶端，总是不安地向上看。不管怎样，对于一般判决需要做出怎样的判决，并没有明确证据证明阴谋论的存在，也没有什么上峰直接给法官指示，但对于整个社会如何运转和个人利益应置于何地，他们有一种源于动物本能般自然的理解。“如果有人针对某一机构、公司、银行或当地政府提起诉讼，”吉冈说，“在日本，这类机构总是能赢得官司。”

那场灾难过去8个月后，紫桃佐代美和紫桃隆洋才找到他商谈，他们也是第一对向他求助的大川家长。他给了他们两个建议。第一个是尽可能多地召集原告人，以集体形式行动，吸引媒体注意。第二个则是等待时机，同时利用身处市政府的对手无意间提供的法律资源——引发众怒的“情况说明会”。“一旦你提起诉讼，”吉冈说，“与之相关的人就再也不会发表任何意见——他们只会说事情有待法院裁决，以此为借口避而不谈。即使传召他们上庭，每个证人出庭的时间也不会超过一两个小时。但是每次情况说明会都持续三四个小时，而且每次有10名官员出席说明会。”与其匆忙起诉，不如趁市政府官员放松戒备时撬开他们的嘴，并且鼓励媒体报道，悄悄尽可能多地积累“弹药”。

参与诉讼的家庭成员都是家庭主妇、木匠、建筑工人和工厂工人，都没有法庭讯问的专业知识。“很多人认为这些乡巴佬不可能懂盘问，提不出什么尖锐的问题，”吉冈说，“他们将大吃一惊。这些人都是聪明人，完全能够有条理地进行讯问，迫使对方表态。”

吉冈不打算为这些家庭进行参会彩排。“我尽量不干预，”他表示，“有时候情况十分糟糕。人们失去理智——他们大叫‘蠢货！’和‘还我孩子！’，这些话在法律上毫无用处，不过这能让其他人直面他们，听到那些悲痛欲绝的话，看到死去孩子的家长袒露心扉——我很高兴看到他们这样说话，因为这迫使那些官员做出回应。”

“我也试着去思考这场官司究竟是怎么回事。通常，打官司很简单——如果律师赢了，他就完成了他的工作。可是这些家庭是在为他们永远失去了的心爱孩子而斗争。即使他们赢了，也不会停止痛苦。这场官司无关胜负。它的意义在于，搞清楚在这些孩子生命的最后时刻发生了什么以及为什么会发生。”

在日本的司法体系里，没什么能快速进行，直到 2016 年 4 月，才有证人出现，为这场针对石卷市和宫城县的诉讼提供证据。这两年时间里举行了六次听证会，双方律师就法律问题进行辩论，缩小了争论的焦点。原告声称，以大川小学老师为代表的市政一方犯有玩忽职守罪——过失，这也是校长柏叶坚持否认的词——他们没能保护好孩子。这场官司的争议集中在两个问题上。老师能预见海啸的到来吗？如果能，他们能让孩子幸免于难吗？

市政一方坚持认为这两个问题的答案都是否定的。学校离海岸有 2.5 英里的距离，即使是人们记忆中最强的海啸——由 1960 年智利地震引发的海啸——也没有对这片遥远的内陆地区造成任何伤害。学校建筑和附近的村庄模糊了老师对大海的认知，他们完全看不见海浪吞没海边松树林的景象。副校长石坂发现洪水漫过河堤，就立即命令孩子逃跑——但不幸的是，那时候已经太迟，一切都不可避免了。

吉冈反驳了这些论点。学校或许离大海比较远，但是海啸当时是顺着河道上来的，而河距离学校只有 100 码的距离。釜谷村所处的位置几乎与海平面齐平，过去也时常遭受北上川的洪水侵袭。而且，当时有多条疏散路线供石坂选择——至少有三条不同路线通往学校后面那座山上，或者还可以借助等候的校车——所有这些都可以让他们去往比他选择的河边交通岛更高、更安全的地方。我们有很多理由相信，老师不是应该预料到海啸的到来，而是确实预料到了。“如果我们能证明他们预见了海啸的到来，”吉冈对我说，“就能打赢这场官司。”

2016 年 4 月 8 日，仙台地方法院的公众区座无虚席，这一天大川小学前校长柏叶照幸要出庭作证。由于太多民众排队等候入场，法院不得不以抽签的形式分配座位。所有熟悉的面孔都出现在那里。紫桃隆洋、今野一家、铃木一家和幸存学生哲也的爸爸只野英昭，他们都坐在代表律师的后面。在场的还有教育委员会的官员，以及从一开始就报道该事件的当地记者。但法庭上弥漫着情况说明会上从未有过的紧张和拘谨气氛。三位身着黑袍的法官昂首走进法庭，屋子里的人纷纷起立，随后柏叶在证人席上宣读誓言，这一系列举动制造出与众不同的氛围。

“我以良知起誓所述皆为事实，”这位前校长穿着炭灰色西服，略显矮胖，“没有任何遗漏或添加。”

第一个对柏叶提问的是市政方的代表律师，他先陈述了辩护案件的基本情况。柏叶谈到了学校的应急手册，表示其中清楚列出了发生火灾或地震时应采取的措施。他还提到学校会定期举行演习，为可能发生的类似事件做准备，在海啸发生前两天的 2011 年 3 月 9 日，这些准备工作就十分有效，经受住了当天那场强度较弱的地震。柏叶那天在学校，孩子都平静而迅速地疏散到安全地带，老师则满怀信心地履行了应尽职责。大川小学没有费心进行海啸演习，原因很简单：没人有任何理由预料到这样的灾难。无论原告如何坚持，他都表示把上山的路作为疏散路线是完全不现实的。柏叶自己按那些路线爬过那座山，发现它们都很陡峭，危险重重，而且路旁灌木丛生，或是长满竹子。

但这就是辩方的漏洞所在。如果海啸真的不可预计，学校的老师甚至没有想过这件事，那么为什么需要考虑躲避海啸？它比小行星撞击地球或僵尸末日更可怕吗？

吉冈抓住这个矛盾点反复盘问柏叶。他不断向这位前校长施压，让他讲述 3 月 9 日那次前兆地震的细节。那天也发布了海啸警报，但浪高不超过20英寸——对于普通人来说几乎觉察不到，也不可能造成任何破坏。尽管如此，当孩子在操场等待时，学校的三把手远藤纯二还是会认真地到河边察看水位，确认一切正常。

柏叶还被问及当天他与远藤和副校长石坂的一次谈话。关于这次谈话的细节，这位前校长本人不小心说漏了嘴，这是“情况说明会”上披露的最有价值的信息之一。孩子都安全返回学校后，这三个男人在教研室就疏散以及应该从中吸取的教训交流了几分钟。“我们讨论了一下如果海啸袭击大川小学，我们应该做些什么，”柏叶在法庭说，“如果出现那种情况，我们是否能穿越竹林爬上山逃生？考虑到那条路崎岖陡峭，或许没法从那儿逃跑。我们没有就此得出结论。”

法庭上还展示了柏叶自己从学校后面的山上拍的一组照片。照片拍摄的时间是在某个漫长暑假刚开始时，看得出来当天天气十分炎热。照片中，学校的红色屋顶夹杂在村子里一片色彩斑斓、杂乱无章的屋顶之间，远处是闪闪发光的河水和稻田。这显然是从一个角度极佳的斜坡上拍摄的——柏叶坚称那坡道太危险，不适合孩子攀爬，哪怕是为了救他们的命。

“看看这些照片，”吉冈对这位证人说，“第一张和第二张拍摄于2009年7月1日。”

“我记得。”柏叶说。

“你是怎么上去的？”吉冈问他。

“我想我当时是从小棚屋后面穿过竹林爬上去的。”

“你走过的路线——孩子也能爬上去，是吗？”

“我认为会非常危险。”

“你拍那些照片的时候身体状况如何？”

这位前校长停顿了一下说：“我体重11英石[1]，身高5.1英尺。”

法庭将这一信息记录下来，同时被记录下来的，还有这位站在证人席上的矮胖男人的形象。

“对比你的身高和体重，”律师问，“一个孩子不是会比你更容易爬上去？”

事实上，学校已经预料到这种灾难发生的可能性，最明显的证据就是应急手册本身。

早期版本的应急手册对基础模板进行了修改，删除了所有与海啸有关的内容，原因是它们与大川小学无关。但从2007年开始，应急手册中又恢复了这些内容。而完成这一任务的老师正是副校长石坂俊哉。

之前手册中这部分的标题是“发生地震的情况”，后来改成了“发生地震（海啸）的情况”。在所需采取的行动列表里，“收集信息”一项变成了“收集信息（也与海啸相关）”。石坂还在地震疏散时老师应勾选的任务列表中增加了一个新指令：“确认发生海啸，并将学生带往二次疏散地点。”手册中也添加了二次疏散地点，不过措辞与模板一模一样：“发生海啸时的

[1] 1英石相当于6.4公斤。——编者注

二次疏散地点：学校附近的空地或公园等。”

庭上就应急手册展开讨论时，站在证人席上的柏叶的不安明显达到顶峰。一开始他完全想不起来为什么要修订手册。吉冈提醒他：教育委员会曾召集校长开会，要求他们检查应急流程。修订应急手册似乎不可避免。手册之前并没有提到海啸，经过修改后才有为海啸做准备的内容。为什么？因为存在发生海啸的风险。吉冈对柏叶步步紧逼，每个问题都不放过，而柏叶每回答一个问题，就要在律师的逼迫下挣扎一番。吉冈一度愤怒地提醒他做伪证的风险。

“是什么促使学校做出这些修订？”这位律师问。

“是副校长石坂把它们加了进去，”柏叶答道，“所以我不知道。”

“你担任该校校长期间，应急手册有三处内容添加。”

“也许，我认为这是对海啸的认识在逐步增加。”

“于是，你从校长会议回来后就告诉石坂要这么做。”

“我根本没想过海啸会袭击这所学校，”柏叶说，“我只是觉得，把这些话加进去就好了。”

“但是，如果你认为海啸绝不会来，为什么又要特地把这些话加进去？”

“我们被告知要把‘海啸’加进去，于是我们照做了。”

“但是，你为什么支持把这些话加进去？”

“我觉得……这样比较好。”

法庭上的气氛紧张而严肃。死去孩子的家长座席那边好几次传来压抑的哭泣声。但当他们听到前校长说，他们的孩子在海啸中得到的保护，不过是写在纸上的几句话时，家长突然爆发出苦涩而难以置信的笑声。

记忆空白

只野哲也有时候想长大了当一名警察，有时候又想当消防员。他喜欢柔道和游泳，但妈妈常常催促着他去写作业。换句话说，他就是一个常见的爱玩的 11 岁男孩。但在我见过的所有人中，哲也是最爱大川小学并对学校最有热情的，他的这种热情近于激情。

其他人都强调这所学校再寻常不过，似乎这种平凡放大了悲剧的残酷性。但在哲也眼中，大川小学是个神奇的地方，并不是他喜爱和尊敬的学生和老师有多了不起，而是学校本身实在有点奇异。大多数日本学校的校舍屋顶都是平的，就像一个个立方体，只是大小各不相同。大川小学则是一位充满抱负和想象力的建筑师的作品。学校的主建筑并不是一个棱角分明的方块，而是一个弧形，顺着弧形外沿又建有一座十二面亭子式配楼。哲也谈起孩子骑着独轮车在内院玩耍的情形，[1]还有他们一起给鼓胀的锦鲤投喂昆虫的趣事。学校前面种植着很多樱花树，每年4月吐露出粉红色的芬芳。在学校的一面外墙上，有学生画的来自世界各国的小朋友，全都身着各自国家的民族服装。哲也还回忆了从楼上教室看到的稻田与河流的景象，以及建筑材料各种元素的变化。“天气好的时候，”他说，“屋顶是红色的。下雨的时候，又变成紫色和蓝色混合而成的深蓝色。整座楼看起来十分奇妙。”

2011年3月11日之前，哲也一直和家人住在紧挨釜谷后面的小村庄谷地中。他的爸爸只野英昭在石卷市的造纸厂工作。海啸发生时，他逃到市中心的一座山上，躲过一劫。洪水退去后，他借了一辆自行车，骑到内陆那个收留大川难民的大型体育中心。英昭在那里才得知学校和村子发生的悲剧。英昭几乎是孤身一人与一群绝望的家长待在一起，但也就是在那里，他找到了自己的儿子哲也，虽然孩子身上伤痕累累，一只眼睛上还罩着眼罩——但还活着。

只野是当地志愿者消防队队长，自然灾害发生时，会作为专业消防队的辅助人员参与行动。在釜谷，出于同情，人们一致默认，大川小学孩子的爸爸本可以不履行这项任务，可他还是带着队员参与搜救行动，把一具具尸体从淤泥里挖出来。海啸过后5天发现了妻子白江的尸体，8天后找到了他父亲的尸

[1] 独轮车和木制高跷是日本小学的特色，目的在于培养孩子的平衡能力。

体，紧接着第二天又找到了他 9 岁的女儿未捺的尸体。

父子两人离开体育中心，暂时搬到英昭的姐姐家生活，后来他们在石卷市郊区安了家。他们常常回到曾经生活过的地方看一看。家里剩下的所有东西——釜谷所有房子剩下的所有东西——只有混凝土浇灌的基座轮廓。连海啸过后原本还剩下外壳的诊所，也迅速被推土机推平。只剩下学校还留在那里，告诉所有人这儿曾经有一个村庄——虽然校舍没了窗户，四分五裂，露出原始模样，但仍然辨认得出来。

然而就在这堆废墟上，人们完成了一项非凡的壮举。海啸过后不久，士兵和灾后恢复的工作人员就把掉落在校舍上的树木、汽车和破房子的瓦砾清理干净，但整个救灾工作并没有就此结束。学校校舍及物品都被涌入的洪水弄脏或冲走，人们小心地筛选和复原，仿佛在等待孩子和老师回来使用。那安装着金属桌脚的小课桌都被排成一排。同时被整理好的还有一台缝纫机、算盘、一台录音机和一个指针停在 3:37 的挂钟。每间教室外面仍然有一排挂钩，每个都标着学生的名字，他们曾经把外套挂在这里。

哲也重访学校的时候，内心感到十分安慰。巨变发生在一夕之间，曾经的生活——他的妈妈、妹妹、祖父和同学的生活——还是如虚幻的梦境一般不时在他的脑海中浮现。学校恢复后的模样让他确信自己和他们都曾在这里生活过。记忆永远留在了学校的墙上和教室里。哲也在废弃的教室间漫无目的地走动时，发现了一本写着妹妹未捺名字的字典，他认出了妹妹那幼稚的笔迹。

后来有一天，父亲告诉他，市政府很快会对学校现存建筑的未来做出决定。最后协商一致的结果是拆除现存建筑，然后推平整个原址。大川小学的一切都将从这个世界上彻底消失。

在整个东北海岸，海啸中的幸存者都在思考该如何处置留下来的东西。这些东西不是指那些被破坏的普通住宅和商业建筑——这些废墟都已经被集中清理干净——而是指那些有象征意义的遗迹[1]：那些受灾特别严重或发生了令人难以忘记的悲剧的受灾地点，以及巨浪造成的奇异景观。南三陆有一个灾害预防中心，其中一个名叫远藤未希的女员工在海啸期间坚守岗位，尽职地播报疏散警报，直到她自己和其他 42 名同事全被海啸吞没；一艘名为公德丸 18 号的 200 英尺长的渔船被巨浪卷到气仙沼港一个居民区的街道上；一艘重达 190 吨的双体游览船停在了大槌一家酒店的屋顶上。接下来还有陆前高田市的“奇迹松”，这棵松树是沿海森林 7 万棵树中唯一的幸存者，为了让它活下来，人们付出了巨大的努力。日本此前就有保存与死者和灾难相关遗迹的先例：广岛原子弹爆炸中的圆顶屋，这原本是一个公共建筑，现在这个原子弹爆炸的“受害者”成了国际的朝圣之地和核战恐怖的世界闻名的象征。

各地受灾民众纷纷行动，保护这些灾难遗迹，可是他们对此又存在意见分歧。对一些人来说，海啸遗迹象征着生存和希望，同时也是海洋力量对后世发出的必要警示。但对其他许多人而言，这些遗迹是他们极力想要忘记的令人恐惧的东西。同时还有一些人认为，对于那些没多少机会吸引外来游客的城镇来说，这些遗迹具有旅游景点的价值，而另一些人认为这恰恰是这些遗迹应该被清理掉的原因。“很多人希望在平静安宁的环境中为亡灵祈祷，”平塚直美告诉我，“不希望有人投以同情的眼光。有些孩子的尸体是在学校里找到的——这就是那种地方。你不会希望那里用来停公共汽车，也不希望在那里看到跟团的观光客。”

争论的焦点还涉及钱的问题，有些人认为，在很多人还没有永久住房的时候，把钱用来维护这些遗迹不合理。而且对于应对精神创伤的最佳方法，他们也有相反的观点：要么面对它，说出内心的伤痛，努力接受现实；要么就眼不见为净。

随着时间的流逝，支持保留海啸遗迹的人在好几场论战中落败。公德丸和双体游览船的残骸被吊离拆毁，南三陆灾害预防中心的金属框架也将要被拆除，土壤中的盐分慢慢杀死了“奇迹松”的根。[1]

一份针对大川小学丧子家庭的调查报告显示，60% 的家长希望学校遗址被夷为平地。“如果你仍然保持沉默，学校肯定保不住，”只野英昭对哲也说，“如果你想要说些什么，现在就是说出来的时候。”

[1] 这棵树死后，陆前高田市当局花了 150 万日元将其砍倒，再把它挖空，用假树枝和假松针重新组装起一棵树。此外，南三陆灾害预防中心的拆除被延期。

在被洪水困住的 78 个孩子中，只有 4 个活了下来。其中 3 个孩子完全销声匿迹，他们的家人不安地保护着他们，让他们免受各种问询。哲也的爸爸英昭过去常常见到其中一个孩子，那个男孩周身散发着痛苦压抑的气息，让他大为震惊，似乎有人教导他不要谈论他死里逃生的经历，甚至让他连想都不要想这件事。只有哲也公开谈论自己的逃生经历。在记者眼中，他就是上天的馈赠——海啸之子，既是受害者，又是幸存者，言谈举止虽然很孩子气，却又十分清醒，善于表达，表面上看完全没有因自己的所见所闻而受伤。大川小学在另一所学校获得新生，哲也跟其他幸存学生一起去那里上学，这些孩子中的大多数是在地震结束到海啸袭来的 51 分钟时间里，被父母或祖父母从学校接走的。他十分愿意谈论被海啸困住的经历，以及发生了什么和为什么会发生这些悬而未决的问题。他的爸爸对儿子的精神状态保持着极高的警惕，但还是鼓励他说出来。没有人为大川小学的孩子提供系统的心理保健服务，但英昭认为，哲也与富有同情心的记者谈话能起到某种疗愈作用。英昭告诉我："身边有其他人陪伴，可能更容易面对这一切。我俩曾跟一位电视制片人一起去一家餐馆，讨论他们即将拍摄的影片，全程都很有趣。我们一家人以前曾去那家餐馆吃饭，如果现在只有我和哲也两个人再去那里——我们曾经的记忆会让这成为一件充满悲伤的事情。"

英昭意识到，有无声的反对从失去孩子的群体中传来，他十分理解这种情绪。"我是一名幸存者的父亲，"他解释道，

“可是，我也是一名学校遇难者的父亲。很多人——那些失去两三个孩子的人——不想一打开电视机就看到幸存孩子的脸。”但毫无疑问，没人比哲也更有权表达自己的看法。

他开始对记者讲述校舍的命运，并且表示他认为这些建筑应该被保留下来。他和爸爸一起乘坐新干线前往东京，在两所知名大学发表演讲。其他一些孩子开始声援哲也，他们曾经也是大川小学的学生，他们的弟弟或妹妹都在海啸中失去生命，其中包括佐藤桂和紫桃佐代美各自幸存的女儿，以及被妈妈及时接走的六年级女孩浮津天音。这六个孩子开始每周见一次面，讨论战术，坚定信念。“广岛原子弹爆炸的圆顶屋就是因为人们采取行动才保留下来，”天音说，“如果没有人站出来，就不会有任何改变。”[2]

2014 年初，哲也在东京明治大学的一场研讨会上发表讲话。[3]这是一个庄严而令人生畏的场合，是他参加过的最大的一次活动。“我在海啸中失去了妈妈和妹妹，”他对听众说，“还有曾经照顾我的祖父。悲伤并没有立即出现，可是现在，我终于感觉到悲伤和痛苦。”

他提到了 gareki 这个词，有“瓦砾”或“残骸”的意思，被用来指海啸制造的残渣。对大多数人而言，这是个无任何感情色彩的中性词，使用起来不会有丝毫犹豫，可是对哲也来说，听到这个词会很伤心。“我们的财产，”他说，“现在就被称为 gareki。这场灾难之前，它们还是我们生活的一部分。现在，它们保存着我们的回忆。我不喜欢听到那些东西被称为

‘瓦砾’。”现在，人们要像对待 gareki 一样对待他的学校——曾经拥有快乐生活的地方，埋葬了他的朋友和妹妹的地方。“如果学校被拆除，将来的人就不知道这里发生过什么，”他继续说，“我不希望校舍被彻底毁掉。”

即使在海啸发生后的最初几天，哲也也极少有情绪化的表现，这让英昭十分担心。但在对大学听众说出上面那番话后，他颓然跌坐在座椅上。英昭不得不把他从讲台带到一个安静的房间。爸爸问儿子怎么样，儿子把头靠在桌上，说：“我开始想所有人都是怎么死的，他们都有些什么感受。想到这些我感到很沉重。”

最后由石卷市市长决定如何处置学校。2016 年 2 月，他召开了一次公开会，讨论学校的未来。这一次哲也没有到场，但他录制了一段视频，请求保留学校。平塚直美的丈夫真一郎是强烈要求拆除学校的人之一。一道难以逾越的鸿沟把对立的双方分隔开来。无论结果如何，都将带来痛苦。对一些人来说，学校废墟代表着心爱孩子的死亡，而在另一些人看来，这里有他们孩子最后存活的轨迹。

市长在接下来的那个月做了决定。学校将被保留下来，并会围绕它修建一个纪念公园。但四周会种上很多树，这样路过那里的人就看不到学校废墟。

前校长柏叶出庭作证两周后，举行了第二次听证会，更多证人出庭接受盘问。考虑到出庭的折磨，受害家庭代表律师吉冈决定不传讯幸存的孩子，但是六年级女孩天音的妈妈浮津美和惠出庭作证了。地震发生的时候，她下班在家，在听到电台的海啸警报后就立即驱车2英里前往学校，她直接找到女儿的老师佐佐木孝，当时他正与班上的学生一起站在操场上。“我对他说：‘我从汽车收音机里听到报道说海啸高度正越来越高，所以请快跑上山吧。’”她陈述道，“我抓住他的左臂，指着山说：‘海啸要来了。他们说有20英尺高。’我很生气，大声叫起来。而他完全不在乎，还拍了拍我的肩膀说道：‘冷静，太太。’”

佐佐木先生让浮津太太把天音带回家。小女孩哭个不停，让其他孩子心烦意乱。这让这位妈妈大吃一惊，因为天音不是一个爱哭鼻子或敏感的孩子。后来天音解释说，她听到同班同学佐藤雄树和今野大辅与老师的争执。

> 老师，我们到山上去吧。
> 我们应该爬到山上去，老师。
> 如果我们待在这儿，地面可能会裂开，把我们吞进去。
> 如果我们待在这儿，可能会死掉！

这让她想起了几天前做的一个梦，她的所有朋友在梦中都陷入了一个翻腾混乱的旋涡。想起这个噩梦，她就止不住害怕起来。

* * *

19个受害家庭的成员因为不同的理由出庭作证，每个人的接受与犹豫程度也各不相同。对一些人而言，承受多年的悲伤和困苦之后，经济补偿就如同久旱逢甘霖。而在另一些人看来，给死去孩子的生命标价是难以忍受的苦涩。但我见过的所有人都认同一件事：最重要的不是钱，而是揭露学校究竟发生了什么。一段时间后，这样的声明开始让我感到困惑——经过数年调查，这些家庭已经知道大量事实。

学生迅速从校舍疏散出来，在操场上的长时间滞留，佐佐木草率的自信，石坂的犹豫不决，然后是惊慌失措地逃向海啸的血口——所有这些都已记录在案，并在目击者的叙述中得到证实。教育委员会或许能在责任问题上闪烁其词，但学校发生了什么以及究竟是谁失职，已经十分清楚，还有什么“真相”需要进一步揭露？当我向紫桃佐代美提出这个问题，她只回答了一个词：“远藤。”

在第一次情况说明会上露面后，远藤纯二就销声匿迹了。在许多家长看来，真相随着他一起从人们的视野中消失。这也是起诉的意义所在——迫使远藤现身，强迫他站到证人席上，最终说出他一直含糊其辞的真相。“情况很简单，”吉冈说，“有一名当时在学校且幸免于难的成年目击者。家长只是希望从他口中清楚听到自己的孩子在生命最后一刻究竟发生了什么，他们是如何被海啸冲走的，又是如何死去的。”

远藤仍然坚称自己的精神状态不适于出庭。法官完全有权力要求他出庭，吉冈也要求他们这么做。与此同时，他还试图控制家长的期望值。

他指出，想要打赢官司，他们就要证明老师本可以预见海啸的到来——远藤可能有助于达成这一目标，但同时还有其他方法可以证实这一点。即使他出庭作证，也很可能在市政府代表律师的指导下，给出模棱两可的具有误导性的证词。家长点头表示理解，但只有这位律师清楚，为了在法庭上见到这个男人，听他开口说话，他们已经投入多少精力。

我问紫桃佐代美，她究竟期望从远藤口中听到哪些她不知道或无法猜到的事情。

“当时发生的一切。”

“比如说？”

“当时的天空什么样，”她答道，“风是怎么吹的，当时的气氛怎么样，孩子的情绪怎么样？老师真的想挽救他们的生命吗？孩子觉得冷吗？他们想回家吗？我的孩子怎么样？最后一个跟她说话的是谁？逃跑时谁跟她在一起？她有握着谁的手吗？即使知道这一切，也无法换回千圣。但是，我就是想知道当时发生的一切。”

2016 年 4 月 21 日，仙台地方法院举行了最后一次听证会。随后，律师做出最后的书面陈述。石卷市政府准备了一份 23 页的材料，第二被告宫城县的代表律师提交了 9 页材料，吉冈则提交了整整400页的一本“书”，里面充满各种示意图、图表、统计数据和法律论据。他是一个冷静沉着的人，但提交完材料后，他内心有难以抑制的欣喜之情。“我和同事谈起这件事，我们想不出任何输掉官司的理由，”他告诉我，“没有一个理由——这是极少出现的情况。”从第一次提交卷宗到最后一次书面陈述，这场官司持续了2年零3个月。吉冈表示，以日本的司法标准来看，这已经“非常快了”。

但是首席法官裁定不传唤远藤纯二作证。他没有义务说明这么做的理由，不过吉冈把这当成一个有利信号。它暗示着原告通过其他方式成功地进行了申诉。法官不需要再多一位证人说服他们，无论如何，他们都不愿意强迫一个被诊断为精神有问题的人。

“只要他还活着，我相信他将再次与我们的生活发生交集，”佐代美说，“可能不是在法庭上。但我们还有机会见到他，听到他说出不得不说的话。不止远藤一个人的生活变得支离破碎。他不是唯一一个承受精神折磨的人。我不仅仅是指我们的生活发生了改变。我是指我们脑子里有东西不一样了。那天以后，每个人都出现了这样或那样的问题。”

Part 05

第五部分

波罗僧揭谛*

日本为民众编织了一张舒适、温暖、令人麻痹的顺从之网，从网中挣脱出会让人感到不安，网中人被缠住无法脱身，产生一种模糊的纠结情绪，被束缚与被保护的感觉纠缠在一起无法分离。

---

* 来自《心经》中的“揭谛揭谛，波罗揭谛，波罗僧揭谛，菩提萨婆诃”（Gone. Gone beyond. Gone altogether beyond.），可简单译为“众生一同去往彼岸”。——编者注

镇魂

金田谛应住持既是高僧，也是驱鬼师，他向我描述了海啸发生那晚的情景，整个日本北部的人都清楚地记得那个晚上。他所在的这座内陆寺庙没有受洪水影响，可是地震中断了整个东北部地区的电力供应和照明。这是人类历史发展近百年来第一次出现这种情况，这片土地陷于历史上前所未有的黑暗之中。没有一丝亮光从建筑物的窗户中透出来，也没有任何东西阻碍星空的闪耀。马路上没有交通信号灯，司机都远离没有灯光的街道。各个星座和蓝色银河里的星星如此生动耀眼，发达国家的居民几乎从没见过这样的夜空。“夜幕降临前下起了雪，”金田回忆道，“现代生活的所有尘埃都被它冲洗掉了。四周是一片纯粹的黑暗。整个世界寂静无声，因为没有一辆车在行驶。那是一片我们几乎从未见过的真正的夜空，天空中镶满了星星。所有看到这片夜空的人都在谈论它。”

金田本人很安全，而且由于电力供应中断，不太清楚外界发生了什么。但他意识到外界有变化。他对前所未有的震级和源于海底的地震十分了解，知道海啸必将随之而来。离寺庙最近的海岸是 30 英里外的志津川湾。他的脑海里浮现的全是尸体在海湾漂动的画面。“9.2 级地震，”他说，“威力如此强大的地震，让地球都偏移了原本的地轴。当天晚上，东北地区的很多人在抬头看天空时，心中满是强烈的感觉。仰望星空，我对宇宙、我们周围和上方无限的空间开始有所认识。我觉得自己好像正望向宇宙，而地震就发生在那片广阔无垠的空间里。我开始理解这就是整体的一部分。有什么大事发生了。但不论是什么事，都是完全自然的产物，是作为宇宙的一种机制而发生的。”

“一切都铭刻在我的脑海里：无情的雪，星光熠熠的美丽夜空，在海滩上漂浮的无数尸体。这听起来或许有点自命不凡，但我意识到，当我开始向那些生活被摧毁的人提供支持时，我必须关注人类的心灵、磨难和痛苦。但我也必须从宇宙的角度理解那些悲伤。”

他当时有一种幻灭的感觉，觉得所有界限都消失不见。这是一种佛教观念的体现：自他不二（jita funi），字面意思就是“自我与他者，不可分割”——不同时期、不同地方的宗教神秘主义者都认同的统一性。“最终，宇宙将一切包裹在内，”金田说，“生命、死亡、伤恸、愤怒、悲伤和喜悦。生与死之间没有界限。每个生者的自我之间没有界限。所有人的思想和感觉融为一体。这就是我那时的感悟，它使得同情和爱成为可能，有点像基督教的教义。”

那是一个无法再现的奇异时刻。一场巨大的灾难降临，但由于它是如此突如其来，而且其实仍在发展变化，没人能估算出它的宽度和高度。在北上川中，今野照天紧紧抓住自己的木筏。大川小学孩子的妈妈正听着收音机里令人安心的播报，深信第二天就能见到自己的孩子。而金田站在星空下，瞥见已经发生的事情的规模及其制造的恐怖景象，但一切只是他的想象，在其中，这场灾难映射出深刻的精神真理。很长时间过后，金田才再次经历这种洞察世事的时刻。

我在东北地区遇到的所有人中，没有谁像金田谛应一样给我留下如此深刻的印象。我最感兴趣的并非其佛教信仰——他是一名僧人这个事实，对于认识他是谁似乎只起到次要作用，只不过是一个有趣的个性细节。他天生擅长讲故事，是个有学问和知识的老实人，而且极富同情心。他还拥有我一直苦苦追寻的想象力天赋——他拥有一种自相矛盾的能力，既能从表面上感受悲剧的残忍和恐惧，又能从一个超然的位置冷静深刻地观察和理解它。金田并没有逃离灾难，而我常常这么做——坐上新干线，回到东京，回到位于10层的办公室。虽然没有失去心爱的人，他还是全身心地投入处理死者遗体的必要工作中。他任由灾难改变生活，但并没有变成受害者。他意志坚定，勇于承认怀疑和困惑，以及自身身体和精神上的弱点。正是这些特质使其能够安慰生者，与死者交流并控制他们。但这些能够跨越生死两界的人都要付出一定的精神代价。就金田而言，这几乎令其崩溃。

为死者举行完葬礼，同时把占据小野武身体的幽灵驱离后，金田转而面对海啸留下的一切，想办法让自己变得有用。在佛教里，死后 49 天是死者逝去的灵魂进入来世的时候。他召集一群神道教和佛教的同伴连同一名新教牧师，一起前往几乎被彻底摧毁的志津川町举行宗教仪式。

他们从内陆的一座寺庙出发。神道教僧人戴着奢华的黑漆帽子，佛教僧人都剃光了头发，身披红袍，新教牧师则佩戴着罗马领，手持银色十字架。他们一路见到的都是支离破碎、腐败不堪的景象。推土机已经清理掉路上的障碍物，隐约可见一堆又一堆的混凝土、金属、木头和瓦片堆。人们还没有彻底搜寻这些堆积物，里面还包裹着尸体，既没有被找到，也看不见，但每个路过的人都清楚这一点。“那里散发出奇怪的味道，”金田说，“死尸的味道，淤泥的味道。到处都是瓦砾，随处可以看见人们的生活痕迹。我们不得不小心翼翼地前行，避免踩到散落在地的照片。”

这队衣着显眼的男人高举着写有“镇魂”的标语牌在废墟中穿行。他们行进了 4 小时。当他们经过瓦砾堆时，机器还在作业。头戴安全帽、捡拾着各种残骸的工人粗暴地向他们挥手，示意他们离开履带的碾压范围。这群宗教人士开始感到难为情。他们开始怀疑自己并没有帮上什么忙，反而成为清理工作中不受欢迎的障碍。现场也有普通民众，他们有的茫然地站在那里，或是捡拾着曾经属于自己房子的瓦砾。“他们在寻找亲人的尸体，”金田回忆道，“当他们看见我们经过，纷纷转过身，低下了头。他们绝望地祈祷着能找到亲人的遗体。这一幕让我们心里五味杂陈。我从来没像当时那样感受到痛苦。”

行进过程中，金田和其他队员本来打算诵经、唱赞美诗。但在这一片恶臭和混乱中，他们无力发声。“基督教牧师试图唱赞美诗，”金田继续说，“但他书中的赞美诗似乎没有一首合适。我甚至无法正常念出一句经文——张口都是尖叫和呼喊。”这些教徒穿着华丽的长袍在废墟中蹒跚而行，用沙哑的声音念着各种经文，阻挡着道路，并没有发挥什么作用。“当我们来到海边，”金田说，“当我们看到大海——我们无法面对它。我们似乎无法解释所看到的一切。”

“我们意识到，面对周围的一切，我们所学到的宗教仪式和语言都变得苍白无力。我们就生活在这毁灭之中——任何宗教原则和理论都不能框定它。当人们说‘我们看不见上帝，我们看不见佛陀’时，身为僧人的我们是如此接近他们的恐惧。然后我意识到，宗教语言只是我们用来保护自己的盔甲，前进的唯一方法就是把它脱掉。”

Monku 在日语中有“诉苦”的意思，在英语中则是“僧侣”的意思，但在“僧侣咖啡馆”里这个词又有第三种寓意。

“僧侣咖啡馆”是金田为海啸幸存者发起的一场流动的活动，为他们提供茶点、陪伴和隐秘的咨询服务。“我喜欢爵士乐，”他说，“最喜欢塞隆尼斯·孟克。我爱波普爵士乐——如此美妙独特的音乐。松散的句式和不协调的乐音都让我着迷。我觉得这种音乐反映了灾后民众的思想状态——人们思想和心跳的节奏。”在“僧侣咖啡馆”，金田脱下僧袍——为了帮助灾难幸存者，这种时候一个爵士乐迷的作用不亚于佛教徒。

在内陆城镇郊区空地上安置着一排排“临时住所”。金田会带着一群僧人和帮手到那儿，在社区会议室开展活动。他们会煮茶和咖啡，摆出蛋糕和饼干。金属小屋里的居民会陆续前来，大多数是上了年纪的人。身材高大、戴着眼镜的金田通常穿一件简单的靛蓝短袍，客人到来时，他会面带微笑地站起来，介绍这间临时活动室。他会欢迎每一个人，介绍助手，开一些玩笑。“如果你们有需要，铃木先生可以给你们做一个肩部按摩，”他说，“啊，那按摩可真是不错！你们应该试一试。他的按摩非常让人放松，你可能会发现自己正在滑向另一个世界。但你无须担心，如果发生这种事，这儿就有很多僧人。”

他们会给客人倒上热饮，递上一盘盘食物。托盘上摆放着一长串彩色绳子和玻璃珠，老人会席地坐在矮桌旁，面前是一串串念珠。僧人为失去亲人的人在纪念牌位上刻字、祈福。整个房间里欢声笑语不断，但金田常常单独跟某个人坐在一起，展开一场私人对话，这时通常可以清楚看到谈话者热泪盈眶。此时，室内一定放着塞隆尼斯·孟克的音乐。

每个日本人都在寻求安慰。随着时间的流逝，越来越难找到安慰。那些无家可归的人在灾后立刻投入为生存而展开的斗争，随后又在疏散中心度过艰苦的几周，此后，他们有的去亲戚家暂住，有的租房生活，有的则住进了条件糟糕的临时住所。但在某种程度上，这段严重危机时期反倒是比较容易度过的部分。当幸存者从拥挤但不乏欢乐的公共避难所，搬到隐私性相对更强的金属小屋时，伤恸和失落如同第二波巨浪涌上心头。

我在“僧侣咖啡馆”遇到一位名叫川上直哉的新教牧师，他告诉我：“海啸刚刚过去，人们就开始担心下一刻的生存问题。然后他们前往避难所，担心如何熬过这一天。一切安顿下来，领到食物和一些生活用品之后，他们又开始为接下来的两周生活担心不已。然后，他们又分到临时住所，从某种程度上说生活有了保障，不会挨饿或受冻。但在解决这些实际问题后，他们的焦虑一如既往地强烈。这种情绪无限蔓延到未来。仅仅给予他们物质性的东西再也无法起到安慰作用。物质永远无法满足他们的需求。”

在疏散中心时，他们与其他友善的难民挤在一起，彼此陪伴，与之相比，在临时金属小屋的生活就显得孤单乏味许多，但随着时间的流逝，临时生活也变得舒适起来。人们种植鲜花和观赏性花椰菜，与邻居成了朋友。但随后就有人可以住进永久性住宅，新社区又开始萎缩、瓦解。新房子通过抽签方式分配——抽中的人可以搬去新的专用公寓，没抽中的则继续留守，直到下一次分配。“一些人第一次没抽中，然后就一直输，”一位僧人告诉我，“他们生出一种被抛弃的强烈感觉。有时候他们一觉醒来，发现那些中奖的邻居招呼都没打就消失了。那些人实在是不好意思说再见。”

川上牧师继续说：“一开始，他们谈论自己的焦虑，以及如何能缓解这种情绪。我的孩子需要一碗米饭。我需要一个纸箱放东西。现在人们有了这些东西。但他们仍然感到焦虑，而且这种焦虑太严重，已无法说出口，于是就体现为人与人、群体与群体之间的愤怒与关系的破裂。人与人之间充满怨恨、不和以及对彼此的不理解。这些人都心怀善念，但变得固执己见。这些日子里，太多人看到亡灵，这全都是因为海啸。人们谈论自己看见了鬼，但他们真正谈论的其实是家庭内部潜伏的问题。”

自从日本诸岛存在以来，就一直有人死于海啸。每次海啸都会带来新的亡魂。名著《远野物语》中记录了东北地区民间传说，其中就有这么一个故事。故事主人公名叫福二，是 1896 年三陆海啸的幸存者，他和他两个幸存的孩子仍住在原来的地方，只不过家庭住宅变成了棚屋。[1] 一个月明的夏夜，他起床到海滩上方便。“这天晚上，雾气缭绕，”书中写道，“他看见一男一女从雾中向他走来。”女人是他的妻子，男人是另一个村民，曾经与她相恋，直到女人的家庭选择福二做她的丈夫，两人才分开。

一切仿佛在梦中，福二一边跟着这两个人，一边叫着妻子的名字。她面带微笑转向他说："我现在跟这个男人结婚了。"福二似乎半梦半醒，又好像完全睡着了，他努力理解女人的话。"可是，难道你不爱你的孩子了吗？"他问。女人本就苍白的脸变得更加苍白，她开始哭泣。完全摸不着头脑的福二则悲伤地看着自己的双脚。妻子和她的爱人悄无声息地从视线中消失。他又开始跟着他俩，然后突然记起妻子和这个男人早已死于海啸。"他站在路上沉思，直到黎明时分，然后清晨才回家，"故事如此结束，"据说这之后他病了好长一段时间。"

没人比土方正志更熟悉东北地区的文学作品和民间传说，那场灾难过后，他立即意识到将出现阴魂不散的情况。"我们都记得福二的故事，"他说，"我们告诉彼此，将有很多这样的新故事出现。从个人角度而言，我不相信世界上存在鬼魂，但这不是重点。如果人们说自己看见了鬼魂，那没关系——我们可以就此打住。"

土方出生在日本最北端的岛屿北海道，但他是在仙台上的大学，这个成功的移民对第二故乡有着难以言喻的热情。他经营着一家小出版公司，主要出版有关东北地区的图书和期刊。正是土方向我解释了鬼魂政治学及其为东北地区民众带来的机遇和风险。

"我们意识到很多人都有这样的经历，"他解释道，"但有人在利用他们。这些人试图向他们兜售各种东西，并告诉他们：'这会减轻你的痛苦。'"他曾遇见一个在海啸中失去儿子的女人，她因为被鬼魂纠缠而困扰。她去过医院，医生给她开了抗抑郁的药。她去过寺庙，僧人卖给她一个护身符，并让她念经。土方说："但她需要的只是再次见到儿子。很多人跟她一样。他们不在乎见到的是不是鬼魂——他们希望遇见鬼魂。"

"考虑到这些情况，我们觉得必须做点什么。确实有一些人正在经历创伤，如果你的精神健康受到影响，就需要治疗。还有一些人会依赖宗教的力量，那是他们的选择。我们所做的，则是创造一个人们可以接受现实的地方，这个现实就是他们亲眼见证的超自然现象。我们通过文学的力量，提供一种替代方法帮助他人。"

鬼魂不仅不可避免，而且值得庆祝，它们也是东北地区丰富文化的一部分。土方复兴了一种封建时期流行的文学形式：怪谈（kaidan），或说"怪诞奇谭"。怪谈会（kaidan-kai）或"怪诞奇谭会"曾经是一种流行的夏季娱乐方式，鬼故事给人以愉快的寒意，作用相当于前工业时代的空调。土方组织的怪谈会在现代社区中心和公共会堂举行。活动开始是由他的一位作者朗读作品。然后参加活动的学生、家庭主妇、有工作的人和退休的人分享各自的故事。他还组织怪谈写作比赛，以选集的形式出版其中的优秀作品。其中一位优胜者是须藤文音，某天下午我在土方的办公室见到了她。

她是一个文静优雅的年轻女人，戴着一副深黑色眼镜，额前垂着刘海，在仙台的一个残疾人之家工作。她在渔港小镇气仙沼长大，那里是受海啸影响最严重地区之一。文音的家在海啸波及范围之外，她的妈妈、姐姐和祖父母都未受影响。她的爸爸是一名海洋工程师，办公室位于镇子的港口，那天晚上他没有回家。

“我一直在想他，”文音说，“显然是发生了什么事。但我对自己说，他可能只是受了伤，可能正躺在某家医院。我知道应该做最坏的打算。可是我一点也没这么想。”

文音在仙台度过了痛苦的几天，清理着地震给她公寓制造的混乱，其间不时想起爸爸。海啸过去两周后，人们发现了他的尸体。

文音赶在他的棺木被抬回来前回了家。亲朋好友聚在一起，其中大多数穿着比较随意——因为黑色和正式的衣服全被海啸冲走了。“他没有像大多数人那样被淹死，”文音说，“他是被一块大石头砸中胸部死去的。你只能通过棺木上的一个玻璃窗看到他的脸。已经过去 14 天了，恐怕他的身体早已腐烂。我从窗口望进去。我看到他面容惨白，脸上有几处伤口。但那仍然是我爸爸的脸。”

她想最后一次抚摸他的脸，可是棺木和窗口都被封了起来。殡仪馆工作人员在棺木上放了一枝白色的花。这没什么不寻常，可文音觉得这很特别。

十天前，她正处于希望与绝望交战最激烈的时刻，她去到一家公共浴室泡温泉，出来后去储物柜取靴子，穿靴子时，她感觉到脚指头那儿有什么东西。“当时感觉很凉，”她回忆道，“即使隔着袜子我也能感觉到很凉。我感觉那是个松软的东西。”她把手伸进靴子，拿出了一朵白色的花，好像刚被切枝，新鲜无瑕。

这是一个小谜团：这个东西怎么会出现在锁在储物柜的靴子里？她渐渐淡忘了这件事，可当她站在爸爸的棺木前，再次看到同样的鲜花时，她想起了之前的那一幕。“我第一次觉得那可能是坏消息的征兆，”文音说，“爸爸或许已经不在了，那可能就是他死亡的征兆。后来我回忆当时的情形，那花是那么凉，那么白，还有脚趾那种柔软的触感。我认为那就是抚摸爸爸的感觉，他躺在棺木里的时候我无法触摸到的感觉。”

文音明白，花只是花。她不相信有鬼魂，也不认为是死去的爸爸传递给她这个信号——如果这种交流真的存在，亲爱的爸爸怎么会以这么隐晦的方式传达这个消息？“我觉得这只是个巧合，”她说，“我把它美化了。当人们说自己看见鬼魂时，是在讲一个故事，一个早已终止的故事。他们之所以渴望见到鬼魂，是因为这样一来，故事就能继续，或是能画上一个句号。而如果这能给他们带来安慰，那就是件好事。”

这些故事以怪谈的形式发表在土方的杂志上，且具有越来越重要的意义。“无数人在海啸中死去，每个人都不一样，”文音说，“其中大多数人的故事无人知晓。我爸爸叫须藤勉，通过书写他的故事，我与其他人分享了他的死亡。也许某种程度上我拯救了他，或许，我也因此拯救了我自己。”

为海啸受害者提供治疗、食物和避难所后，预防焦虑、抑郁和自杀等无形的次生灾害成为当务之急。海啸过去一年后的一项调查显示，每 10 个幸存者中就有 4 个有失眠问题，每 5 个幸存者中就有 1 个被抑郁情绪所折磨。酗酒人数激增，患有高血压等与压力相关疾病的人数也突增。由于难以搜集准确数据，很难衡量这场危机的严重程度——以陆前高田市为例，大多数本应参与调查工作的社工都已经被淹死。

“僧侣咖啡馆”虽然形式简单，却逐渐成为一项必不可少的紧急援助措施。它对海啸难民所起的积极作用显而易见。来自东北各地的请求络绎不绝，金田和他的伙伴每周一次或多次摆出茶点招待来客。但他自己寺庙里的工作也很繁忙，作为镇子上的僧人，他要负责所有日常事务——葬礼，追思仪式，看望生病的人和无依无靠的人，以及日常行政工作。所有认识他的人都清楚他承担了太多责任，亲朋好友一开始还有点犹豫不决，后来就越来越急迫地提醒他注意休息。但作为安慰者、组织者和领导者，他变得不可或缺，似乎没有办法让他无视他们的需求。因此，2013 年底，他的身体不可避免地猛然崩溃。

他的皮肤上冒出令人痛苦的水疱。他太累了，几乎无法下床。他连续几周什么都没做，只是坐在电视机前弹奏吉他。“我不记得看了些什么，”金田回忆道，“只是迷迷糊糊地看着电视。我没有听什么爵士乐。我离抑郁只有一步之遥。我不得不停止做任何事。”

累积了 3 年的身体、心理和精神危机，在这一刻爆发出来，有两件事是直接诱因。一件是金田就灾难经历在日本各地发表系列演讲。与紫桃佐代美的丈夫隆洋一样，他也走出受灾地区，希望向外面的世界传达那里的痛苦和复杂情况。但是，和隆洋一样，他最后也带着失望回到灾区，感觉并未将自己想说的传达出来，也没有被外界理解。

第二件事与一个年轻女人有关，我将称她为高桥瑠美子。一天晚上，她给金田打电话，她十分伤心，语无伦次。她说想自杀，还大叫着说有东西正在进入她的身体。她也被亡魂附体了，苦苦哀求这位僧人救救自己。

救命！不要掉进海里

2016年10月26日，仙台地方法院做出判决。当天早晨我乘坐新干线从东京赶往现场。那是初秋的一天，天气温暖，阳光异常明媚。此时距离海啸已过去5年半时间，早已看不到那场灾难留下的明显痕迹。大量重建资金注入东北地区，城市和村镇开始重现生机。仍有10万人住在金属小屋里，但这些令人不快的建筑都被藏了起来，远离普通游客的视线。被海啸摧毁的村镇都没有重建，[1]但废墟都已被彻底搜寻过。海岸地带杂草丛生，不时露出的废墟看上去更像被忽略的考古遗址，而不是埋葬着持续不断的痛苦与绝望的地方。

从火车站乘出租车去法院很近。我在法院里加入排队的人群，并且很幸运地抽到了一张公共座席的票。离听证会开始还有一小时，我站在法院门口，记者和摄像师都在那儿懒洋洋地踱步。当主角穿过阳光慢慢走来，他们立即打起精神。那是本案的原告，大川小学孩子的妈妈和爸爸，他们三人一组肩并肩沿着人行道走来。除了平塚直美，我熟识的家长都在这儿了。他们穿着一身黑衣。好几个家长还带来了放着自己子女照片的相框。走在前排的三个男人举着一块大大的横幅。横幅四周是本案涉及的23个孩子的照片，有在家里拍的，有在学校拍的，还有外出游玩时拍的，有的在大笑，有的面带微笑，还有的表情严肃。横幅正中是用毛笔认真手写的一句话：我们明明照老师说的做了。

当时场面极其庄严。大队人马走进法庭，然后分散成一个个小组，原告、被告、律师、记者和旁听民众都在等待诉讼开始。在场的人并没有流露出明显的焦虑或紧张情绪，旧盟友和老相识之间反而散发出一种同志般的快乐之情。但在场的每个人都做好了失败的准备。吉冈已经竭尽全力打这场官司，但仍然无法改变某些事实。原告只是很小的一群个体，被告则是一个城市和一个县，日本法院又是如此保守。“无论今天的判决如何，”紫桃隆洋说，“它只会为我们到目前为止积累的所有其他经验添上一笔。作为家长，我们有责任这么做。这是把孩子带到这个世界来的意义之一。我当然担心判决对我们不利。但如果真是这样，那就意味着学校并不一定需要保障学生的生命安全，但事实绝不应该如此。”紫桃还表示，家长刚与代表律师开过会，他告诉他们，判决很快就会下达，片刻后就知道事情的结果。

法庭的门打开了，大家各就各位。5名辩护律师坐在右边，身着黑衣的家长坐在左边。我在公共座席上看着他们。过去几年里，我一直在与他们进行深入交流，有时候还充斥着令人难以承受的细节。悲伤仿佛堵在鼻腔里的污秽，他们早晨起来感觉到的第一个东西就是它，晚上睡觉时感觉到的最后一样东西还是它。他们说起自己孩子每个阶段的生活：童年生活，婴儿时期，甚至是妊娠期的情况。他们还记得学校的事情，那是家庭之间关注的焦点。他们描述了那场灾难及其发展，随之而来的现实的打击，以及失去亲人和努力生存所带来的窒息感。就像小说情节一样，这些回忆最终在神秘信仰与缺失的、被清楚和故意隐瞒的事实中达到高潮——换句话说，那就是一个阴谋，它不仅加剧了悲伤的痛苦，而且使其变得令人费解。它表现为无力的内在的愤怒，以及特定个体身上的未解之谜。为什么这个人没有完成本职工作？为什么那个人要撒谎？为什么那个人不跟我们说话？

一直以来，这一悲剧背后都有掩饰的成分，但这种掩饰十分可怜，毫无新意且漏洞百出：前后矛盾，手法陈旧，一目了然。没有什么宏伟计划，也没有什么幕后黑手——就连称之为阴谋都只是为了给柏叶和石卷市教育委员会的庸才一点从未有过的尊严和狡黠之感。一群平凡无奇的人一败涂地。他们甚至没有努力去否认自己的失败，只是将其维持在可控制范围内。从个人角度和制度角度两方面看，他们都是一群固执己见、笨手笨脚、毫无魅力的人。但是，如果柏叶跪下来承认自己玩忽职守，如果远藤纯二再次现身哭诉自己的故事——那些重要的事情也不会有任何改变。[2]

大川小学真正的谜团是我们所有人都要面对的。没有任何思想可以全面概括它，意识因惊恐而退缩。我们用阴谋论来解释那个永远无法弄清的真相——死亡的残酷事实。

生命的消亡：一个完美的、心爱的孩子的消亡，永远。

不可能！灵魂在呐喊。他们在隐瞒什么？

一扇门无声地打开，三位身着黑袍的法官——一个年轻的女人和两个中年男人——同时走进法庭坐了下来。中间的那位法官开始说话，他说得很快，语调平静，没有任何抑扬顿挫。他使用的日语很正式，满口法律腔，超出了我的理解范围。于是，我把注意力放在旁听家长的脸上——从他们愤怒或欣喜的表情中，我能立刻理解判决的内容。家长都专注地看着法官。他们眉头紧锁，面无表情。然后，突然一切都结束了，法庭里的人都站起来陆续朝外走。

身着黑衣的家长也站了起来。他们互相之间没有说一句话或交换一个眼神，表情严肃，甚至有点冷酷，好像听到了令人深感不安的消息。但是最后，我想我听懂了法官的部分判决，当时他似乎在命令被告支付一笔听起来数目巨大的钱。

我来到走廊，日本记者正乱作一团，互相交换信息。我并没有听错。大川小学的家长打赢了官司——他们获得了超过 1100 万英镑的赔偿。只是，他们的孩子无法死而复生。

最终判决书长达 87 页。它详细调查了老师采取的行动，认为那天下午 2:46 的地震结束后，他们采取的即时行动没有任何问题。法官坚持认为让孩子待在学校“没有不当之处”。对于他们在操场上等了 40 分钟，甚至在第一次广播警报后仍然原地等待的情况，法官表示，“不能说老师能预见有被海啸袭击的风险”。但是到了下午 3:30，市政办公室的面包车疾驰而过，疯狂警告说海水正冲毁海边的松林。这时候距离海啸到来只有 7 分钟，“老师本应预见巨大的海啸将向大川小学袭来”。最终选择大桥旁的交通岛作为疏散地是“不恰当”的。“老师，”法官说，“本应将孩子疏散到学校后面的山上，通向那里的道路畅通无阻。”

赔偿——14.3 亿日元——少于家长要求的 23 亿日元，但仍然属于法院通常会判决的较高赔偿。除去诉讼费，原告能因每个失去的孩子获得 6000 万日元的赔偿，约合 47 万英镑。日本法官擅长达成妥协，判决往往能让双方都有所得，没有哪一方会感觉受到羞辱或无从辩解。但这次判决并非如此。这是一次决定性的法律胜利，明确了责任归属，然而，它还是完全没能考虑到对家长来说最重要的事情。

它没有对时任校长的柏叶在海啸前后的行为发表任何意见，没有让老师为应急手册的漏洞承担责任。对于教育委员会的逃避，以及委员会对孩子采访记录的处理，还有远藤纯二的不实之词等，法院都选择保持沉默。宣读判决后不久，三位父亲带着另一幅认真书写的标语出现在镜头前。“我们赢了，”标语上写着，“孩子的声音被听到了！”但是，也只有这么一点胜利值得庆祝。[3]当他们后来谈到这件事的时候，失去孩子的家庭对于没有败诉感到十分安慰。

“就我女儿的死而言，我想我们赢了，”只野英昭说，“但我的儿子哲也和我，我们被打败了。从事情发生的那一刻起，他们就在用谎言和逃避打击我们。这份判决让他们逍遥法外——他们歪曲事实，隐藏证据。绝不应该容忍这样的事情，我不希望生活在一个允许这样的事情存在的世界。”

* * *

“12 月是白昼最短的时候，”金田住持说，“然后冬至来临，光照开始恢复。我的好日子也来了。白天开始变长的时候，我就会恢复活力。三年来，压力一直积聚在我的内心。我十分压抑。那个冬天，我把它释放了出来。”

数月的静养让金田恢复了不少。危机过后，他又回归寺庙生活。他周围的世界没有发生改变，仍然愁云惨淡，阴魂不散。但这位僧人焕然一新。“很长一段时间，我觉得自己所学的一切都不现实，”他说，“但现实又回来了。我的信仰复活了。当我处于崩溃的边缘，它从更深的层次回归我的内心。”

他开始重新找回海啸发生后第一个晚上仰望星空时那种洞察世事的感觉。他苦苦追寻的问题——幸存者最为坚持的问题——也是最古老的问题。“在死亡面前，生命的意义何在？”金田说，“这就是人们渴望知道的问题。一位老妇人曾告诉我：‘我眼睁睁地看着孙子被洪水冲走。我90岁了，可我活了下来。我应该怎么看待这一切？你能回答我吗，大师？’活下来的人想要理解活着的意义。很长一段时间，我都不能给他们解释。”

“什么决定了生或死？佛教僧人不知道，基督教牧师也不知道——连罗马的教皇都不知道。所以我会说：‘我能告诉你一件事，那就是你当下活着，我也如此。这一点是确定的。如果我们都还活着，那就一定有某种意义。’所以，就让我们思考这个问题吧，一直思考。我会一直陪着你思考。我将一直陪着你，我们将一起思考。这听起来或许像信口开河，但我能说的就是这些了。”

我询问了金田有关大川小学的情况。他是化解伤恸和苦难的专家，是孩子和弱者的天然盟友。孩子的死是这场巨大灾难中最可怕的悲剧，集中体现了这场灾难的残暴与恐怖。因此，一开始听到他以如此疏离的语气谈起这件事，让我大吃一惊。

他常常去学校，并且在那里祈祷，附近一个临时社区曾举办过“僧侣咖啡馆”的活动。但当地僧人并不鼓励金田及其同伴直接帮助那些失去孩子的家庭，他本人连一个这样的家庭都不认识。“我当然知道74个孩子死了，”他说，“这件事被广泛报道，还有那些家庭提起诉讼的事情。但我不想把在那里发生的事情与其他地方发生的事情区别对待，或者置于其他事情之上。这片土地上有很多不为人知或被遗忘的地方，那些地方也死了很多人，也有很多人痛苦不堪。”

我问他，对于大川小学家长这类人，僧人可以给予一些什么样的安慰，他沉默了一会儿。“你必须小心，”他说，“你向那些失去孩子的人提出这个问题时必须十分小心。可能要耗费数月、很多年甚至一生的时间才能让那些人走出来。这也许是你对某个人说的最后一句话，但最后我们能对他们说的，或许只是让他们接受现实。但接受现实太难了，这取决于每个人自己的状况。宗教信仰只能在接受现实的过程中发挥部分作用——他们需要身边所有人的支持。我们注视着他们，照看着他们。工作的时候，我们谨记自己在宇宙中的位置。我们与他们在一起，我们一起前行。这就是我们所能做的一切。”

我们坐在金田所在寺庙的禅房里，他的妻子正给我们沏茶。阳光从窗户纸透进来，屋里弥漫着熏香和榻榻米的味道。在日本人心中，这是佛教寺庙里每天都会出现的美好时刻：在这样的地方，自然而然就会认同和谐，承认万物存在的根本原则超越了人类薄弱的思维。没有几个人比金田更令我尊敬，但在内心深处，我拒绝接受他的话。

我受够了日本人接受现实的态度，厌倦了他们没完没了的坚忍。或许从某种非一般的超然角度来看，大川小学孩子的死亡的确能让人洞察宇宙的本质。但在达到那个缥缈的境界之前，在万物生活和呼吸的世界里，它们还代表了其他东西——人性和制度失败的表现，体现了怯懦、自满和优柔寡断。认识宇宙的真理和人类的渺小是一回事，问题是如何在做到这一点的同时，又不屈从于消极接受的文化，这种文化已经让这个国家窒息了太长时间。日本已经拥有足够多的平静和自我约束。他们现在需要紫桃、只野和铃木这样的人：愤怒、严厉、坚决，能够无畏地挺身而出，勇敢斗争，哪怕是与死亡进行一场注定失败的较量。

如何在肯定生命与接受不可避免的死亡之间取得平衡？如何坦然面对死亡？如何活在死亡的统治下，却又不屈服于它的淫威？似乎是为了回应这些无声的思想，金田讲了佛陀一个著名的故事。一天，一位母亲怀抱着自己孩子的尸体来找佛陀。这个女人痛不欲生，拒绝接受孩子的死。她苦苦哀求这位著名的导师创造奇迹，让孩子起死回生。“你出去找一个房子，房子里要从没有死过儿子或女儿，丈夫或妻子，父亲、母亲或祖父母，”佛陀对她说，“从那里带来白芥子，把它撒在一碗稀粥里，然后喂给你孩子吃，他就能死而复生。”

那个女人走过一个个村庄，寻遍一个个房子，问每个人是否失去过挚爱亲人。她在停留的每个地方都听到了伤心的故事。每个故事的细节各有不同，但又都是相同的故事。听着这些故事，那个女人悲伤的性质发生了改变。悲伤并没有减少，但随着时间的推移起了变化，原本令人窒息的一团黑乎乎的东西变得晶莹剔透起来，透过它，她不再将死亡看成生命的对立面，而是看作让生成为可能的条件。她埋葬了自己的孩子，然后回去感谢佛陀。“她回去找他的时候，”金田说，“他不需要再解释什么。”

在一个孩童死亡和海岸毁灭的故事中，没有人可以收拾残局——只留下更多有待讲述的故事，而且要以不同的方式重新讲述，就像放射性物质那样被一一测试，以明确其传递出的不同意义。故事本身就指明了方向。“这就是安慰，”金田说，“这就是理解。我们并不只是简单地对人说‘接受现实’。没有必要对他们说教。我们陪着他们，与他们一起前行，直到他们自己找到答案。我们试图解冻冰冻的未来。人们觉得自己跌跌撞撞走进了一片充满灾难和痛苦的幻想之地。但那不是幻想之地。那是我们居住的宇宙，是我们在这些岛上唯一的生命。火山、地震、海啸和台风——它们就是我们的文化，它们之于日本就像田地里丰收的庄稼。海啸摧毁了所有的百年建筑。但总有一天它们会被重建起来。”

6 年来我不停往返于东京和灾区之间。我的儿子——那个在扫描仪的显示屏上蹬腿的小家伙——已经出生，长大。他的姐姐也长大了，不久前刚上了日本的小学，是新生里唯一一个金发碧眼的孩子。与大川小学不同，那是东京一所较大的小学，令人安心地坐落在一座山上，地处人口密集的市中心，距离大海好几英里。但在制度上，这两所学校是完全相同的。两所小学都有一个校长和副校长，年龄和经验各异的老师，一个市教育委员会，一本应急手册。它们都有运动会、毕业典礼和防灾演习。跟大川小学的孩子一样，我女儿也戴着一顶圆帽子，也有一个用日文写着她名字的名牌，同样背着日本特有的方形书包。学校的氛围亲切而温暖，员工都表现得自信和专业。但有一些情况无法被测试或提前演练。我忍不住会想，面对极端情况，这些老师会如何反应，我无法忘记从淤泥里挖出来的大川小学孩子的帽子、名牌和书包。

我和在东北地区认识的一些人仍保持联系。

只野哲也在高中十分活跃，当上了柔道队队长。他总是随身带着一张与死去的同班同学的合照。他表示："把它放在包里，感觉他们好像在跟我一起上课。"

他的爸爸英昭与美术老师佐藤桂的丈夫敏郎一起担任学校遗址的导游。敏郎过去也是一名老师，是石卷市教育委员会的一名雇员。在女儿水穗去世后，他也与妻子一样放弃了教师工作。现在，他带着一队队大人和从日本各地学校来的孩子参观学校遗址。他给他们看孩子在操场上拍的照片，现在那里已经是一块干泥巴地。他会给他们指学校后面的那座山，那些孩子本可以轻松爬上去。他还带他们看水穗在曾经挂外套的挂钩上留下的名字。我也参加过这样的参观活动，很多参观者最后都热泪盈眶。英昭对我说："这，这就是我们必须保留学校的原因。"

平塚直美继续在学校工作，她所在的学校是小晴本来要上的那所。她的第二个孩子，小晴的弟弟有自闭症，有时候直美会想象自己放弃教职，开启一份全新的事业，帮助那些有类似孩子的家庭。铃木美穗和丈夫义明终于买了新房，搬出金属小屋。而美穗和直美之间萌生出的令人难过的冷淡仍然挥之不去，但两人都会不时去学校遗址看看，曾经和她们在泥浆里搜寻数周的永沼胜，仍然在寻找他7岁的儿子永沼琴。永沼没有参与对市政府的诉讼，也拒绝了所有记者的采访。但他的决心不可动摇。他仍然几乎每天都在搜寻，有时候独自一人，有时候跟年迈的父亲一起，他坚持挖掘，虽然那块地之前已经被反复挖了很多遍。过了一个月又一个月，找到儿子的希望越来越渺茫，胜心里也很清楚这一点。[4]“5年，10年——对他来说都不算什么，”直美说，“胜会用余生来寻找。他说他不能死，即使到了非死不可的时候，他也不能死。”

紫桃佐代美的母亲和父亲在那场灾难前已体弱多病，失去外孙女后，两位老人家健康状况急转直下。他俩都在2015年去世，前后只相差3个月，他们的牌位和遗像与千圣的一起放在了家庭神龛上。照顾虚弱而糊涂的父母令佐代美更加痛苦和悲伤，最后她患上抑郁症，不得不接受治疗。一天，她在超市无意中听到两个年轻妈妈的对话。从她们的说话方式很容易就判断出，她们都住在内陆，在这场灾难中毫发无损。佐代美听出她们在谈论大川小学的家长。

“如果那种事情发生在我身上，”第一个女人说，“我没法活下去。”

“我明白——我也一样，”第二个女人接着说，“我一定会自杀。”

佐代美说：“我常常祈祷我能死去，千圣能活着。我知道我本应该去学校接她回家，或是待在那里跟她一起死。当我听到她们的对话，觉得她们是在对我说：‘你为什么还活着？’”

她手里的购物篮掉在了地上，她接着跑回汽车里，径直开上沿河的公路，朝着大海的方向开去。她一路疾驰，直到无法再在狭窄的车道狂奔下去。佐代美看向河水。她想象着只要稍微转动方向盘，就能开过河堤，开进水里。

她最大的孩子健矢当时也在汽车里，就坐在她身旁。当她满怀痛苦和羞愧地发动汽车时，想到了带着儿子一起死意味着什么。她突然靠边停下来，打开车门冲出去。她开始翻越河堤，朝着河水奔去。“当时我心里想着，千圣死了，我却还活着，这实在是太奇怪、太荒谬了，”她说，“怎么能这样？我为什么还活着？我正朝河里走去，因为我想待在水里，就像千圣那样。”

她突然意识到健矢就在身旁，他紧紧抓着她的手臂，因为抓得太紧，都留下了青肿的痕迹。“妈妈，”他对她说，“妈妈，妈妈。如果你死了，剩下我们该怎么办？”

一天，金田住持给我讲了他最后一次驱鬼的故事，这次经历扰乱了他内心的平静。我们一起坐在屋子里，阳光透过窗户纸照进来。榻榻米上摆放着一排黏土雕像，这些都是要给“僧侣咖啡馆”的客人的。这些雕像雕刻的是象征着仁慈与慈悲的地藏菩萨，能安慰死者和生者。

金田告诉我，他就在这间屋子里第一次见到高桥瑠美子，就是那个在电话里流露出疯狂而绝望的自杀情绪的 25 岁女人。

那天晚上，一辆汽车停在寺庙前，车里坐着瑠美子的妈妈、姐姐、未婚夫和虚弱无力的瑠美子本人。

她在仙台市当护士。“一个非常温和的人，”金田说，“她一点也不奇怪或异常。”她和家人都没有在海啸中受伤。但她的未婚夫说，几周以来，她一直被死者纠缠。她抱怨说，有什么人或东西从地下很深的地方朝她挤过来，身边总有看不见的死者在“倾诉”。

瑠美子本人瘫倒在桌子上。当金田对着她身体里的东西说话时，她轻轻地挪动了一下。“我问：‘你是谁？你想做什么？’”他说，“当它说话时，听起来一点也不像她的声音。它一直说了三个小时。”

那是一个年轻女人的鬼魂，她的妈妈离婚又再婚，她觉得新的家庭里没人爱她或需要她，于是她离家出走，在水商売（mizu shobai）找了份工作，那是属于夜总会、酒吧和卖淫的夜间世界。她在那里变得越来越孤僻和沮丧，并且深受一个控制欲很强的病态男人的影响。家人对她不闻不问，没有任何人疼惜她，于是她自杀了。死了以后，在她的记忆里，从来没人为她烧过一支香。

金田接着问：“你愿意跟着我走吗？你想让我把你带到有光的地方吗？”他把她带到寺庙的大殿，并在那里诵经、洒圣水。诵经结束后，瑠美子恢复了正常。她和家人离开时已经是凌晨1点半。

三天后，她又来了。她抱怨左腿很痛，感觉有什么异样的东西缠着她。她试图赶走入侵者，这让她疲惫不堪。“那是使她产生自杀倾向的紧张情绪，”金田说，“我告诉她：‘不要担心，就让它进来吧。’”瑠美子的姿势和声音立即变得僵硬和低沉起来。金田发现自己正跟一个坏脾气的男人说话，那个男人说话语气咄咄逼人，十分蛮横。他是旧帝国海军的一名水手，死于二战的一次战斗，当时他的左腿被炮弹严重炸伤。

大师出言安慰老兵，在念诵祈祷完毕后，那个男人就离开了，瑠美子也平静下来。但这一切只是一个序曲。“所有到这里来的人以及他们所讲的每一个故事，都与水有关。”

在短短几周的时间里，金田住持从高桥瑠美子身上驱除了25个鬼魂。每周都有那么几个。在那个战争时代的水手之后出现的都是海啸的亡魂。

对金田而言，这样的日子持续了好一段时间。瑠美子傍晚时分会打来电话，晚上9点他的未婚夫把车停在寺庙前，再把她扶下车。有一次驱鬼仪式中竟出现了三个鬼魂。金田会轮流与每个鬼魂对话，有时候会持续数小时。他先确定它们的情况，平息它们的恐惧，然后礼貌但坚定地嘱咐它们跟着他走向光明。这种时候，金田的妻子会和瑠美子坐在一起，有时候其他僧人也会加入祈祷仪式。“每次她都会感觉好起来，然后返回仙台，重新工作，”金田告诉我，“但没过几天，她又会被缠住。”在城市的茫茫人海中，她能察觉到死者的存在，上千个纠缠不休的鬼魂向她逼近，想要进入她的身体。

其中一个是中年男人，他通过瑠美子之口绝望地呼喊着他女儿的名字。

“香织?!”他喊道，“香织！我要到香织那里去。你在哪儿，香织？我要到学校去，海啸就要来了。”

地震发生时，这个男人的女儿在海边的一所学校。他匆忙结束工作，沿着海岸公路开车去接她，就在这时洪水吞没了他。他的情绪十分激动，对金田表现得很不耐烦，充满怀疑。

他问：“我还活着吗？”

“不，”金田答道，“你死了。”

“死了多少人？”他又问。

“死了两万人。”

“两万？这么多？”

金田随后又问他在哪里。

“我在海底。这儿非常冷。”

金田说：“从海底来到光明世界吧。”

“但光太弱了，”他答道，“我周围都是尸体，我没法到那儿去。你究竟是谁？谁要把我带到光明世界去？”

谈话一遍又一遍地持续了两个小时。金田最后说：“你是一名父亲，你理解家长的担忧，为你占用的这个身体的女孩想想，她的父亲和母亲正为她忧心忡忡。你想过这些吗？”

一段长时间的沉默不语后，这个男人终于说了句“你说得对”，然后沉沉地呜咽起来。

金田开始诵经。当男人发出哽咽的声音时，他不时停顿一下，但那些哽咽的声音逐渐变得模糊不清，这个男人最终离开了。

日复一日，周复一周，鬼魂不停地来——男人和女人，年轻人和老年人，有的言语粗俗，有的比较优雅。他们并没有表现得愤怒或渴望复仇，反而因为突然陷入一个冰冷黑暗的世界而感到困惑和恐慌。他们详细地讲述了自己的故事，但都没有足够具体的细节——姓氏、地名和地址——用以核实任何个人信息，金田也不急于了解。其中一个男人在海啸中幸免于难，但在得知两个女儿的死讯后自杀。有个年轻女人试图逃脱洪水的侵袭，但因为怀孕没法跑太快。还有一个上了年纪的男人，说话带有浓重的东北口音。他非常担心幸存的妻子，后者独自生活在一个孤零零的铁皮小屋里，无人照顾。她在一个鞋盒里存了一截白绳子，她会一边看着绳子一边抚摸。他担心她打算用这截绳子做出什么事。

金田半是劝说半是哄骗，一边祈祷一边诵经，终于将每个鬼魂送走。但每送走一批鬼魂后几天或几小时，就会有更多鬼魂步履蹒跚地前来取代它们的位置。

一天晚上，瑠美子在寺庙里讲述道："我周围有很多狗——很吵！它们叫得很大声，我受不了了，"接着她又说："不！我不想！我不想变成一只狗。"最后她说："给它点饭和水。我要让它进来。"

"她似乎觉得它要做一些可怕的事，"金田说，"她让我们抓住她，那条狗一附身，就爆发出惊人的能量。当时有三个男人抓着她，可他们力气都不够大，她挣脱了他们。她不停地刨地板，发出低沉的咆哮声。”诵完经后，瑠美子回归平静的本性，她讲起那条狗的故事。它曾经是一对年老夫妇的宠物，这对夫妇住在福岛第一核电站附近。核泄漏开始时，它的主人和所有邻居一起惊慌逃跑。但他们忘记解开拴着它的狗绳，它慢慢地变得又饥又渴，最终死去。后来，在一切都太迟的时候，狗的鬼魂看到穿着白色防护服的人走近，凝视着它干瘪的尸体。

随着时间的推移，瑠美子开始能够控制鬼魂了，她说自己现在像个容器，她能够选择打开或关闭它。金田的一个朋友参加过一次为她举行的驱鬼仪式，把她比作一个习惯了呕吐的慢性病患者：一开始痛苦又厌恶，后来随着时间的推移，变得熟悉起来，能够忍受了。最后瑠美子还说，当那些鬼魂靠近时，她能置之不理了。她仍然能感知到它们的存在，但彼此之间保持了一定距离，它们不再推挤她，只是偷偷躲在房间角落里。傍晚电话和深夜到访变得越来越少。后来，瑠美子和未婚夫结婚搬离了仙台，金田则感觉如释重负，之后也没再听到她的消息。[5]

驱鬼所消耗的力量太大。这也是他的亲友最担心他的时候。“我不知所措，”他说，“几个月的时间里，我已经习惯倾听那些幸存者的故事。但突然之间，我发现自己听到了死者的声音。”

最难处理的时候，是当瑠美子被孩子的鬼魂附身时。“当有孩子出现，”金田说，“我妻子会握着她的手说：‘是妈妈——妈妈在这儿。没事，一切都很好。我们一起走吧。’”第一次出现的是一个没有姓名的小男孩，他实在太小了，无法理解金田说的话，只会一遍又一遍地叫妈妈。第二个是七八岁的小女孩，她一直重复说：“对不起，对不起。”海啸来袭时，她正与弟弟在一起，试图带他一起逃跑。但当他俩都被水淹没时，她松开了他的手，现在她担心妈妈会生气。她说：“妈妈，黑色的浪过来了。我害怕，妈妈。妈妈。对不起，对不起。”

女孩的声音惊恐而困惑，她的身体在冰冷的水中无助地漂流，金田费了很大工夫才指引她向上走向光明。“她紧紧抓住我妻子的手，直到最后终于来到光明世界的门前，”金田回忆道，“然后她说：‘妈妈，现在我能自己走了，你可以放手了。’”

后来，金田太太试着描述松开手那一刻的情形。大师本人为她孤独死去而悲泣，也为其他两万个充满恐惧和死亡的故事而落泪。但他的妻子只感觉到一股巨大能量的消散。这让她想起分娩的经历，是那种疼痛结束，新生儿终于来到这个世界时力量释放的感觉。

墙在移动，
脚底传来震动：
一片花瓣离开枝条，坠落。

独自一人在房里：
它来了，又走了。
涟漪比石头持久。

雨水的气味搅动心房；
鼻孔微张。喘息。我们等待着
什么东西开始。[1]

——安东尼 · 斯维特

[1] 来自诗歌《震动》，选自安东尼·斯维特《诗选》，埃尼萨蒙出版社 2007 年版。

致谢

写作本书期间，很多人都竭尽全力帮助我，他们的名字都已出现在书中：我要感谢所有同意与我对话的人，在这么多年的时间里，我们之间有时候会反复交流，即使他们常常处于极度悲痛之中。我还要感谢书里未能提及名字的人：阿部和芳、金田裕子、熊谷秋雄、三浦明美、太田实、中村次男和麻由美夫妇、坂下健。

我还想感谢以下个人和机构，他们从实践、专业、才智和个人方面提供了各种支持：露西·亚历山大、里吉斯·阿诺、露西·伯明翰、彼得·布莱克利、阿苏比·布朗、克莱尔·布洛克·凯尔·克利夫兰、杰米·科尔曼、玛戈·科尔斯和比尔·科尔斯、马丁·科尔索普和日本基金会、柯里一家、阿莉莎·德科特－丰崎、托比·伊迪、马克斯·爱德华兹、娜塔莎·费尔韦瑟和罗杰斯、科尔里奇和怀特代理公司、日本外国记者协会、丹·富兰克林和企鹅兰登书屋、罗伯·吉尔胡利、曼迪·格林菲尔德、高桥原、畑中邦彦、珍妮弗·乔尔和ICM合作伙伴代理公司、克里斯·周、加藤凪沙、安杰拉·久保、利奥·刘易斯、劳埃德·帕里一家、贾斯廷·麦柯里、肖恩·麦克唐纳和FSG出版社、哈米什·麦卡斯基尔和日本英语代理公司、列维·麦克劳克林、大卫·麦克尼尔、中野晃一、追分温泉的员工、大轩京子、大卫·皮斯、彼得·波帕姆、罗杰·普尔沃斯、扎丽娅·里奇、泽润藏、涩谷修治、铃木岩弓、杰里米·萨顿–希伯特、武山文卫、外冈千佳、里克·华莱士和菲奥娜·威尔逊。

从一开始，我所在的《泰晤士报》就大力支持我对这场灾难的报道，并且十分慷慨地给我时间进行调查和创作。在此，我想谢谢我的同事——无论是曾经的还是现在的，特别是理查德·比斯顿、詹姆斯·哈丁、安诺舒卡·希利、罗兰德·沃森和约翰·威瑟罗。本书的部分内容首次发表于《伦敦书评》，在此特别感谢丹尼尔·索尔和玛丽–凯·威尔默斯两位编辑。

注释

这是一个真实的故事，很大程度上基于书中所提到和引用的个人叙述以及我自己的观察创作而成。现将其他资料来源记录如下。

在我咨询过的众多作家中，我首先要感谢池上正树。如果没有他不辞辛苦的报道，想要把海啸前后发生在大川小学的事情拼凑起来将更加困难。

日元的换算以当时汇率为基础，所得结果为近似值。2011年3月11日，1英镑可兑换约131日元。

1. 关于海啸的死难人数，人们最常引用日本国家警察厅的数据，该数据将死亡人数和官方认定的失踪人数分开统计。前者只包括获发死亡证明的人，但在后期阶段，后一类人也能被认定为死亡。2017 年 3 月 10 日，该数据统计的死亡人数为 15 893，失踪人数为 2 553，总数为 18 446。具体信息参见：www.npa.go.jp/archive/keibi/biki/higaijokyo_e.pdf。

日本总务省消防厅的统计数据明显要高许多——死亡人数为 19 475，失踪人数为 2 587，总数为 22 062。其中包括灾后因与海啸相关原因死去的人，比如那些因为海啸袭来，不得不迅速从医院疏散而导致健康恶化的病人和因海啸而自杀的人。具体信息参见：www.fdma.go.jp/bn/higaihou/pdf/jishin/154.pdf。

序言：固态蒸汽

1. Kenneth Chang, ‘Quake Moves Japan Closer to U.S. and Alters Earth’s Spin’, *New York Times*, 14 March 2011.

2. Jeff Kingston, ‘Introduction’ in Jeff Kingston (ed), *Natural Disaster and Nuclear Crisis in Japan*, (Abingdon 2012).

3. 截至 2011 年 3 月 11 日早晨，日本有 54 个运行良好的核反应堆。福岛第一核电站所有的 6 个反应堆中，有 4 个因海啸而无法使用，到 2012 年 5 月，所有其余核反应堆因民众抗议而关闭。目前日本方面正在努力重启这些核反应堆，但来自政治和技术方面的挑战巨大。截至 2017 年 3 月，仅有 3 个核反应堆重新运行。

4. Richard Lloyd Parry, ‘Suicide cases rise after triple disaster’, *The Times*, 17 June 2011; and Richard Lloyd Parry, ‘Tepco must pay damages over woman’s suicide after Fukushima

leak', *Times Online*, 26 August 2014, http://www.thetimes.co.uk/article/tepco-must-pay-damages-over-womans-suicide-after-fukushima-leak-vsm5tgbmh83.

5. Philip Gourevitch, *We Wish to Inform You That Tomorrow We Will Be Killed with Our Families* (New York, 1998), p. 7.

第一部分　巨浪下的小学

我出门了，等会儿回来

1. 日本学校制度模仿美国。孩子在6—12岁上小学，12—15岁上初中，15—18岁上高中。

2. 石卷市在北上川南岸的这一区域的正式名称是"河北"，大川是该地区的旧称，但为便于理解，本书用大川称呼大川小学的周边地区。

地狱

1. 这部分基于我对紫桃佐代美的采访和克里斯·希斯于2011年7月1日发表在*GQ*(美国版）上的杰作《毕业日》写成。

第二部分　搜索范围

富饶的自然

1. 为了解地震和海啸的更多知识，请参见：Bruce Parker, *The Power of the Sea* (New York, 2010)。

2. 摘录于《日本三代实录》（成书于公元901年），译文参考 Jeff Kingston (ed.), *Tsunami: Japan's Post-Fukushima Future* (Washington, 2011), p.10。

3. 关于三陆海岸的地震和海啸的历史，可参照 K. Minoura et al., 'The 869 Jogan tsunami deposit and recurrence interval of large-scale tsunami on the Pacific coast of northeast Japan', *Journal of Natural Disaster Science,* Volume 23, Number 2, 2001, pp. 83–88。以及 Masayuki Nakao, 'The Great Meiji Sanriku Tsunami', *Failure Knowledge Database*, Hatamura Institute for the Advancement of Technology, 2005, at http://www.sozogaku.com/fkd/en/hfen/HA1000616.pdf, accessed March 2017。

4. Parker, op. cit., pp. 151–152.

5. 阿尔泰杜父鱼，日本河流里生活的杜父鱼。

6. Quoted in Masaki Ikegami, Ano toki, *Okawa shogakko de nani ga okita noka* ['What happened that day at Okawa Primary School?] (Tokyo, 2012), p.25.

7. Ikegami, op. cit., p.23.

老人和孩子

1. 令人惊讶的是，下川并不是这场海啸中最年长的遇难者。日本厚生劳动省资料显示，海啸中有 25 名百岁或百岁以上老人确认死亡，其中 3 人为男性，22 人为女性。

2. Ministry of Health, Labour and Welfare, 'Jinko dotai tokei kara mita Higashi Nihon daishinsai ni yoru shibo no jokyo

ni tsuite' ['On mortality caused by the Great East Japan Disaster based on demographic statistics'] (Tokyo, 2011) at http://www.mhlw.go.jp/toukei/saikin/hw/jinkou/kakutei11/dl/14_x34.pdf, accessed March 2017. 75 岁以上的遇难者占全体遇难者的 1/3，40 岁到 50 岁之间的男性死亡概率是 20 岁到 30 岁之间男性的 2 倍以上。

3. Richard Lloyd Parry, 'The town left without women', *The Times*, 12 January 2005.

4. 'Over 110 schoolchildren die or go missing in tsunami after being picked up by parents', *Mainichi Daily News*, 12 August 2011.

5. 我再三请求与柏叶先生谈话，但从未得到回复。

解释

1. Gakko Kyoiku-Ka, Ishinomaki-shi kyoiku iinkai jimukyoku, 'Kaigi-roku', Okawa shougakko hogosha setsumeikai [School Education Section, Secretariat of Ishinomaki City Board of Education, 'Proceedings of Meeting', in 'Explanatory Meeting for the Parents of Okawa Primary School'], 9 April 2011.

2. 佐藤桂提供的信息。

3. 此处日语为 Tanuki oyaji：字面意思就是"老黄鼠狼"——众所周知，黄鼠狼不可靠又狡猾。

幽灵

1. Hara Takahashi, 'The Ghosts of the Tsunami Dead and Kokoro no kea in Japan's Religious Landscape', *Journal of Religion in Japan* 5 (2016), pp. 176–198.

2. 我对祖先信仰的论述大多来自 Robert J. Smith 的 *Ancestor Worship in Contemporary Japan* (California, 1974)。

3. Herbert Ooms, review of Smith, op.cit., *Japanese Journal of Religious Studies* 2/4 (1975).

究竟是怎么回事

1. 海啸高度的数据来自原口强、岩松晖的《东日本大地震海啸详细地图》（上、下）（古今书院，2011 年）。

第三部分 大川小学发生了什么

为了讲述 3 · 11 大川小学发生的事，我综合利用了很多资料，包括之前提到的池上的报道，对及川利信、只野哲也和只野英昭的采访，只野英昭收藏的日本电视台对自己的采访，石卷市政府的官方文件，大川小学事件核查委员会的最终报告，紫桃佐代美和紫桃隆洋提供的摘录文件，以及吉冈和弘向仙台地方法院提交的文件。

旧世界的最后一小时

1. *Kahoku Shinpo* [newspaper], 'Gakko mae ni basu taiki'

['Bus was waiting in front of school'], 8 September 2011.

2. BBC2, 'Children of the Tsunami', broadcast 1 March 2012.

3. Ishinomaki-shi kyoiku iinkai jimukyoku, 'Okawa shogakko tsuika kikitori chosa kiroku',Okawa shogakko kyoshokuin no goizoku-sama he no 3.11 ni kansuru kikitori-chosa no setsumeikai no kaisai ni tsuite, [Secretariat of Ishinomaki City Board of Education, 'Recordsof additional hearings concerning Okawa Primary School' in 'Concerning the holding of an explanatory meeting for the bereaved families of Okawa Primary School teachers on the hearing relating to 3.11'].

4. Ishinomaki-shi kyoiku iinkai jimukyoku, 'Heisei 22 nendo kyoiku keikaku Okawa shogakko (bassui)' [Secretariat of Ishinomaki City Board of Education, 'Fiscal Year 2010 Education Plan Okawa Primary School (Extracts)'], p. 81, pp. 145–146.

5. BBC2, 'Children of the Tsunami', broadcast 1 March 2012.

6. BBC2, 'Children of the Tsunami', broadcast 1 March 2012.

7. 高桥的故事可参见 Ikegami, op. cit., pp. 187–193。

三途川

1. https://www.youtube.com/watch?v=DW0dqWR4S7M。

第四部分 看不见的怪物

陷入网中

1. 关于预测将有大地震袭击东京的背景知识，可参见 Peter Hadfield, *Sixty Seconds That Will Change the World* (London, 1991)，以及 Peter Popham, *Tokyo: The City at the End of the World* (Tokyo, 1985)。

2. 地震学家并不是做出预测，而是指出可能性。东京大学地震研究所在 2012 年的一项研究中测算出，2042 年之前东京有 70% 的可能性会发生 7 级或更高震级的地震。'Researchers now predict 70 percent chance of major Tokyo quake within 30 years', *Mainichi Shimbun*, 25 May 2012.

3. Richard Lloyd Parry, 'Quake experts shake Tokyo with forecast of 13,000 dead', *The Times*, 15 December 2004.

4. Richard Lloyd Parry, 'Japanese make plans to survive overdue treble quake,' *The Times*, 13 September 2010.

5. Richard Lloyd Parry, 'Million victims from next tsunami, Japan disaster experts warn', *Times Online*, 31 August 2012, at http://www.thetimes.co.uk/article/million-victims-from-nexttsunami-japan-disaster-experts-warn-gc3tx7vpw8s.

6. 仙台的《河北新报》报道称，死于地震而非海啸的只有 90 人。虽然不可能确切统计有多少人死于地震引起的房屋倒塌——这些倒塌的房屋后来都被洪水吞没，但总数一定相对较小。'Daishinsai-yure no gisei 90 nin cho' ['Great disaster-there

were more than 90 victims from the earthquake'], *Kahoku Shinpo*, 17 May 2013.

7. Popham, op. cit., p. 28.

8. Popham, op. cit., pp. 28–29 and p. 27.

9. Italo Calvino, *Invisible Cities*, tr. William Weaver (London, 1974 [1972]), p.67.

真相有什么用?

1. Ikegami. op. cit., pp. 91–92.

2. Ikegami, op. cit., p.89.

3. Ikegami, op. cit., p. 211.

4. Ishinomaki-shi kyoiku iinkai jimukyoku, '2011-nen 6-gatsu 3-nichi zuke, Endo Junji kyoyu kara no Kashiba kocho ate FAX', Okawa shogakko kyoshokuin no goizoku-sama he no 3.11 ni kansuru kikitori-chosa no setsumeikai no kaisai ni tsuite, [Secretariat of Ishinomaki City Board of Education, 'FAX from teacher Junji Endo to headmaster Kashiba dated 3 June 2011' in 'Concerning the holding of an explanatory meeting for the bereaved families of Okawa Primary School teachers on the hearing relating to 3.11'].

5. Ikegami, op. cit., pp. 113–127.

6. Ishinomaki-shi kyoiku iinkai jimukyoku, 'Kashiba kocho shazaibun', Okawa shogakko kyoshokuin no goizoku-sama he

no 3.11 ni kansuru kikitori-chosa no setsumeikai no kaisai ni tsuite [Secretariat of Ishinomaki City Board of Education,'Letter of Apology by Headmaster Kashiba' in 'Concerning the holding of an explanatory meeting for the bereaved families of Okawa Primary School teachers on the hearing relating to 3.11'].

7. 'Okawasho kensho-i saishu hokokushoan ni rakutan suru izoku' ['Bereaved families disappointed at the final report of the Okawa Primary Verification Committee'], Shukan Diamondo (Weekly Diamond), 22 January 2014.

8. Okawa Primary School Incident Verification Committee, 'Okawa shogakko jiko kensho hokoku-sho' [Okawa Primary School Incident Verification Report], (Tokyo, 2014), at http://www.mext.go.jp/b_menu/shingi/chukyo/chukyo5/012/gijiroku/__icsFiles/afieldfile/2014/08/07/1350542_01.pdf, accessed March 2017. See also Mainichi Shinbun, 'Report on tsunami-hit school should be used as disaster-prevention textbook', 28 February 2014.

9. Ikegami, op. cit., p.112.

海啸不是水

1. Naoto Kan, 'Japan's road to recovery and rebirth', *International Herald Tribune,* 16 April 2011.

2. Ikegami, op. cit., p. 20. 之后的引用来自我对佐代美和隆

洋的采访。

宿命

1. 关于佛陀的更多信息，可参考 Smith, op. cit., pp. 50–56。

记忆空白

1. Richard Lloyd Parry, 'Tsunami survivors face dilemma over its haunting ruins', *The Times*, 24 August 2012; Eugene Hoshiko, 'Legacies of a disaster dot Japan's tsunami coast', *Associated Press*, 10 March 2016; 'Residents divided over preservation of remains 5 years after disaster', *Kyodo News*, 10 March 2016.

2. 'Alumni of tsunami-devastated Miyagi school ask for support to preserve building', *Mainichi Shimbun*, 5 December 2014.

3. 只野英昭记录收藏。

第五部分　波罗僧揭谛

镇魂

1. Kunio Yanagita, *The Legends of Tono*, tr. Ronald A. Morse (Lanham, 2008 [1910]), pp. 58–59.

救命！不要掉进海里

1. 政府出台了区划条例，禁止在被海浪淹没的地区建造住宅。在那些地区经商还是被允许的，但住宅将被迁往内陆或地势较高的地方。

2. 这并不是说教育委员会的行为值得原谅。在此值得详细引述池上正树的犀利结论："市教育委员会一开始本应该先认真彻底地倾听事件各方的意见，切实可靠地将一切记录在案，向失去亲人的家庭披露调查中获得的信息……逐一核查事实，调查真相。"

"而且，他们应该真诚地为孩子因学校管理问题而遇难道歉，并商讨如何惩罚疏于应对和监督的官员。"

"除此以外，他们应该向包括各县级教育委员会和文部科学省在内的各方公开从这次历史上最严重的事故中吸取的经验教训，使其有机会从根本上重新考虑日本的灾害管理。他们本应该迅速采取这些行动，并在最大程度上与失去亲人的家庭分享这些信息。"

"而市教育委员会以这样一种懒惰而不透明的方式行事，只是让问题更加恶化。"

Ikegami, op. cit., p.83.

3. 几天后情况进一步恶化，被告宣布将对高等法院的判决提起上诉。原告则以上诉作为回应，理由是判决的损害赔偿金不足。预计将在 2018 年做出最新判决。[1]

4. 永沼胜拒绝跟我对话。这部分内容基于我与平塚直美和铃木美穗的谈话内容。

5. 宗教研究学者高桥原证实了金田的叙述。

---

[1] 2018 年 4 月 26 日，仙台市高级法院做出新的判决，判市教育委员会和学校存在过失，并要求宫城县与石卷市比一审判决多赔偿 1000 万日元。——编者注

图书在版编目（CIP）数据

巨浪下的小学 /（英）理查德·劳埃德·帕里
(Richard Lloyd Parry) 著；尹楠译. -- 上海：文汇
出版社，2024.6
ISBN 978-7-5496-4241-0

Ⅰ.①巨… Ⅱ.①理… ②尹… Ⅲ.①纪实文学-英
国-现代 Ⅳ.① I561.55

中国国家版本馆 CIP 数据核字 (2024) 第 071269 号

巨浪下的小学

作　　者/　[英] 理查德·劳埃德·帕里
出版统筹/　杨静武
责任编辑/　何　璟
特邀编辑/　赵慧莹　欧阳钰芳
营销编辑/　潘佳佳　胡　琛
装帧设计/　达克兰　汐　和 at compus studio
内文制作/　张　典
出　　版/　文匯出版社
上海市威海路 755 号
（邮政编码 200041）
发　　行/　新经典发行有限公司
电　　话/　010-68423599　邮　　箱/ editor@readinglife.com
印刷装订/　河北鹏润印刷有限公司
版　　次/　2024 年 6 月第 1 版
印　　次/　2024 年 6 月第 1 次印刷
开　　本/　850×1168 1/32
字　　数/　200 千
印　　张/　10

ISBN 978-7-5496-4241-0
定　　价/　59.00 元

版权登记图字 09-2024-0218